李 娟 著

阿 勒 泰
的
角 落

The
Corner
of Altay

新 星 出 版 社　NEW STAR PRESS

绿 色 就 是 大 地 上 最 广 阔

最 感 人 的 自 由 呀

新经典文化股份有限公司
www.readinglife.com
出 品

新版自序

这本书首次出版于二〇一〇年。二〇一三年再版时有过一次修订。那次改动较大。由于那两次出版距离较近，我觉得那次修改也能算入同一时期的创作吧。如今又是七年过去了，再次重读，感到它们已经不可触动。审读过程中无论看到多少遗憾和不满，都硬生生剁手忍住。似乎一修改就成了扭曲。一修改，就是在强行粉饰过去的自己。毕竟十年过去了，时间两端的我已经互相不能动摇。因此，这次再版，全部的改动只有错误的标点符号（相当多！）使用以及一些明显病句，还有几处必要的补充。

重读过程中，既庆幸自己十年来的改变，又深深羡慕过去的自己。

这些旧作里，"永远""最""孤独"之类的词汇出现频率很高——出于年轻的毛病嘛。年轻还会有一个毛病就是见识有限，许多思考与判断现在看来又单薄又生硬。此外表达也有限，每每写不下去时就直接来句"不知说些什么"或"实在难以表达"了事。同理，省略号也用得比现在多得多……同样，因为年轻，从不掩饰自己话痨的本质，口语化的叙述任性又黏滞。另外，和所有年轻作者一样，急于堆积，急于表现……所有这些，都不能修改了。然而，无论多么否定那样的自己，还是羡慕她。又年轻又弱的那个她。出于弱而滋长强大的渴望；出于弱而表现得反复无常、死性不改；出于弱，对世间万物似懂非懂似信非信——最后，在弱的荒野耕种出烂漫迷离的无尽花海。这是弱的魅力，也是年轻的魅力。

现在的我已经变强许多，从容自信了许多。但我希望现在的我也能被十年后的我所否定，所羡慕。

然后说说"喀吾图"。很多去往阿勒泰旅游的读者都在寻找这个小镇。但是喀吾图早已不存在了。新公路的修建和新农村建设将这个偏远闭塞的角落从时间和空间深处打捞而出，置入时代大潮，随波逐流，面目全非。从此，这个地方以及发生在这里的故事可能仅存于我的文字之中。无数次庆幸自己是个作家。作为日常生活中啥旧东西都舍不得扔的吝啬鬼，我好喜欢自己的职业。尤其每次重读自己多年前的文字，总会发现很多自己都已经忘记的美好细节，像个陌生人一样一次又一次被自己打动，就更觉得当个作家实在太好了。作家真是最偏执的庇护者，最激情的收藏家，最富足的守财奴。

谢谢十年来追随阿勒泰故事的所有人，谢谢十年来见证我点滴改变的所有人。

二〇二〇年十月二十一日

目录 *Contents*

新版自序　　　　　　　　　　　　　　　　i

在喀吾图

一个普通人　　　　　　　　　　　　　　2
离春天只有二十公分的雪兔　　　　　　　5
喀吾图奇怪的银行　　　　　　　　　　　14
我们的裁缝店　　　　　　　　　　　　　20
看着我拉面的男人　　　　　　　　　　　40
喝酒的人　　　　　　　　　　　　　　　45
尔沙和他的冬窝子　　　　　　　　　　　51

在巴拉尔茨

叶尔保拉提一家 60

河边洗衣服的时光 71

河边的柳树林 79

门口的土路 87

有林林的日子里 96

巴拉尔茨的一些夜晚 104

更偏远的一家汉族人 114

在沙依横布拉克

孩子们	126
深处的那些地方	137
和喀甫娜做朋友	152
带外婆出去玩	164
外婆的早饭	169
补鞋子的人	174

在桥头

秋天	186
狗	194
有关纳德亚一家	201
我们的房子	208
坐爬犁去可可托海	233
怀揣羊羔的老人	247
在桥头见过的几种很特别的事物	252

在红土地

在戈壁滩上　　　　　266

妹妹的恋爱　　　　　275

拔草　　　　　　　　283

点豆子　　　　　　　293

金鱼　　　　　　　　301

三个瘸子　　　　　　312

粉红色大车　　　　　319

附　录

二〇一三版自序　　　326

初版自序　　　　　　329

的 笼 淡 雪 初

夏牧场

每 一 棵 树 都 迎 身 而 立

说　出　一　切

浩 浩 荡 荡

腾起满天满地的尘土

大 风 中 的 阿 克 哈 拉

碧绿深厚的草甸

阿 勒 泰

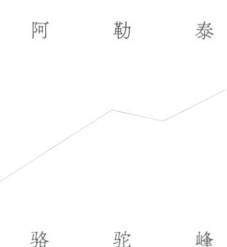

骆 驼 峰

在　喀　吾　图

一个普通人

有一个人,他的名字实在太复杂了,因此我们就忘记了。他的脸却长得极寻常,因此我们再也想不起他的模样。总之我们实在不知道他是谁,可是他欠了我们家的钱。

当时,他赶着羊群路过我家商店,进来看了看,赊走了八十块钱的商品,在我家的账本上签了一个名字(几个不认识的阿拉伯字母)。后来我们一有空就翻开账本那一页反复研究,不知这笔钱该找谁要去。

在游牧地区放债比较困难。大家都赶着羊群不停地跑,今天在这里扎下毡房子住几天,明天又在那里停一宿。从南至北,绵绵千里逐水草而居,再加之语言不精通,环境不了解……我们居然还敢给人赊账!

幸好牧民都老实巴交的,又有信仰,一般不会赖账。我们给人赊账,看起来风险很大,但从长远考虑还是划得来的。

春天上山之前,大家刚刚离开荒凉的冬牧场。羊群瘦弱,牧民手头都没有现钱,生活用品又急需,不欠债实在无法过日子。而到了秋天,羊群南下,膘肥体壮。大部队路过喀吾图一带时,便是我们收债的好日子。但那段时间我们也总是搬家,害得跑来还债的人找不着地方。得千打听万打听,好容易才找上门来。等结清了债,亲眼看着我们翻开记账的本子,用笔划去自己的名字,他们这才放心离去。一身轻松。在喀吾图,一个浅浅写在薄纸上的名字就能紧紧缚住一个人。

可是,那个老账本上的所有名字都划去了,唯独这个人的名字还稳稳当当在那页纸上停留了好几年。

我们急了,开始想法子打听这家伙的下落。

冬日里的一天,店里来了一个顾客。一看他沉重扎实的缎面狐皮帽子就知道是牧人。我们正好想起那件事,就拿出账本请他辨认一下是否认识那人——用我妈的原话,就是那个"不要脸"的、"加蛮"(不好)的人。

谁知他不看倒罢了,一看之下大吃一惊:"这个,这个,这不是我吗?这是我的名字呀!是我写的字啊!"

我妈更加吃惊。加之几秒钟之前刚骂了人家"不要脸"并且"加蛮",便非常不好意思,支支吾吾起来:"你?呵呵,是你?嘿嘿,原来就是你?……"

这个人揪着胡子想半天,也记不起自己到底什么时候买了这八十块钱的东西,到底买了什么东西,以及为什么要买。

他抱歉地说:"实在想不起来啦!"却并没有一点点要赖账的意思。因为那字迹的确是他的。但字迹这个东西嘛,终究还是他自己说了算。我们又不知道他平时怎么写字的。反正他就是没赖账。

　　他回家以后,当天晚上立刻送来了二十元钱。后来,他在接下来的八个月时间里,分四次还完了剩下的六十元钱。看来他真的很穷。

离春天只有二十公分的雪兔

我们用模模糊糊的哈语和顾客做生意,顾客们也就模模糊糊地理解。反正最后生意总会做成的。不擅于对方的语言没关系,擅于表达就可以了。若表达也不擅于的话就一定得擅于想象。而我一开始连想象也不会,卖出去一样东西真是难于爬蜀道。你得给他从货架这头指到那头:"是这个吗?是这个吗?是这个吗?是这个吗……"再从最下面一层指到最上面一层:"是这个吗?是这个吗?是这个吗?是这个吗……"折腾到最后,对方要买的也许只是一毛钱一匣的火柴。

在我看来,我妈总是自以为是地去处理种种交流问题。我敢肯定她在很多方面的理解都是错误的。可是,照她的那些错误的理解去做的事情,做到最后总能变成正确的。我也就不好多说些什么了。

也许只是我把她的理解给理解错了而已。她的理解是正确的,但是她对她的理解的表达不太准确。当然,也许是准确的,只是不适用于我的理解,没法让我理解……呃,都把自己给绕糊涂了。我不是故意要把简单的事情弄得如此复杂……这一切本来就很复杂嘛!大家却如此简单地活着,居然还一直过得很好,什么问题也没有。太奇怪了,实在太奇怪了。

然后说雪兔。

有一个冬天的雪夜,已经很晚了。我们围着火炉安静地干活,偶尔说一些远远的事情。这时门开了,有人挟裹着浓重的寒气和一大股雾流进来了。我们问他干什么来。这个看起来挺老实的人说了半天也没说清楚。于是我们就不理他了,继续干自己的活。他就一个人在那儿苦恼地想了半天,最后终于组织出了比较明确的表述:

"你们,要不要黄羊?"

"黄羊?"

我们吃了一惊。

"对,活的黄羊。"

我们又吃了一惊。

我妈和她的徒弟建华就立刻开始讨论羊买回来后应该圈在什么地方。我还没反应过来,她们已经商量好养在煤棚里。

我大喊:"但是我们养黄羊做什么啊?"

"谁知道,先买回来再说。"

我妈又转身问那个老实人:"你的黄羊最低得卖多少钱?"

"十块钱。"

我们吃了第三惊。黄羊名字里虽说有个"羊"字,其实是像鹿一样美丽的野生动物，体态比羊大多了。

我也立刻支持："对了！黄羊买回来后，我就到阿汗家要草料去。他家春天欠下的面粉钱一直没还……"

见我们一家人兴奋成这样，那个老实人满意极了，甚至很骄傲的样子。我妈怕他反悔，立刻进柜台取钱。并叮嘱道："好孩子，你们以后要再有了黄羊嘛，还给我家拿来啊，无论有多少我都要啊！可不要去别人家啊……去了也是白去。这种东西啊，除了我们谁都不会要的……"虽然很丢人，但要是我的话，也会这么假假地交代两句的。便宜谁不会占啊。

给了钱后我们全家都高高兴兴地跟着他出去牵羊。

门口的雪地上站着个小孩子，怀里鼓鼓的，外套里裹着个东西。

"啊，是小黄羊呀。"

小孩把外套慢慢解开。

"啊，是白黄羊呀……"

……

事情就是这样：那个冬天的雪夜里，我们糊里糊涂用十块钱买回一只野兔子。而要是别人的话，十块钱最少也能买三只。

这就是为什么一开头就拉扯那么多有关理解啊误区啊之类的话。沟通真的是一个很重要的问题啊！

不管怎么说，买都已经买回来了，我们还是挺喜欢这只兔子的。太漂亮了，不愧是十块钱买回来的！比那些三四块钱的兔子们大到哪儿去了，跟个羊羔似的。而且还是活的呢，别人买回来的一般都是冻得硬邦邦的。

更何况它还长着蓝色的眼睛！谁家的兔子是蓝眼睛？

（但后来才知道所有的野兔子都是蓝眼睛，家兔才红眼睛……）

这种兔子又叫"雪兔"。它的确像雪一样白，白得发亮，卧在雪里的话一点看不出来。但听说到了天气暖和的时候，它的毛色会渐渐变成土黄色的。这样，在戈壁滩上奔跑的时候，就不那么扎眼了。

既然有着这么高明的伪装，为什么还会被抓住了？看来它还是弱的呀。那些下套子的家伙实在太可恶了——后来我们一看到兔子后爪上被夹过的惨重伤痕就要骂那个老实人几句。

我们有一个没有顶的铁笼子，就用它反过来把兔子扣在煤棚的角落里。我们每天都跑去看它很多次。它总是安安静静地待在笼子里，永远都在细细地啃那半个冻得硬邦邦的胡萝卜头。我外婆跑得最勤。有时候还会把货架上卖的爆米花偷去拿给它吃。还悄悄地对它说："兔子兔子，你一个人好可怜啊……"我在外面听见了，鼻子一酸。突然也觉得这兔子真的好可怜。又觉得外婆也好可怜……天气总是那么冷，她只好整天穿得厚厚的、鼓鼓囊囊的，紧紧偎在火炉边，哪儿也不敢去。自从兔子来了以后，她才在商店和煤棚之间走动走动。经常可以看到她在去的路上或回来的路上小心地扶着墙走。遍地冰雪。她有时候会捂着耳朵，有时候会袖着手。

冬天多么漫长。

但是我们家里多好啊，那么暖和。虽然是又黑又脏的煤棚，但总比待在冰天雪地里舒服多了。而且我们又对它那么好，自己吃什么也给它吃什么。很快就把它养得胖胖的、懒懒的。眼珠子越发亮了，幽蓝幽蓝的。这时若有人说"你们家兔子炒了够吃几顿几顿"之类的话，我们一定恨他。

我们真的太喜欢这只兔子了，但又不敢把它放出去让它自由自在地玩。要是它不小心溜走的话，外面那么冷，又没有吃的，它也许会饿死的。也许会再被村子里的人给逮住。反正我们就觉得只有待在我们家才会好好的。

我妈常常从铁笼子的缝隙里伸手进去，慢慢地抚摸它柔顺乖巧的身子。它就轻轻地发抖。深深地把头埋下，埋在两只前爪中间，并把两只长耳朵平平地放了下来。在笼子里它没法躲，哪儿也去不了。但是我们真的没有恶意啊，怎样才能让它明白呢？

日子一天天过去，天气渐渐缓和了许多。虽然每天还是那么冷，但冬天最冷的时刻已经彻底过去了。我们也惊奇地注意到洁白的雪兔身上果真一根一根渐渐扎出了灰黄色的毛来！它比我们更迅速、更敏锐地感觉到了春天的来临。

然而就在这样的时节里，突然有一天，这只性格抑郁的兔子终于还是走掉了。

我们全家人真是又难过，又奇怪。

它怎样跑掉的呢，它能跑到哪里去呢？村子里到处都是雪，到处都是人和狗，它能到哪里找吃的？

我们在院子周围细细地搜寻，走了很远都没能发现它。

又过去了很长时间，每天出门时，仍不忘往路边雪堆里四处瞧瞧。

我们还在家门口显眼的地方放了块白菜，希望它看到后能够回家。过了很久，竟然一直都没人把那块已经冻得梆硬的白菜收拾掉。

那个铁笼子也一直空空地罩在原处。好像还在等待有一天兔子会再回来——如同它的突然消失一样，再突然从笼子里冒出来。

果然，有一天，它真的又重新出现在笼子里了……

那时候差不多已经过去一个月了吧。我们脱掉了棉衣，一身轻松地干这干那。窗户上蒙的毡子、塑料布什么的统统扯了下来。沉重的棉门帘也收起来卷在床底下，等来年冬天再用。我们还把煤棚好好地拾掇了一下，把塌下来的煤块重新码了码。

就在这时，我们才看到了兔子。

顺便说一下，煤棚的那个铁笼子一直扣在暗处角落里的墙根处。定睛看一会儿才能瞧清楚里面的动静。要是有兔子的话，它雪白的皮毛一定会非常扎眼，一下子就可以看到的。可是，我们从笼子边来来去去了好几天，才慢慢注意到里面似乎有个活物。甚至不知道是不是什么死掉的东西。它一动不动地蜷在铁笼子最里面。定睛仔细一看，不是我们的兔子是什么！它原本浑身光洁厚实的皮毛已经给蹭得稀稀拉拉的。身上又潮又脏，眉目不清。

我一向害怕死掉的东西，但还是斗胆伸手进去摸了一下。一把骨头，只差没散开了。不知道还有没有气。看上去这身体也丝毫没有因呼吸而起伏的迹象。我便更加害怕……比起死去的东西，这种将死未死的才更可怕，总觉得就在这样的时刻，它的灵魂最强烈、最怨恨似的。我飞奔着逃离，跑去告诉我妈，她急忙跑来看。

"呀，它怎么又回来了？它怎么回来的？……"

我远远地看着我妈小心地把那个东西——已经失踪了一个月的兔子抱出来。然后用温水触它的嘴，诱它喝下去。又想办法让它把我们早饭时剩下的稀饭慢慢吃了。

至于她具体怎么救活这只雪兔的，我不清楚。实在不敢全程陪同，在旁边看着都发毛……实在不能忍受死亡。尤其是死在自己身边的东西，一定有自己的罪孽在里面……

不过好在后来我们的兔子还是挣扎着活了过来，而且还比之前更壮实了一些。五月份时，它的皮毛完全换成土黄色的了。在院子里高高兴兴地跳来跳去，追着我外婆要吃的。

现在再来说到底怎么回事。

我们用来罩住那只兔子的铁笼子没有底，紧靠着墙根。于是兔子就开始悄悄地在那里打洞。到底是兔子嘛。而煤棚又暗，乱七八糟堆满了破破烂烂的东西，谁知道铁笼子后面黑咕隆咚的地方还有一个洞呢？我们还一直以为兔子是从铁笼子最宽的那道栅栏处挤出去跑掉的呢。

它打的那个洞很窄的，也就手臂粗吧。我把手伸进去探了探，根本探不到头。又持着掏炉子的炉钩伸进去探了探，居然也探不到头！后来，用了更长的一截铁丝捅进去，才大概估算出这个小隧道约有两米多长。沿着隔墙一直向东延伸，已经打到大门口了。恐怕再有二十公分，就可以打出去了……

真是无法想象。当我们围着温暖的饭桌吃饭，当我们结束一天，开始进入梦乡，当我们面对其他的新奇而重新欢乐时……那只兔子，如何孤独地在黑暗冰冷的地底下，忍着饥饿和寒冷，一点一点坚持重复一个动作——通往春天的动作……整整一个月，没有白天也没有黑夜。不知道在这一个月里，它一次又一次独自面对过多少的最后时刻……那时，它已经明白生还是不可能的事了。但还是继续在绝境中，在时间的安静和灵魂的安静中，深深感觉着春天一点一滴地来临……整整一个月……有时它也会慢慢爬回笼子里，在那方有限的空间里寻找吃的东西。但是什么也没有，一滴水也没有（唯有墙根蒙着的一层冰霜）。它只好攀着栅栏，啃咬放在铁笼子上的纸箱子（后来我们才发现，那个纸箱底部能被够着的地方全都被吃没了），嚼食滚落进笼子里的煤渣（被发现时，它的嘴脸和牙齿都黑乎乎的）……可我们却什么也不知道……甚至当它已经奄奄一息了好几天后，我们才慢慢发现它的存在……

都说兔子胆小，可我所知道的是，兔子其实是勇敢的。它的死亡里没有惊恐的内容。无论是沦陷，是被困，还是逃生，或者饥饿、绝境，直到弥留之际，它始终那么平静淡漠。面对生存命运的改变，它会发抖，会挣扎，但并不是因为害怕，而是因为不能明白发生了什么事。但是兔子所知道的又是些什么呢？万物都在我们的想法之外存在着，沟通似乎绝无可能。怪不得外婆会说："兔子兔子，你一个人好可怜啊……"

我们生活得也多孤独啊！虽然春天已经来了……当兔子满院子跑着撒欢，两只前爪抱着我外婆的鞋子像小狗一样又啃又拽——它好像什么都不记得了！它总是比我们更轻易地抛弃掉不好的记忆，所以总是比我们更多地感受着生命的喜悦。

喀吾图奇怪的银行

喀吾图的乡政府是村子东边树林里的一排红屋顶小房子。那里一点儿都不严肃，到处都是麻雀和野鸽子。还有一群呱啦鸡整天在政府办公室窗外的树丛中"呱嗒呱嗒"地东突西窜。啄木鸟不停地在高处"笃笃笃"啄着木头。乌鸦也"呼啦啦"到处乱飞。

喀吾图的邮政所则是一个更为精致的红砖房子，还有黄艳艳的木头屋顶和雪白的木头栅栏。可惜这么漂亮的邮政所从没见开门营业过。听说邮政所的所长很多年前在县城买了房子，举家迁走了。从此成为城里人，再也没回过喀吾图。但说起来仍然还是喀吾图邮政所的所长。真是奇怪。

除了所长，邮政所还有一个工作人员。平时是村里的泥瓦匠，谁家有活儿就去帮着打打零工。偶尔，仿佛某天突然记起来了，才挨家挨户送一次信。还有一次他挨家挨户上门征订杂志。我们就很高兴地订了两份，但是直到现在也没见着一本。不过在他那里还是能买上邮票和信封的,但却不是在邮政所那个童话般的红房子里,而是在他自己家里。那天,我打听了半个村子才拐弯抹角找到他家。他把他家床上的毡子揭起一角,伸手进去摸了半天,终于摸出来一沓子哈文旧报纸。公家的邮票和信封就在里面夹着。居然和他老祖母绣花毡的花样子放在一起。

喀吾图的银行其实只是个小信用社,但我们都称之为银行。就在我家门前的马路对面。比起乡政府和邮政所,银行朴实了许多。也是红砖的平房,屋前的小院子围着低矮整齐的木头栅栏。沿着木头栅栏一溜儿栽着十来棵高大的柳树和杨树。院门低矮,栅栏边挂着信用社的小铜匾。一条碎石小路从院门直直地通向红房子台阶下,红房子屋檐上长满了深深的野草。院子里稀稀拉拉种着些月季花和两三棵向日葵。院子一角有一眼井,井台又滑又亮。另一个角落的小木棚里堆满了煤。如果在院子里再拴一条狗的话,就和一般人家没什么区别了。

院子里那几棵大树之间牵了好几根绳子,估计是用来晾衣服的。而那一片也正是坦阔向阳的地方。于是我洗了衣服就端一大盆过去,花花绿绿地晾了几大排。晾不下的就东一件西一件地高高搭在树枝上。我还以为自己找到了好地方,结果可把他们的行长给气坏了。他拽下我晾着的大床单,一路挥舞着穿过马路跑到我家来。啊啊呀呀,嚷嚷半天也没说清楚什么。总之,就是不能在那儿晾。

真是奇怪。不让晾衣服的话,干吗在那儿牵几根绳子?

后来再想想，又有趣。我居然在银行门口晾内衣和红花绿叶的床单。

这个银行这么小，这么不起眼，里面也肯定没什么钱的。而且，我几乎从没见貌似客户的人进去过。再而且，银行上班的那几个伙计每天都一副醉醺醺的样子，到处赊账。银行的达吾列在我们家商店抵押的那顶皮帽子从上个冬天一直放到了这个冬天都没有来赎。他一定很矛盾吧，想要帽子的话，得还债；不赎吧，冬天得戴帽子呀，另外买帽子的话还是得花钱……反正怎么着都得花钱。

我们这里的小孩子到了夏天都喜欢光着屁股在银行院子里玩。因为经过银行院子的小水渠里有很多小鱼苗子游来游去。另外银行院子里的树也长得挺好，全是那种特适合让人去爬的树。枝枝桠桠特别多，树干长得曲里拐弯，随便一个鼓出来的大树蔸上都能攀着站个人。于是，这些树上便总是人满为患。抬头冲那里喊一声，所有脑袋转过来，所有眼睛看过来。一般来说，喊的人当然是银行行长。于是，这棵栖满了孩子的树在下一秒钟内，像掉果子一样，扑扑通通，转眼间就掉得一个也没了。只剩一地的树叶。

一整个夏天，这个银行安安静静的。我想，在那里上班一定很惬意，大约什么也不用干，把房子守好就行了。而且那里树又多，肯定很凉快。而我们家热死了。周围一棵树也没有，房子光秃秃袒露在阳光下。坐在房间里挥汗如雨。我天天到银行院子里的那口井边提水，看着向日葵一天一天高了，叶子越抽越密。唉，要是我们住在那儿就好了。我很喜欢院子里的那条小渠，水总是很清。水边长满开着黄花的蒲公英。

　　冬天的时候，银行的那几个职工几乎就不怎么上班了。不仅如此，喀吾图工商所的、税务所的、供销社的……统统都不上班。这些人真幸福。因此作为对街邻居，我们经常可以看到的情景是：银行院子里平整地铺着没膝厚的积雪，雪地上深深地陷着一串脚印。偶尔回单位办点事的职工进去时都只踩着同一串脚印聪明地（其实是毫无办法地）进去。因此，一整个冬天里银行门口就只有那一串脚印。

　　长达半年的冬天结束之后，我妈就开始作准备，要随北上的牧民进山了。在我们这里做生意的人，到了夏天，有许多都会开一个流动的杂货店跟着羊群走。在牧场上做生意利润很高的。我们也想那样做，但要准备够卖一整个夏天的商品的话，我们资金又不够。于是我妈把主意打到银行那里了，有一天她去贷款……

　　天啦，她是怎么把款贷到手的！要知道我们这个小银行的贷款似乎只有一种，就是春耕前的农业贷款。可是她不但不是农民，连本地人都算不上。我们来喀吾图开店才一年多时间。甚至连富蕴县人都算不上，虽然来到富蕴县快二十年了，仍没有当地户口……反正她后来就贷上了。

　　总不能因为大家都是邻居，抬头不见低头见，不好意思不贷给我们吧?

对了,别看这家银行一年到头都冷冷清清的,可是到了农业贷款发放那两天却热闹非凡。一大早银行还没开门,人们就在门口排队等待了。一百公里以外的老乡也赶来了(喀吾图乡地形狭长,东西不过几十公里,南北却长达几百公里)。银行院子周围的木栅栏上系满了马。马路上也三三两两聚拢着人,热火朝天地谈论着有关贷款的话题。有趣的是,大概这种贷款在当地发放没两年的原因吧,当地人对"贷款"这一概念的认识模糊到居然以为那就是国家发给大家随便用的钱。哪怕家里明明不缺钱也要想法子贷回家放着。起码我们了解到的是这样的……

我妈问他们:"难道不想还了吗?"

那人就很奇怪地回答:"为什么不还?什么时候有了什么时候还嘛……"

这还不是最奇怪的。最奇怪的是我妈,她怎么贷上款的?

那天她去排了一上午的队。中午快吃饭时我去找她回家。穿过银行院子里热闹的人群,好容易挤进门去。一脚踏进去就傻眼了:黑压压一片人头……

银行屋里的情形是陷在地里半米深的,一进门就是台阶。所以我所站的门口位置是最高处。但居高临下扫视了半天,也认不出我妈究竟是哪个后脑勺。里面闹哄哄的。喊了好几嗓子,才看到她回过头来。高举着一个信封,努力地挤在人堆里,想要离开柜台。

那是我第一次瞧见银行内部的情形。很小很小,焊了铁栏杆的柜台外也就十来个平方的空地。红砖铺的地面，金灿灿的锡纸彩带编成一面天花板绷在上方，木头窗台刷了绿漆。

就这样，钱贷到手了。虽然不过三千块钱，但是不好意思的是……一直到现在都没有还。

据我妈的说法是：那个银行的行长调走了，实在是不知道该还给谁……也从来没人找上门来提这事。况且后来我们又搬了好几次家。

二〇〇九年补：二〇〇六年夏天，那笔钱到底还是还掉了。因为那个银行的一个工作人员到夏牧场走亲戚，在深山老林里迷了路，不小心竟撞进了我们家……

我们的裁缝店

当时,我们所有的钱只够用来在一个很偏远的地方租房子做生意(城里的房子是租不起的)。但有一个问题是:如果要到一个很偏远的地方去,就必须得雇大车进行长途搬家。当时我们所有的钱也只够用来雇一辆车了。雇了车的话,到了地方又哪来的钱租房子?真让人恼火。

为此我们想了很多办法,最后终于聪明地下了决定:首先,我们要去的地方一定要房租便宜;其次,房东一定要是个司机,自己开车来接我们。就这样,我们来到了喀吾图。

喀吾图真远啊。我第一次去时,穿过了好大一片戈壁滩,又在群山中没完没了地穿行。我在车厢里东倒西歪地打着瞌睡,什么时候到的都不知道。那个司机也不叫醒我,到地方了就自个儿悄悄溜了。等回来时,一身酒气。

喀吾图小镇不大,只有一个十字路口。由此路口延伸出去的四条小马路不到五十米就没了。这五十米半径的范围内，就是喀吾图最热闹的"商业区"。有好几家小商店、小饭馆、漂亮姑娘开的理发店，还有粮油店。但是站在十字路口放眼四望，马路上空空荡荡。所有店铺的门虽然敞着，但半天都不见有人进出。

我们是来这里开裁缝店的。可是这里已经有裁缝店了，由于是老店的缘故，生意看起来很不错。布也多，花花绿绿挂满了一面墙。开店的女老板还带了好几个徒弟。推门进去，满屋子踩缝纫机的"啪嗒、啪嗒"声。

整顿好新家后的第二天，我妈就跑去那家店串门子。假假地对人家问候了一番。回来心里就有底了，什么嘛，那哪是在做衣服，根本就是缝麻袋！

我亲眼看到她们是这样裁裤子的：先从布上裁下来两个长方形，再在长方形一侧估计着剪掉两个弯儿——就成了！然后交代给徒弟们："腰一定要做够二尺六，殿（臀）围越大越好，膝盖那儿窄一点，裤脚大小看着办……"

我妈那个乐呀。但脸面上还是做出谦虚和气的神情，满意地告辞了。

在城市里，尤其是大城市里，裁缝和裁缝店越来越少了。最常看到的裁缝们只在商场的楼梯间和走廊拐角处支一个小摊位，挂一块"缲裤边、织补、换拉链"的小牌子。现在谁还去裁缝那里扯布做衣服啊，店里买来的又便宜又有款。在城乡结合部，成衣批发加工的小作坊东一家西一家到处都是。工业缝纫机的马达通宵达旦地轰鸣，三四个人一个晚上就可以弄出上百套一模一样的流行服饰。就更别说大厂家、大公司了。但是那些大街上匆匆忙忙走着的人们，真的需要那么多的衣服吗？衣服的大潮汹涌进入人群。一场又一场的流行，最后产生的恐怕只有一堆又一堆的垃圾吧……

但在我们偏远的喀吾图，生活氛围迥然不同，流行真是毫无用处。比如裤子吧，现在的裤子普遍裆浅、臀窄、腰低，穿上怎么干活呀！衣服也太不像话了，男装弄得跟女装似的，女装又跟童装似的……

这是游牧地区，人们体格普遍高大宽厚。再加上常年的繁重劳动和传统单一的饮食习惯，很多人的身体都有着不同程度的变形。特体比较多：胸宽肩窄的、腰粗臀细的、凸肚的、驼背的、斜肩的……也只有量身订做的衣服才能穿得平展。

裁缝这个单门独户的行当到了今天仍然还在继续流传，可能是因为，总是有那么一些地方的一些人，仍生活在不曾改变之中吧？

刚开始的时候，我们自己没有布。得由顾客们自己准备布。我们只收加工费。

当地人礼性很重，相互间哪怕最寻常的来往也很少空手上门。正式的拜访和赴宴更是要精心准备礼物。一般都是送一块布料，里面裹一些食品。于是每家人的大箱子里总是压着几十幅布料，一米长的，两米五长的。全是为将来的出访准备的礼物。当然，这些布也差不多都是别人登门拜访时送给自己的礼物。一块布就这样被一轮一轮地送来送去，在偏远狭小的喀吾图寂静流传。好几次被送还回自己家，又好几次再转送出去。直到有一天，终于被送进裁缝店做成了某家主妇的一条裙子或一位老人的马甲为止。在这些布的往来中，一个刚组建的小家庭，会因婚礼而攒下一大箱子布。这些布就是这对小夫妻生活的底子。在后来长久的日子里，这些布将伴随两人的日渐成熟，见证这个家庭的日渐稳固，成就这个家中生活气息的日渐厚重。

我们接收的布料里面，有很多都是很古老的布。有着过去年代的花样和质地，散发着和送布来的主妇身上一样的味道。而这主妇的言行举止似乎也是过去岁月的，有褪色而光滑的质地，静静的，轻轻的，却是深深的，深深的……我们用尺子给她量体，绕在她的肩上、胸前、胯上。触着她肉身的温暖，触着她呼吸的起伏，不由深陷一些永恒事物的永恒之处。

我们的店刚开张三个月，生意就明显地好过了另一家。还有几个家长带着自己的孩子上门求艺来了。没办法，谁叫我们手艺好呢！整个小镇没人不知道"新来的老裁缝"。虽然收费贵了一点，但做出来的裤子洗过了三水，腰都不垮不变形。而且"老裁缝"做的裤子上给做了六个皮带袢，"小上海"家的只有五个；"老裁缝"家钉的扣子给缝四针，而"小上海"家的只系一针就挽结儿了。

"小上海"就是另一家裁缝了。但老板不是上海人，她家店也并非像上海一样繁华。只是因为女老板的丈夫姓"肖"，名"战海"。当地哈萨克老乡汉话说得不灵光，喊来喊去就成了"小上海"。干脆女老板自己也这么唤自己的店了。

她收了四个徒弟，都是女孩子，都是汉族。师傅传给她们好手艺，并管她们三顿饭和住的地方。但是要求每人每天至少得给师傅做出来三条裤子或一件挂里子的外套。这是在为牧业的转场作准备。浩浩荡荡的羊群和驼队经过喀吾图那几天，再多的衣服也不够卖的。

虽然上门拜师的多，但太小的孩子我们没敢收。直到三个月后才收了一个老徒弟，是个结过婚的妇人，名叫哈迪娜。这是一个付费徒弟，就是一边学手艺一边给师傅打工的那种。每做一条裤子我们就给她分一半的工钱，但是得由我们裁剪，熨烫，钉扣子缭裤角边。

哈迪娜很胖。她和她的缝纫机一搬进来，我们的小店剩下的空隙就只够两个人侧着身子站了。要是她想站起来取个东西，所有人都得全部让到门外去。

哈迪娜的小儿子常常会跑到店里来黏糊一阵，缠走两毛钱买糖。小家伙已经到了捣蛋的年龄，但还没到上学的年龄，所以他的捣蛋必须得被人忍受。

经常看到小家伙脚上穿着鞋帮子，手里提着鞋底子，鼻子冒着泡泡，满小镇乱串着消磨童年。

哈迪娜挺不容易，带了好几个孩子。最大的小学都没有毕业，还得再过一两年才能帮家庭分担些责任。

我们请哈迪娜来打工，原因之一是我们的确需要有人帮忙，原因之二是她一句汉话也不会。通过和她极其困难的交流，也许能货真价实地学到几句哈语。

果然，哈迪娜来了不到一个月，我们从最基本的"针"呀"线"呀，到各种颜色的说法，从"高矮胖瘦"到"薄厚长短"，从"元角分"到"好坏便宜贵"，还有"腰、肩、胸、臀"等等与做生意密切相关的词汇差不多都学会了。另外从一到一百全都能数下来了。"裙子""裤子""上衣""衬衫"什么的也一听就懂。讨价还价的技术更是突飞猛进，再也没有人能用二十块钱就从我们这里买走一条裤子了。

当然，哈迪娜也受益匪浅。从最开始只会用汉话说句"老板你好"，到后来简直能够又轻松又愉快地汉哈交杂着跟我妈交流育儿经。甚至还可以清楚地向我们表达她的弟媳妇有多坏，还列举了一二三四。

可惜除此之外，她做裤子的技术实在没有任何进步。平均每天磕磕巴巴做一条，稍顺利一点的话能做一条半。速度慢不说，做出来的裤子门襟那里总是拧着的。怎么给她说都没用。我妈就把那条裤子穿在自己身上，把毛病耐心地指出来给她看。她这才终于明白过来似的，"啧啧啧啧"地研究半天。最后，把我妈上身穿的毛衣扯扯直，一下子就严严实实遮住了门襟拧着的部分……从那以后，她做的裤子门襟就更加心安理得地拧着了。总有一天这女人会砸了我们娘儿俩的饭碗。

才开始和当地人做生意的时候，还想指望这个哈迪娜能够充当一番翻译的角色。结果，无论什么话只要一经她翻译，就更难理解了。比如我们很简单地问人家："想穿宽松一点还是刚合适就好？"经她转口，则一下子复杂异常。狠狠地难为对方好半天。那人站在那里反复推敲、琢磨，才勉勉强强，甚至是小心翼翼地回答出另外一些毫不相干的话来……天知道她在其中作了什么可怕的加工。还不如撇开这个哈迪娜，直接和顾客面对面地用手势，用表情，用纸笔写写画画——来得更可靠。

我们想辞她，又不好意思开口，这个女人笨是笨了点，但人家又不是故意笨的。

后来幸亏她自己走人了。她家里实在是家务繁忙，顾不过来。

几乎我们所知的每一个哈萨克女人都终生沉没在家务活的汪洋之中，也不知道她们都从哪儿找的这么多事来做。而男人们从外面回来，鞋子一踢，齐刷刷往炕上躺倒一排。就一直那样躺着，直到茶水饭食上来为止，真是可恶。

总之哈迪娜走了，不久后又来了另一个徒弟柴丽克。柴丽克是个文静腼腆的女孩子，很聪明灵巧。由于在县城打过工，很会说一些汉话。我们都很喜欢她。她是家里的老大，有一大群如花似玉的妹妹们（其中有两对双胞胎）。每次来看姐姐的时候，就会叽叽喳喳、新新鲜鲜地挤进来一屋子，一直排到门口。站不下的就趴在外面的窗子上，脸紧贴着玻璃往里看。

当地的孩子们小的时候都很白，很精致。目光和小嗓门水汪汪的，头发细柔明亮。可是稍微长大一些后，就很快粗糙了。轮廓模糊，眉眼黯淡。恶劣的气候和沉重的生活过滤了柔软的，留下了坚硬的。

柴丽克无论如何都算得上是一个美丽的姑娘。虽然她短短的、男孩子一样的头发和瘦小的身子会使她在人多的地方显得毫不起眼。但迎着她的面孔静静地看的话，很难不会为那一双美丽清澈的、卷曲着长长睫毛的大眼睛所打动。她的额头光洁明亮。她笑起来的时候，整齐的牙齿饱满晶莹。实在想不通，有着这么一张美丽面孔的人，为什么给人更多的印象却是平凡呢？可能她的灵魂是谦卑的吧……可能她的美丽正是源自于她内心的甘于平凡。

柴丽克十九岁，刚刚离开学校不久。每月我们给她一百五十块钱，但是不用记件数。

她从我们这里学会了做裤子、连衣裙以及给上衣外套做手工。但很快也离开了。那时村里给了她一个出纳的工作，每月一百二十块钱。令其他女孩子都羡慕不已。

柴丽克是我在喀吾图接触时间最长、最亲近的年轻人。我想说的是，她和我是完全不一样的女孩子。经历过喀吾图的岁月的青春总是沉默的、胆怯的、暗自惊奇又暗自喜悦的。虽然我还见过另外一些喀吾图的女孩子们，面目艳丽，言语热烈。但是，她们粗糙的浓妆后仍是一副安心于此种生活的神情，放肆的话语里也字字句句全是简单的快乐。

而我，却总像是不甘心似的，总像是在失望，在反复地犹豫……

不知道她们这样的青春，滋生出来的爱情又会是什么样的。

我们租的店面实在太小了，十来个平方。中间拉块布帘子隔开，前半截做生意，后半截睡觉、做饭。吃饭时就全部挤到外间，紧紧围绕着缝纫机上的一盘菜。

我们有两台缝纫机、一台锁边机，还有一面占去整个"工作间"四分之一面积的裁剪案板。案板下堆着做衣服必需的零料和配件。过了几个月，我们也进了两匹布，挂在案板一侧。房间其他的空白墙壁上，则挂满了我们做出来的各式各样的衣服。有的是做出来卖的，更多的是给人订做好了，却一时没人来取的。

虽然狭小，但这样的房间一烧起炉子来便会特别暖和。很多个那样的日子，是晚春时分吧，室外狂风呼啸，昏天暗地。树木隐约的影子在蒙着雾气的玻璃窗外剧烈晃动。被风刮起的小碎石子和冰雹砸在玻璃窗上，"啪啪啪啪"响个没完没了……但我们的房子里却温暖和平得让人没法不深感幸福。锅里炖的风干羊肉溢出的香气一波一波地滚动。墙皮似乎都给香得酥掉了，很久以后会突然掉下来一块。至于炉板上烤的馍馍片的香气，虽然被羊肉味道盖过了，闻不到却看得到——它的颜色金黄灿烂，还漂着诱人的淡红。小录音机里的磁带慢慢地转，每首歌都反复听过无数遍。歌词也失去了最初的意思，只剩一片舒适安逸。

我们还种了好几盆花。我妈只喜欢好养活的，一年四季花开不断的，而且花还要开得又多又热闹的那些。比如酢浆草。分明就是草嘛，怎么养都养不死，乱蓬蓬一盆子。花碎碎小小，吵吵闹闹挤了一窗台。

我们还养了金鱼。每当和顾客讨价还价相持不下时，我们就请他们看金鱼。每次都成功地令他们大吃一惊，迅速转移注意力。

在那时，当地人都还没见过真正的金鱼，只见过画片和电视上的。这样的精灵实在是这偏远荒寒地带最不可思议的梦一样的尤物——清洁的水和清洁的美艳在清洁的玻璃缸里妙曼地晃动、闪烁。透明的尾翼和双鳍像是透明的几抹色彩，缓缓晕染在水中，张开、收拢，携着音乐一般……而窗外风沙正厉，黄浪滚滚。天地间满是强硬和烦躁……

这样，等他们回过神来，回头再谈价钱，口气往往会微妙地软下去许多。

就在几十年前，当地的人们还穿着手缝的生皮衣裤。这是一个过去在喀吾图待过十来年的老裁缝说的。现在他在城里修汽车。还有一个当过裁缝的老太太，现在种着十几亩地。总之，老一辈裁缝们都改行了，不知受到过什么打击。

他们还说，当年才到这里时，牧民们冬天穿的裤子，都是生羊皮卷成的两个筒连在一起缝成的。因为太硬了，晚上睡觉前，得把它泡在水里，泡一整夜。泡软了第二天早上起来才能穿得进去……不知是真是假。那个种地的老太太还说什么，是她来到了这里以后，才教会大家用刀片从羊皮的反面割裁。那样的话，就不会弄断正面的毛。咳，这也太夸张了吧……

但是我们到了这里以后，觉得大家还是蛮正常的嘛。无论是饮食还是穿着，都有深厚浓重的习俗和经验在里面。不是一天两天，十年几十年的时间就可以建立起来的。

当地人对衣物穿戴有着不太一样的态度和标准。怎么说呢，也就是衣服没有了就买，买了就穿，穿坏了再买……好像和其他地方没什么区别嘛。但是，相比之下，我觉得这里的人们更为坦然，甚至是更轻慢一些。首先，衣服买回去就是用来穿的，于是就穿，和穿别的衣服没什么不同。起码大部分人都是这样，看起来一点儿也不会格外珍视新衣服。似乎是预见着这新衣服变旧的样子来穿它们似的。一条熨得平平展展的裤子，付过钱后，揉巴揉巴拧一团，往外套口袋一塞，揣着就走了。让裁缝看了都舍不得。

不过这样也好。这样的话，衣服当然坏得快了，年年都得添新的。要不然我们生意怎么做？

男人们很少进店量尺寸、买衣服。一般都是女人拿着自己男人的（或是女儿拿着父亲的，母亲拿着儿子的）最合身（也最破烂）的衣物，来店里让裁缝给比量着裁剪。只有单身汉和讲究一点的年轻人才会亲自来店里找裁缝。

最固执的是一些老头儿。偶尔来一次，取了衣服却死活不愿试穿，好像这件事有多丢人似的。即使试了也死活不肯照镜子。你开玩笑似的拽着他往镜子跟前拖，让他亲眼看一看这身衣服有多合身，多"拍兹"（漂亮）。可越这样他越害羞，甚至惊慌失措。离镜子还有老远就双手死死捂着脸，快要哭出来似的。

农民和牧民对衣服的要求差别很大。牧民由于天天骑马，裤腿一定要做得长长的，一直拖到地上，裆深胯肥。这样骑马的时候，双腿跨开，裤子就会缩一截子，而变得长短刚合适，不会有风往脚脖子里灌了。同理，由于天天伸着胳膊持缰绳，衣袖也要长过手掌心的。

而农民则恰恰相反，什么都要短一点的好，在地里干活利索些。

给小孩子们做衣服就更奇怪了。按我们汉族人的想法，孩子嘛，天天都在长着的，要做得稍大一点预备着，好多穿两年。可他们呢，非得做成刚合适的不可。连站都站不稳的孩子，也给弄一身周周正正的小西装。好像只是为了讨个稀罕似的。

女人们就热闹多了。三三两两，不做衣服也时常过来瞅一瞅，看我们有没有进新的布料（我们每进一次布，就可以带动一次"流行"呢）。如果有了中意的一块布，未来三个月就该努力了。一边努力攒钱，一边努力往我家一天三趟地跑。再三提醒我们千万别全卖完了，一定要给她留一块够做一条裙子的。

还有的人自己送布来做，做好后却一直凑不够钱来领取。只好任其挂在我家店里。一有空就来看一看，试穿一下，再叹着气脱下来挂回原处。

有一个十二三岁的小姑娘的一件小花衬衣也在我们这儿挂着。加工费也就八元钱，可小姑娘的妈妈始终凑不出来。也可能手头不差这点钱，想着反正是自己的东西，迟一天早一天都一样的，别人又拿不走。所以也不着急吧。但小姑娘急。每天放学路过我家店，都会进来巴巴地捏着新衣服袖子摸了又摸，不厌其烦地给同伴介绍："这就是我的！"……就这样，穿衬衣的季节都快过去了，可它还在我们家里挂着！最后，还是我们最先受不了了……终于有一天，当这个孩子再来看望她的衣服时，我们就取下来让她拿走。小姑娘那个乐呀！紧紧攥着衣服，满面喜色。欢喜得都不敢相信了，都不敢轻易离开了。她在那儿不知所措地站了好一会儿。最后看我们都不理睬她了，这才慢吞吞挪出房子，然后转身飞快跑掉。

在所有来量身订做衣服的人里面，我所见过的最最最……的身体是温孜拉妈妈的。偏偏她老人家又最最最信任我，一来店里，就点名由我来给她做。

温孜拉妈妈实在是太胖了！如果只从正面看的话，也看不出有什么特别，就只是胖而已。胳膊比我腰还粗，胸脯像兜着一窝小兽。当然，胖的人多的是，比她宽大的人不见得没有。但是，请再看她的侧面——她的厚度远远超过了她的宽度。这个老妈妈的屁股由于实在是太大了。大得只好举着屁股走路，举着屁股站立，并且举着屁股坐（至于睡觉是怎么个情形就不太清楚了）。使这屁股跟一面小桌子似的，上面随便摆点什么东西都不容易掉下来……胖成这样，实在不容易呀。

给她做衣服，就更不容易了。一般来说，给没有腰身的身材做裙子，连衣裙倒也罢了，半身裙的话，裁的时候得比实际量好的长度再加长一点。令裙腰越过大肚腩，一直卡到乳房下面。但是这位老太太，连乳房下面也没有空隙，被肉塞得满满的。给她做裙子真令人发愁，布也没法按常规排料。案板都铺不下。勉强铺好后，左边量一下，叹口气；右边量一下，再叹口气……这边够了，那边准缺，真是无从下手。弄得在旁边看着的老太太自个儿都不好意思了，一个劲地给我们道歉。

想想看老人家也挺可怜的。身上穿的裙子可能是自己缝的吧,只是说勉强把人给裹住了而已,到处都没法穿平。看上去邋遢极了。其实老太太还算是很讲究的人。

好在我和我妈都非常聪明。我们俩商量了一阵。又在墙壁上一一得一、一二得二地涂涂改改计算了好一阵,就把问题给解决了!几天以后,老太太终于穿上这辈子最合身的一套衣服,在小镇上绕着圈子风风光光地回家了。

从那以后,我们家裁缝店一下子声名远播。各种各样奇形怪状的身材纷纷慕名而来,腰粗臀窄的,肩窄胸宽的,斜肩驼背的……整天尽干这样的活,实在令人气馁。

库尔马罕的儿媳妇也来做裙子了。她的婆婆拎只编织袋,腼腆地跟在后面,宽容地笑。我们给她量完尺寸之后,让她先付订金。这个漂亮女人二话不说,敏捷地从婆婆拎着的袋子里抓出三只鸡来——

"三只鸡嘛,换一条裙子,够不够?"

她要订的是我们最新进的一块布料。这块晃着金色碎点的布料一挂出来,几乎村子里所有的年轻媳妇都跑来订做了一条裙子。这是在我们这个小地方所能追赶的为数不多的时髦之一。而库尔马罕的儿媳妇算是落在后面的了。

她说:"不要让公公知道了啊!公公嘛,小气嘛。给他知道了嘛,要当当(唠叨、责怪)嘛!"

"婆婆知道就没事了?"

"婆婆嘛，好得很嘛！"她说着揽过旁边那个又矮又小的老妇人，拼命拥抱她，"叭"地亲一口，又说："等裙子做好了嘛，我们两个嘛，你一天我一天，轮流换着穿嘛！"

她的婆婆轻轻地嘟囔一句什么，露出长辈才有的笑容。甚至有些骄傲地看着眼前这个高挑苗条的年轻儿媳。

库尔马罕的儿媳妇是我们这一带最最出众的两三个漂亮女人之一。她有着猫一样紧凑明艳的容颜，目光像猫一般抓人。举止也像只猫，敏捷优雅，无声无息。常年粗重的劳动和寒酸的衣着似乎一点也没有磨损到她的青春的灵气，反倒滋生出一股子说不出的鲜鲜的野气。虽然她修长匀称的手指总是那么粗糙，布满了伤痕。而脚上趿的那双还没来得及换下来的、劳动时才穿的破球鞋破得脚趾头都顶出来了两个。鞋后跟也快要磨穿了。

库尔马罕的儿子也是一个俊美的年轻人。但每当和妻子站到一起，就会很奇怪地逊色一大截子。

我们实在没法拒绝这三只鸡和她那因年轻而放肆的要求。但是我们要鸡干什么？但是我们还是要了。

"家里鸡少了公公看不出来吗？"

"看不出来。"

"家里鸡很多吗？"

"多得很。"

"五十只？一百只？"

"七只。"

"啊——"太不可思议了，"七只鸡少了三只，你公公还看不出来？"

"看不出来。"

"……"

当地男人不过问家务，已经严重到了这种地步。

来这里做衣服裙子的女人们，一个比一个可爱。可爱得简直都不忍心收她们钱了。哪怕是五六十岁的老妇人，撒起娇来，也跟小姑娘一样动人。她会像念诗一样哀叹自己的青春，满脸难过，眼睛却狡猾地笑。

年龄小的就更难对付了。干脆紧紧搂着我妈的脖子，拼命亲她，让她气都透不过来。再口口声声地喊她"妈妈""亲爱的妈妈"。

到了后来，我们的价格降到了和小上海家的一个档次，实在是没办法……

价格一降，我们生意就更好了，也更忙了。到了冬天，经常是深夜过去天快亮了的时候我们才开始休息。整个喀吾图小镇上，我们家窗子的灯光总是亮到最后。

那些深夜里路过喀吾图的人们，摸进小镇，循着灯光敲开我们的门，要买一包烟或者想找点吃的。而冬天的村庄里总会有一些通宵达旦的聚会。大家弹琴、唱歌、跳舞，一瓶一瓶地喝酒，再互相扶持着，歪歪斜斜满村子找酒喝。找到我家店里，不听我们的任何解释，非得要酒不可。

可是我们不是商店啊。于是有一次我妈进城时，批发回来一些烟酒罐头。用绳子系了，招牌一样明明白白地挂在窗户上。于是，后来那些漫长的夜里，来敲窗户的人渐渐更多了。这便是我家后来的杂货店的前身，也是我们对做裁缝的最初的放弃。

裁缝的活不算劳累，就是太麻烦。做成一件衣服，从最开始的量体、排料、剪裁、锁边，到后来的配零料、烫粘合衬、合缝（至于其中那些上领、掏兜、收省、上拉链等细节更是没完没了），虽说谈不上千头万绪，也够折腾人的了。

做成后，还有更麻烦的手工。上衣得开扣眼、钉扣子、缝垫肩。裤子则要缲裤脚边。做完手工后，还得把它整熨、定形（其中烧烙铁是最令人痛恨的事情）。这些结束以后还不能算完，衣服一般在成形后才看得出毛病来。于是还得把它套在塑料模特身上，看看肩和袖结合得平不平，胸侧有没有垮下来的褶子，前后片齐不齐，下摆起不起翘、扭不扭边什么的。还得特别注意领子是不是自然服帖的。直到一点毛病都没有了，再细心地清除线头。另外浅色的衣服做好后还得给人家洗一洗，缝纫机经常加油，难免会染脏一点。而且烙铁也没有电熨斗那么干净。一不小心，黑黑的煤灰就从气孔漾出来了，沾得到处都是。还有，在裁剪之前，遇到特别薄、特别柔软抖滑的布料，还得先用和了面粉的水浆一下。晾干变得挺括之后再排料、裁剪。

就这样，从一块布到一件衣服，耗的不是人的气力而是精力。就那样一针一线地耗，一分一秒地耗。从早晨到深夜，从月初到月底，从今年到明年……看上去，这种活计好像轻轻巧巧的,其实最熬人了。忙的时候,如牧业转场经过或者古尔邦节那几天,通宵达旦地干活是经常的事情。深夜的村庄沉静、寒冷,有时候有风,有时候没风。炉子里煤火黯然,似乎里面覆的全是厚而冰冷的煤灰。炉板上烤着的馍馍片在很长时间以前就焦黄了,后来又渐渐凉了,硬了。人静静地坐在缝纫机前,一点一点摆弄着一堆布,一针一针地缝,又一针一针地拆。时间无影无形,身心沉寂……用牙齿轻轻咬断最后一根线头,天亮了。

一边干活一边轻轻地交谈。更多的时候,似乎所有的往事都已经说完,再也没有话题了。疲惫也早已挨过了可以忍受的限度。那时,一件件衣服只剩下套过公式后的死尺寸及规整的针脚……

我妈后来又收了两个汉族徒弟,都是十五六岁的小丫头。店里没地方住了,我们三个学徒就借住在喀吾图乡边防站仓库的旧房子里。里面堆着半屋子煤和几十麻袋麦子。房间正中的柱子上和檩条上,到处都藏着鸟,一有动静就到处乱扑腾,搞得乌烟瘴气。

冬天,古尔邦节前后那段日子里,我们每天总是很晚很晚才干完活回家。顶着寒流走在必经的一截上坡路上。虽然离家不过三四百米,却说不出地艰难。我们三个手牵着手,转过身子背着风倒退着走。零下三十度、零下三十五度、零下三十八度。耳朵疼、鼻子疼、后脑勺疼、眼珠子疼……整个身体里,只有口腔里和心窝那一团有点热气似的……终于挨到家门口。三个人的三双手凑到一起,小心合拢了,擦燃火柴,慢慢地烘烤门上那把被冻得结结实实(我不明白为什么天气一冷,锁就不灵光了，插进去的钥匙怎么也拧不动）的铁挂锁的锁孔。得烤好一会儿才能转动钥匙打开门。进去后，第一件事是生炉子。烧点热水随便洗把脸，就飞快地上床睡觉……那样的夜里，窗台上的一摞碗冻得硬硬的，掰也掰不开；灶台上的洗洁精也冻上了，醋冻上了；湿抹布冻在锅盖上，抠也抠不掉；没有缝儿，墙角却飕飕蹿着冷气；室内的墙根下蒙着厚厚的白色冰霜……我们在这个大冰箱里睡着了。每个人的嘴边一大团白气，身上压着数十斤布堆（那个东西已经不能算是"被子"了吧？）。再也没有寒冷了。

是呀，从我们当裁缝的第一天起，就发誓一旦有别的出路，就死也不会再干这个了。但到了今天，仍不是最后一天。我们在做裁缝，假如有一天不做裁缝的话，我们还是得想别的办法赚钱过日子，过同样辛苦的生活。都一样的——可能干什么都一样的吧？

是这样的，帕孜依拉到我们家来做衬衣。我们给她弄得漂漂亮亮的。她穿上以后高兴得要死，在镜子面前转来转去地看。但是我立刻发现袖子那里有一点不平。虽然只有一点点，但我要给她完美，我要让她更高兴。于是就殷勤地劝她脱下衣服，烧好烙铁，"滋——"地一家伙下去……烫糊一大片……

帕孜依拉脸一下子苦了。我妈的尺子就开始往我后脑勺上敲了。帕孜依拉痛苦地离开了，背影似乎都在哀叹：我的新衣服！我新新的新衣服啊！

怎么办呢？我和我妈商量了半天。最后把那一截子烧糊的地方裁掉，用同样的布接了一截子。特意将袖口做大一些，呈小喇叭的样式敞开。还精心地钉上了漂亮的扣子。最后又商量着给它取了个名字："马蹄袖"。帕孜依拉来了一看，还真有点像马蹄，而且还是别人没有穿过的款式呢！我们又对她吹牛说，城里都没有这种样式的。她便更得意了。这才顺顺利利交了货。

但是后来……几乎全村的年轻女人都把自己的衬衣袖子裁掉一截，跑来要求我们给她们加工那种"漂亮的马蹄袖"。

我想说的是：假如我们尝试改变，说不定会过得更好一些。但也说不定更差一些。但是，无论干什么都不会比此时此刻更为确定、更有把握一些了。是不是在不知不觉中，那些还有其他梦想的岁月已经成为过去了？想想看，我们生命中那些最欢乐最年轻的时光都用在了学习这门手艺、使用这门手艺上，我们肯定不仅仅只是依赖它生活吧？……我们剪啊，裁啊，缝啊，觉得这是一件再理所当然不过的事情——突然又会为这样的想法悚然吃惊。是的，干裁缝真的很辛苦，但那么多难忘的事情，一针一线的，不是说拆就能拆得掉。而且，我想说的远非如此……说不出来。但是，当我再一次把一股线平稳准确地穿进一个针孔，总会在一刹那想通很多事情。但还是说不出来。

看着我拉面的男人

那个看着我拉面的男人实在讨厌。好几次我都想把手里那堆扯得一团糟的杂碎扔到他脸上。

那面实在是不好拉,一拉就断。而没有断的,在脱手之后、入锅之前的瞬间,会立刻像猴皮筋似的缩成手指头粗。最细的也有筷子粗。但这不能怪我,只能怪揉面时盐放多了。不过话又说回来,那盐也是我自己放的。

我把面团平铺在案板上,擀成指头厚的一摊,均匀地抹上油,用刀切成指头细的一绺一绺。然后再拉。我看别人就是这样弄的,一点儿也没错。但我同样也这样的话——我一拉,它断了。把两个断头搓搓捏捏接起来,再一拉,它还要断。生气了。双手一抓,左一下右一下拧成一团扔一边,另拽一根重拉。

这回,我把它放在案板上抻开,再搓得细细长长。然后一圈一圈绕到手腕上,伸开胳膊一扯,往案板上清脆响亮地一砸。那"啪"的一声听起来倒是怪专业的。可惜"啪"过之后,面条一圈一圈全断开了，摔成一堆碎节。又迅速地猴皮筋似的缩成一堆面疙瘩。没办法，只好也揉成一团，从头再来。

这么折腾了老半天。其中有一次眼看就要成功了，可下锅的时候，不知怎么回事，给下到锅外了。

这边手忙脚乱，忙得鼻子眼睛都分不清，那边已经煮了一部分面的水锅滚得沸沸扬扬，淤了好几次。到最后，由于抹过油又拉失败的面块重新揉在一起后就彻底拉不成了，只好揪一揪，扯一扯，拍一拍，乱七八糟下到锅里。请大家凑合。样子虽然难看，吃还是没问题的。

就这样，下了一大锅胖乎乎的拉面，其中不乏奇形怪状的阿猫阿狗。

这些还不算什么，最可恨的是那个一直兴趣盎然看着我拉面的臭男人。

我们住在一个非常安静偏远的小村，几个月也不会有人突然登门拜访。但总会在某天有人偶尔推开我家门往里面看一眼，比如眼前这位。

我不认识他。显然，他也不认识我。如果他不是正挨家挨户地找人，就是一定有挨家挨户推开别人家的门往里看一眼的嗜好。看就看呗，看完就该走了吧？谁知他推门探头进来看了一眼，拉回门后，又重新推开再探头看了一眼。

我说："你好。"

"好。"

"有事吗?"

他不吭声。

我又问:"找谁?"

还是不理我。直盯着我鼻子底下那一摊子杂碎。

于是我也不理他了。专心对付眼前惨不忍睹的局面。

他索性把门大打而开,靠着门框津津有味地看了起来。

实在是被看烦了,我就扭头也直直地盯着他。可是这对他一点效果也没有。

我说:"那有凳子,不坐吗?"

他就捞过一把小凳子,四平八稳坐下。

……

这人也就三十来岁的样子,又高又瘦。村里从没见过这么个人,可能是经过的牧民吧。也具备牧民的某些特征:面孔黑红,双手骨骼粗大,举止和目光都十分安静、坦然。他顺理成章地坐那儿,马鞭子往旁边矮柜上一放。好像面前在举行阿肯弹唱会和三下乡文艺演出。

"喂,你要干啥?"

"你找谁?"

"有事吗?"

"干什么?你?"

"坐那儿干吗?"

"想不想吃?"

"好看得很吗?"

……

一点用也没有。

真有点火了！我把面前那摊子杂碎拽了又拽，摔了又摔，使劲揉，使劲揉。权当在折腾他那张聚精会神的脸。

又有几根面条耷拉在锅沿上了。我用手指头去撩，又给火灼了一下。一惊，锅差点儿给掀翻了。我右手连忙去扶锅，左手上的一串面条"啪嗒"掉到了地上。

我能不生气吗？！

"喂喂喂，你这人干啥呢？没事就出去！"

"你干啥呢干啥呢，你这人真烦！"

"出去！出去！"

"出去！！"

"出去……"

最后你猜怎么着？他居然笑起来了！

若不是面前沸得一塌糊涂的锅等着我收拾，真想先去收拾他！

我把看起来好像差不多熟了的面捞起来浸在凉水盆里。另一边接着拉，接着下锅。煮的时间里回头把过了凉水的面捞出来盛进盘子里。这时第二锅看起来好像也熟了，再捞起来过水。再接着拉面下锅……描述起来倒显得有条不紊似的，其实……总之狼狈极了。那个男的下巴都快笑掉了。

我实在是拿他没办法。做好后只好先请他吃一碗。

他吃完就走了，从此再也没见过这个人。

而现在呢，我的面拉得实在太好了！又利索又漂亮。可惜再没人在旁边看了。

每天，我一个人做好饭，汤汤水水、盆盆罐罐地打一大包给村头店里那些干着活、等着饭的人送去。一个人穿过安静明亮的喀吾图小村。白天的马路上几乎看不到人，只有一只鹤走来走去，时不时会迎面碰到。我送了饭再一个人走回家，经过一座又一座安静的院落、房屋。我也想一家一家推门进去看看有没有人。如果有人，我也会靠在人家门口看半天的，不管他在干啥。真寂寞呀。

喝 酒 的 人

　　酒鬼沙合斯到我家店里打酱油，真是令人惊讶。我妈问他："为什么不是来打酒的？"他回答得挺痛快："二〇〇〇年了嘛，喝酒的任务嘛，基本上完成了嘛！"
　　可是才过几个小时工夫，这家伙又来了。他把我们家商店门"砰"地一脚踢开。眼睛通红，头发蓬乱，外套胡乱敞着，上面的扣子一颗也没有了。他绕着很复杂的曲线走向我，把手里的瓶子往柜台上重重地一蹾——又来打酱油。

　　一直都想不通酒到底有什么好喝的。才开始我还以为他们酗酒是为了打发无聊，一堆人凑在一起借酒装疯可能会很热闹。
　　可是后来又发现，其实还有很多人更愿意孤独地喝酒。比如杰恩斯别克，总是悄悄地来店里买一瓶二两装的二锅头，靠着柜台享受似的慢慢啜饮。冷不丁有人掀门帘进来，就迅速把瓶盖一拧，口袋里一揣。若无其事地和来人打招呼，耐心地等着对方离开。然后再继续掏出来享受。跟个馋独食的孩子一样。显然,酒带给他的乐趣肯定不是那种电视剧和小说里通常所解释的"麻醉"呀"逃避"呀之类。

更多的人是只让我给斟一杯散酒,接过去一饮而尽。然后咂着嘴付钱,满意离去,掀开厚重的门帘大步走进外面的隆冬之中。那样的一杯酒我们卖五毛钱。

我喜欢那样喝酒的人,我觉得他们真的把酒当成了一样好东西来品尝。在他们那里,酒最次也是一种驱除寒冷的必需品。而不像群聚拼酒的人,又唱又跳,又喊又叫的。喝到最后,估计给他上点白开水他也无所谓了——甚至分不清了,照样兴奋得要死。我觉得他们不珍惜酒。

还有一类酗酒的人,占了喀吾图酒鬼中的大多数。这类人则总是以一种非常可怕的,简直可称之为"精神"的态度酗酒。他们狂饮烂醉,大部分时间却是沉默的,而且毫无来头地固执,鄙夷一切稍有节制的行为。

他们喝酒的状态与程度往往有规律可循。那些在柜台边站着喝或坐着喝的人,可能才刚刚开始或只喝了一瓶;盘腿坐到柜台上的,一般来说已经两瓶下肚了;至于高高站到柜台上低头顶着天花板的,不用说已经喝到第三瓶。假如喝到第四瓶的话,就全睡在柜台底下了。

当然也有例外,比如加纳尔喝到四瓶,是一定会踩着院墙上房顶的。而米列提喝到第四瓶,通常会跑到河边从桥上往下跳。

至于其他的洋相,就更多了。

我们是裁缝,所以我家挂着一面全村最大的穿衣镜。每天,都有各种各样的酒鬼,从村里的各个角落集中到我家店里轮流照镜子。每人还随身带着梳子。一个个沉默着,没完没了地梳头……真让人受不了。

乡政府的秘书马赫满每喝醉一次,就到我们家订做一套西服。还很认真地讨价还价。而他平时穿着很朴素,甚至很寒碜。我想,一套体面的新衣服肯定是他长久以来都不能实现的一个愿望吧。

还有河西的巴汗,每次喝醉了就挨家挨户还债。

而我们这里的电老虎塔什肯喝醉了,则是挨家挨户收电费。收完电费后,再跑到房子后面挨家挨户地掐电。我们毫无办法,只能点着蜡烛生着气,等他酒醒后来道歉。通常在道完歉接好线后,他还要再讨一杯酒喝了才走人。

塔什肯带的那个小徒弟也是一个小酒鬼。这小伙子,不知为什么给人的感觉总是怪怪的。也说不上具体哪个地方怪,反正就有个地方不对劲。他那么大的人了,脸上却总是很自然很强烈地流溢着某种孩子才有的神情。有点像天真——对,就是天真,很无辜很简单的天真。真是奇怪,这家伙到底哪里和别人不一样呢,眼睛鼻子不都是那样长着的吗?于是,每次他一来,我就留心观察。的确如此,尤其是当他张嘴一笑时,这种天真就更强烈更明显了。等他笑完一闭上嘴,这种天真就立刻荡然无存。于是再进一步观察,再进一步观察……终于明白了……咳,什么天真呀!他嘴里缺了两颗门牙!

不用说，肯定是酒喝多了，跌掉的。

塔什肯说他的这个宝贝徒弟七年前就随他跟师了。跟到现在，除了酒，什么也没学到手。也的确如此，这家伙帮我家接个小线头还被电打得龇牙咧嘴的。不过他会修电灯开关。我家电灯开关的拉绳有一段时间有了问题，连续拉扯五六下灯才亮。他过来修了一下，修得它只拉三四次就能亮了。

可能每个村子都会有这样的一帮小伙子，还没熬到可以死心塌地种地的年龄，但又没勇气出去闯荡一番。便天天哼着被译成哈文的汉族流行歌，成群结队地四处混酒喝。他们七嘴八舌地围攻我："妹妹，不行呀，我们实在没钱呀！"等喝得差不多了，就说："嫂子，我们真的没钱……"等彻底醉掉以后，我也就被叫成"阿姨"了。

只是令人奇怪的是，既然他们都没钱了，我干吗还要把酒卖给他们？

真是，整天如此，人都被酒给醺糊涂了。

我家柜台下面的角落里至今还堆着一些无法处理的宝贝。包括五件皮夹克、几顶皮帽子、几根马鞭、一副皮手套、两三个手电筒，还有一个摩托车头盔、一大堆匕首、一叠子身份证、一个户口簿、数不清的手表（有一半都不能走了）。更可笑的是，还有一双皮鞋……全是赊账的酒鬼随手抵在这里的，估计酒醒后就忘掉了。

更可气的是晚上。那些人也不知道为什么有那么大的毅力，冰天雪地里能连续敲几个小时的门。他们越是这样，我们越是不给开；我们越是不给开，他们越是要坚持到底。不烦不躁，一直叮叮咚咚敲到天亮，就回家睡觉去了。一觉睡到晚上，吃饱了饭，再来接着敲。

经常是干活干到半夜，一出门，就给门口堵着的东西绊一跤。低头一看，又一个醉趴下的，不知在冰天雪地里倒了多久了。于是赶紧把他拖进屋子，扔到火炉边撂着。让他自己醒过来好回家。可气的是，这种人醒了以后，往往第一件事就是要酒喝。根本不为自己刚刚捡回一条命来而稍有后怕。

奇怪，为什么要喝酒呢？酒到底有什么好喝的？那么辣，而且还得花钱。

我妈就有点瘾。平时吃饭，一有好菜，就让我给斟一杯。有时候我外婆也会主动讨一小口喝。就我怎么也喝不习惯。

我妈说，她年轻时在兵团，是连队"姑娘排"的。每天都会在地里干到好晚才下工。一回到家，骨头都散了，浑身酸胀。为了能够睡个好觉，保证第二天的精神，宿舍里一帮子姑娘们就逮着酒瓶子一人猛灌一口，再昏昏沉沉上床睡觉。时间一久，就上瘾了。

至于外婆，我想大约也是同样的原因吧。艰苦的生活太需要像酒这样猛烈的、能把人一下子带向另一种极端状态的事物了。

尤其看到那些喝醉了的人，眼神脆弱又执着，脚步踉跄，双手抓不稳任何东西。他们进入另外的世界里了，根本不接受这边世界的约束，甚至生命的威胁也不接受。真的觉得酒实在是太神奇了，温和的粮食和温和的水，通过了一番什么样的变化呢？最终竟成了如此强烈不安的液体……当我们一日三餐，吃着这些粮食，喝着这些水，温和地日滋夜补，谁能知道它们在我们身体内部，在更为漫长的时间里，又进行着一些什么样的变化……当我们一日日老去了，身体被疾病打开了各种各样的缺口。当我们挂杖蹒跚地走，神志也渐渐模糊了……人的一生，莫非也是一场缓慢的酗酒过程？突然想到一个词：殊途同归。呵呵，世界太神奇了。不会喝酒，也罢。

对了，我所知道的汉族人喝醉酒后就很没意思了。通常的情景只会是两个人面对面跪着，没完没了地道歉，然后再抱在一起痛哭（额外说明的是，喀吾图平时没什么汉人，这些都是夏天来打工的民工，盖喀吾图寄宿中学的新教学楼）。

还有那个一干完活就跑到我们家店里串门的小黄。平时挺好的一个小伙子，一喝醉了，就哭得一塌糊涂，非要认我妈为干妈不可。我妈只好答应他。但到了第二次喝醉，他还要再认一次。

尔沙和他的冬窝子

我们还在喀吾图做生意时,就认识了尔沙。那天他走进我们店里,说要买裤子。开始他是站在柜台对面和我们说话的,后来大家都觉得很熟了,他就跳到柜台上盘腿坐着和我们说话。那天大家兴致勃勃地聊了很多很多,大半天都消磨过去了。等他离开后,我才想起来他是来买裤子的。可后来他根本就没提这事。

尔沙长得并不漂亮,但看起来就是讨人喜欢。他很年轻,个子不高,脸膛黑黑的,眼睛很亮很亮,看人的时候总显得非常诚恳。要是说起汉话来,上一句和下一句之间,起码隔着三个逗号的停顿。这使得他的话语总是那么认真,以至于听起来稍嫌吃力。

他说:"我嘛,,,今年嘛,,,第二次上山了嘛,,,山里面嘛,,,好嘛,,,绿绿的,,,到处都绿绿的……"

那天我们知道了尔沙原来是个老师呢!还是从乌鲁木齐的师范

学校毕业的。刚毕业没两年，一直在牧业定居点的寄宿学校教书。

我早就听说了，寄宿学校和定居地区的学校是不一样的。一年只开一学期的课，课程越过整个漫长的冬天。因此孩子们差不多就是半年上学，半年休假。老师们就冬天教书，夏天放羊。

在冬天，羊群南下，向着遥远的准噶尔腹心的冬牧场无边无际地去了。老人、孩子和体弱者在经过乌伦古河时就停了下来。乌伦古河从东横亘至西，流进平静广阔的布伦托海。沿河一带，稀稀疏疏、远远近近全是定居、半定居的村庄。那里有学校，还有商店和卫生所……我们的杂货店到了冬天可能也会迁到那里。

而在冬牧场上，在更为遥远的南戈壁，在古尔班通古特大沙漠腹心，那些大地陷落之处，一个又一个的"冬窝子"在背风处深深蜷伏着。那是我们永远也不能去到的地方。只知道，从那里回来的羊群，都是沉默的，忍耐的，有所洞悉而无所在意的。

尔沙说："冬窝子嘛，，，没有风，没有雪……还是有雪的，雪少，，，很少，，，也不是很少，，，羊嘛，就慢慢地走，，，慢慢地吃……"

我们所知道的冬窝子，羊群同样也在那边宽广阴沉的天空下慢慢移动，低着头认真地咀嚼着什么。那是大地的起伏之处，悄然在冬季中凹下去一块。于是风啊、寒流啊到了那里，从更高的地方呼啸过去，使那里的气温相对暖和了一些，雪也就薄了许多。在那里，羊能够用嘴和前蹄刨开冰雪，啃食雪被下被覆盖的枯黄草茎。羊小心而珍惜地吃着。高处的天空又飘起雪来。

在那里，最最珍贵的事物莫过于一个晴朗的好天气。那样的天气里，牧人可以赶着羊走得更远一些，在冰雪斑驳的原野上寻找最后的枯草。在更远的地方有成片的梭梭林。天气好的时候，家里的男人天没亮就套好马车向着那里孤独地出发。在冬窝子，一般的人家是烧不起煤的。条件好一些就烧柴，否则只有羊粪块取暖烧炊。一顶顶低矮简陋的毡房后，高高垛着的梭梭柴和羊粪块，是这个冬天最后的温暖。总有些时候柴不够烧了，女主人小心而忧伤地计划着日子。男主人站在高处看天，判断最近两天能不能出门拉一趟柴。

夏牧场上的毡房子总是支得高高的，锥形的房顶下环着红漆木栅栏的房架子。但是到了冬窝子，为了保温，就不支房架子了，而在大地上挖一个坑，直接把锥形的房顶扣在坑上。由一条斜的通道连接地面，台阶一样通向地底的室内。这就是俗称的"地窝子"。地窝子之外，北风呼啸不已。炉火在狭小的房间正中"呼呼"燃烧。女主人黑红的面孔上生着一双美丽的眼睛。

尔沙说："我嘛，，，也没有，，，去过冬窝子……小小的时候去过，，，后来，，，政府让我们嘛，半定居了……"

对了，我们全部的话题是从一把刀子开始的。最开始尔沙想买走我手中正在把玩的刀子。尔沙要结婚了，结婚时可以送给新娘。我可从来没听说过送刀子也是风俗，疑心他蒙我。无论怎样，我才舍不得呢！我的英吉沙小刀虽说花里胡哨，中看不中用，但我还是好喜欢。总是随身带着，沉甸甸地揣在口袋里，时不时摸一下。觉得那是自己最好的东西。

我说:"下次到乌鲁木齐,我再帮你带一把回来吧!"

他就很失望的样子。但是又说:"其实嘛,,,英吉沙的刀子嘛,,,不好。现在嘛,,,库车刀子好!"

我妈立刻说:"不对!"她说出一个陌生的地名来。又说,"在那里,一整个村庄都是专门做刀子的,就像我们喀吾图的'加工厂'一样。那里的刀子才好呢!虽然,样子没有英吉沙的漂亮。"

"加工厂"是喀吾图北面深山湖泊边的一个小村子。除了种地,整个村子的男人几乎都会制作马鞍、马鞭,打马掌子,缝制压花牛皮靴。他们全部的冬闲时光都用来制作这些传统的器具。

"那是哪里?,,,我,,,不知道啊……"

我妈又东南西北地给我们说明了一遍。后来我有点弄清方位了,但尔沙还是一头雾水。他汉话不是特别通晓,对稍微复杂些的叙述很难理解。这使得他好一会儿都没说话了,最后才有点难过地说:

"没去过,,,我哪里也没有去过,,,冬窝子嘛,我都还没去过呢……小小的时候去过……"

……那个专门生产刀子的村庄,我也没有去过。那是另外一个遥远的地方,远离喀吾图,也远离冬窝子。那里的冬天又是另外的一种陌生,从十一月到次年四月的漫长时光全静默在刀尖轻微的明亮中。家家户户都在做刀,开刀刃的打磨机器在房间深处日夜不息地被摇动。有小孩子在旁边学着做刀柄。他手持一块平凡的木头，用另外一把平凡的小刀没完没了地削。不知得削多久，才能做成一片最适合某块刀片的刀柄。

我们一边和尔沙聊天，一边"啪嗒啪嗒"踩着缝纫机干活。尔沙高高盘腿坐在柜台上，像盘腿坐在自家床榻上一样。此时正是晚春，等转场的羊群全部经过喀吾图后，我们也将搬去夏牧场。尔沙则几天后就得进山了。他牧放着四百多只羊，此时羊群还没有到达喀吾图。他们家的毡房子扎在喀吾图南面的戈壁滩上，那里新草泛绿。他们准备停留两三天后启程。

"冬天,,,你们,,,也还在喀吾图吗？"

"不，今年秋天我们想跟着羊群搬到乌河一带。就是'红土地'那边！"

"啊！我也在那里嘛！,,,我在黑土地,,,离红土地近得很呢,,,咦,,,从来也没有见过你们嘛！"

"因为我们从来也没有去过呀！不过，今年打算去了。喀吾图的生意不好做呀，冬天人太少。"

"对对，红土地,,,人多。到了冬天,,,好多人,,,都留下。只有羊,,,过了河还要往南走,,,去到冬窝子……今年我,,,可能也去……"

他又说："爸爸,,,身体不好,,,家里没有人了,,,但是，羊嘛,,,还要……"他停了下来，开始拼命搜索某个遥远而准确的词语。但是不一会儿就彻底沉默了。

我们说："尔沙，不要放羊了嘛，和我们一样做点生意嘛。像你这么聪明的小伙子，一定会赚很多钱的。"

"不行。还是,,,放羊好嘛。我爷爷放羊,,,我爸爸,,,放羊,,,都好好的,,,我现在当老师,,,谁知道能当多久呢?"

"放羊多受罪呀,天天搬家。"

"那个搬家嘛,,,简单嘛,,,其实简单得很,,,"

"放羊哪点好呀?"

他想了好一会儿:

"你们嘛,,,当裁缝嘛……你们当裁缝哪点好,,,我们,,,放羊嘛,,,就哪点好……"

我们都笑了。我说:"尔沙,我下次去乌鲁木齐了,一定给你带把最最漂亮的刀子回来!"

两天之后,尔沙又来了。他的羊群也来了,浩浩荡荡经过喀吾图,腾起满天满地的尘土。羊群完全经过喀吾图得花好一段时间呢,这工夫尔沙就跑到我们店里喝茶。他一边喝一边扭头看向窗外。他的小妹妹穿着红衣服,骑着马在羊群中前前后后地吆喝。还有两个小男孩也挥着长长的细木棍在队伍里努力维持秩序。过了好一会儿,羊群才从这条街上完全过去。路面被踩得千疮百孔。

"这一次羊群往上走多远才停呢?"

"就在,,,达坂下面,,,几公里的样子吧。"

"这回又要停几天?"

"三天嘛,,,五天嘛,,,我也不知道嘛,,,喀吾图嘛,,,草不太好。"

"呵呵，还是夏牧场的草好呀！"

他也笑了。

然后我们又说到了冬牧场，遥远寂静的冬窝子。

"冬窝子嘛，，，羊，，，快快地瘦下来，弱的羊，，，就，，，要快快地杀掉，一定要，，，让羊群整齐的……冬窝子草少得很，，，羊，，，可怜得很，，，走得远远的，远远的，，，也找不到一点草吃……"

……年轻的尔沙在冬窝子，同羊群一起秘密地生活着。通往那里的路被重重大雪所阻塞，一整个冬天都与外界隔绝。所备的食物简单而有限，蔬菜和水果是不可能的食物。北风终日呼啸。于是尔沙的新娘子很快就褪去了小姑娘的情形，迅速出落得消瘦而结实。她原先是一个定居家庭里出生的农村姑娘，但是有朝一日突然操持起游牧生活来，却是那么熟门熟路。似乎是血液里的某种遥远记忆在沉重的生活中被唤醒了。她提着满满一桶雪回家，化开后使用。尔沙不在家。他一大早赶着羊群出去了，四处寻找有草的地方。今天去的地方可能会更远。她发现屋顶有一处漏风，就开始想办法把那里细心地补好。她安守于繁忙的家务活中，平静等待。她劳动时还披着新婚的头巾，上面缀着的天鹅羽毛还没有取下来呢……冬窝子的生活多么艰难呀，多么不可想象。但是在尔沙怎样的一种，源于古老想法的理解中，理所当然地成了无所谓的了？……

尔沙又坐了一会儿，就告辞了，前去追赶他的羊群。我们把他送到门口，并约好六月份在沙依横布拉克夏牧场相见。再回过头来，看到他给我们捎带来的一包干奶酪和一块黄油在柜台上静静地放着。便想象到后来尔沙骑着马静静走过沙依横布拉克山谷间碧绿草野的情景……那时，他一路打听"汉族裁缝"的帐篷扎在哪里。当然，那时用的会是流利的、毫不犹豫的哈语。那时他将多么自信呀。但是，他真的还会来找我们吗？他是不是真的在意刀子的事呢？年轻又寂寞的尔沙，有一天以买裤子为借口，走进一家商店。从古老的、逐水草而居的迁徙路上暂离片刻，和我们说了那么多的话……会不会有一天我们也会这样，渴望诉说时，便走进一户人家，找一个人对他说啊说啊。说完后离开，便更满意于此时的生活了。

在 巴 拉 尔 茨

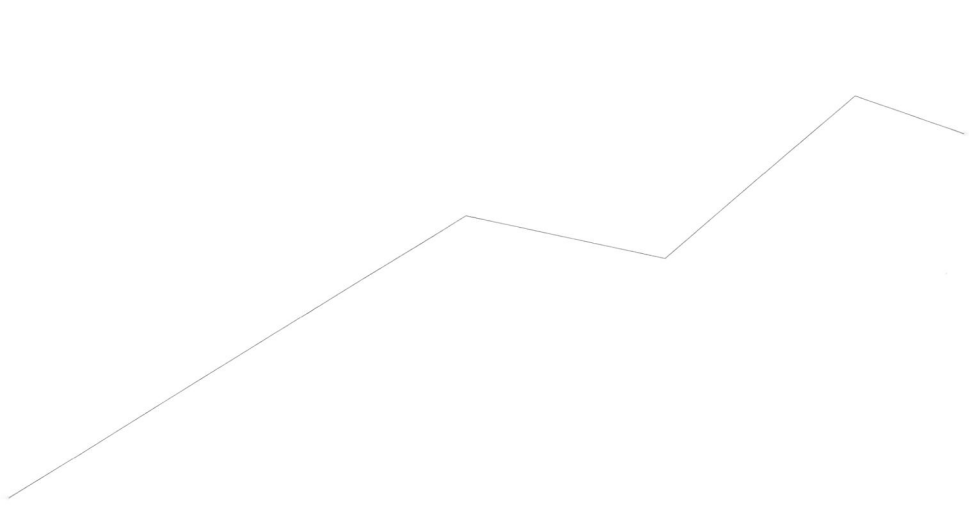

叶尔保拉提一家

我大声命令叶尔保拉提不要动,可他偏要动。我用力按着他的头,他就不动了。但是等我手一松,他又继续摇头晃脑、手舞足蹈。我给他吃糖,他吃糖的时候果然不动。但是,糖很快就吃完了……总之这死小孩一分钟也不能安静。满屋子乱跑,还把所有房间的门摔得"啪啪啪"响个不停。逮都逮不住。我大喝一声,摸起手边的东西就扔了过去。趁他愣了一下的工夫,冲过去,一把揪住了他的领子,然后扯他的耳朵。

于是他"哇"地哭出声来。边哭边喊:"妈妈!妈妈……"

我探头往隔壁看了一眼,他妈妈不在,于是放心大胆由他哭去。并在他只顾着哭而忘了"动"的时候,迅速地,成功地,在账本的空白页上给他画下了一幅速写肖像。

五岁的叶尔保拉提实在是一个漂亮的孩子。一团面粉似的雪白,眼睛美得像两朵花一样,睫毛又浓又长又翘。笑起来的时候从头发梢到脚趾头尖都溢着甜甜的细细的旋涡儿。

叶尔保拉提是房东的孩子。我们租他家的房子住了两个多月，还总是记不住房东两口子到底叫什么，偏就牢牢记住了这个五岁小家伙的名。因为他的母亲几乎每天都在漫山遍野地狂呼："叶尔保拉——回家了！"

或者：

"叶尔保拉！碗是不是你打碎的？！"

"叶尔保拉，不要追鸡！"

"胡大（真主、老天爷）呀——叶尔保拉，你又怎么了？！"

……叶尔保拉提家的房子盖在巴拉尔茨村西面几公里外一个光秃秃的小土坡上。共三个房间，我们一家就租去了两间。这地方虽然离村子远，但很当道。路就在缓坡一面不远的地方，是羊群迁徙的必经之地。坡的另一面是陡峭的悬崖，对面也是笔直的悬崖。中间的河谷又空又深，流过一条美丽宽广的河。

羊群春秋转场上山下山的那段时间，牧民们会陆陆续续经过这里，在附近的林子里支起几座毡房。可在其他更多的日子里，附近就只有叶尔保拉提一家三口孤零零住着。坡顶上除了兀然突出的土坯房子及距房子十米远处一墩一米多高的大馕坑以外，就什么也没有了。一群鸡在屋前屋后没完没了地刨土觅食。照我看来，土里真的什么也没有，但它们还是日复一日不懈努力。一堆没有劈过的柴火棒子乱七八糟堆在房子南侧山墙根下，那里还有一小堆碎煤。

站在空荡荡的家门口四下张望。下面半坡腰上的树林子只露出树梢尖儿，环绕着这个土坡。更远更低的地方是黑色的收获过的土豆地。再往下看则是被两岸的树林和灌木严严实实遮盖住了的河流。

　　生活在如此偏僻寂寞的地方的孩子，应该是生性沉静而富于幻想的。可叶尔保拉提才不呢！他好动得要死，整天绕着房子一圈一圈地跑，再突然撞开门闯进我家店里。没有一分钟停得下来，嘴里还"呜哇～呜哇～"地嚷嚷个不停。为什么会发出这种声音呢？后来他妈妈给我们解释，原来在他刚能记事的遥远时候，这条路上来过一辆警车……

　　叶尔保拉提妈妈又高又胖。年龄和我一样大，块头却是我的两倍。而且年龄和我一样大，人家都有两个孩子了……还有一个在肚子里。

　　叶尔保拉提妈妈力大无穷。我揉面的时候，她躺我家炕床上不屑地斜视之。越是被她这么看着，我就越是揉不动。那么大一盆子面团，我双手捏成拳使足了劲擂下去，也只能在面团上陷两个三公分深的拳印子。我又张开十指猛压，当然，只能留下十个指头印。照这样子，要把这堆面团揉匀净的话，起码还得一个小时。叶尔保拉提妈妈就悄悄出去了。再回来的时候，双手滴着水。她轻轻巧巧推开我（而我则连打几个踉跄……）。抓一小把面粉在手上搓了搓，吸去水分。然后把十指插进面团里，一拧，轻轻巧巧地揉开了……让人汗颜的是，她每揉一下，必是一揉到底的，极利索极畅快。好像揉的是棉花。飞快地，左一下、右一下、左一下、右一下……那团面便不停地被分为两半、对折、两半、对折……在她手中驯服得不可思议。不到五分钟，就揉匀了。

还有劈柴火——

我高高地抡起斧头,深呼吸,大吼!重重地、狠命砸了下去。结果……在木头上砸出了一道白印儿……

不过这可不能怪我,这种破柴本来就很难劈。这是拉矿石的司机从山里拖来的。路过我们家店时,就好心给扔下几根。这种柴最细的也有碗口粗,又硬又难看,节疤叠节疤的。他们为什么不给送点好劈的柴?

叶尔保拉提妈妈靠着门框嗑瓜子,不紧不慢地边嗑边看我劈,神气十足。等嗑完最后一粒,拍拍手,拍拍裙子,走过来从满头大汗、气喘如牛的我手中接过斧头,轻轻地拎着,踢踢脚下的那块木头。然后……我这种笨蛋,羞愧欲死啊!——只见柴火碎屑横飞。暴扬的尘土中,叶尔保拉提妈妈身轻如燕,落斧如神。那堆顽冥不化的柴火疙瘩"啪啪啪啪"地在地上闪跳个不停,几个回合就散成一堆渣儿了。

坡上土大,一阵风吹过,人就云里雾里的。房子里的地面也是硬泥地,没铺砖,扫不完的土。叶尔保拉提妈妈常常往自己家住的那间小房地面上泼水。可我们不能那样做。这个地方离河太远了,弄一点水上来很不容易。而她家则是套上马车去河边拉水,拉一次就管够用三四天。叶尔保拉提妈妈每次洗过衣服,水攒多了,就猴着腰"吭哧吭哧"一口气端一大盆子到我们这边,急步走进屋子,然后痛快非凡地,"哗啦"一下子泼开。房间里顿时猛地阴了一下,水迅速渗进泥地。地面上"哧啦哧啦"冒着细碎的泡泡,凉气一下子蹿了上来。

但过不了一会儿，地上又干了，重新燥起来。土又给踩得到处都是。

我想说的是：那么大的盆子！就是那种长方形的、洗澡用的大铁盆，满满当当的水……她袖子一卷，胳膊上的肉一鼓，就起来了！

叶尔保拉提妈妈喜欢跳舞。可是这是夏天，村庄里很少有舞会的。她就自己哼着"黑走马"的调儿，展开胖而矫健的双臂自个儿跳。想不到这么胖的人，跳起舞来居然也极富美感。她扬着眉毛，骄傲地眯着美丽的大眼睛，手指头一根一根高高翘起。身子完全进入了一种我所感觉不到的旋律和节奏之中。那些招式看似简单，不过一颤一抖、一起一落而已，却总是看得人眼花缭乱，无从学起。

我跟她学了好几天，学得腰酸背痛，也没学得一点皮毛。看来这是非一日之寒的事情呀。

但是，小叶尔保拉提居然也会！我这么聪明的大人都学不会，可这么小的小不点儿却跳得有模有样，实在让人想不通！

我想，这也许是"遗传"吧？叶尔保拉提的妈妈在遗传给他容貌和性情的同时，还给了他舞蹈时的微妙感觉。他出生在这样的家庭、这样的民族里。传统文化的精准感觉在一日三餐中，在服饰住居间，在最寻常的交谈里，就已点点滴滴、不着痕迹地灌输给他了。所以这小家伙其实什么都知道，虽然什么都说不出来。

所以城市里千娇百媚的少妇跳得好，乡下刨土豆的黑脸妇人照样跳得精彩。

所以偏我这样的聪明人就是学不会——

我是汉族人嘛,我的心中已经装满了别的东西。

叶尔保拉提爸爸面目模糊,死活想不起来他究竟长什么样子。整天影子一样晃来晃去,也不知道都在忙些什么。他们一家人应该全靠他一个赚钱糊口吧,可这人就知道到处晃,真让人着急。

有一天,终于看到叶尔保拉提爸爸开始干活了。他借来一台小四轮拖拉机,拖了一车斗石块回来,卸在空荡荡的门前空地上。然后搬来搬去地折腾了一下午。第二天我们出门一看,离房子十步远的地方已经砌起了半人高的三面石墙。石缝里还仔细地糊上了泥巴。石墙围起了大约三个平方的空地。

中午时,他又不知从哪儿砍来一堆粗大的树枝,用这些树枝在石墙根打成桩子。顶上又架了几根,再铺上碎枝条和成捆的芨芨草。这样,才两天工夫,就搭成了一座简单结实的小棚。小棚里支起一口可以煮下一只全羊的超级大锅。棚外又整齐地码起劈好的柴火。到了半下午,人们陆陆续续来了……原来要办宴会请客呀。

在这个小土坡上,我们迎来了稀有的一场热闹。叶尔保拉提这家伙反而老实了下来,端端正正坐在客人中间,任凭客人们百般摆弄自己。只有宰羊时才兴奋了一会儿。"腾、腾、腾"跑出去看一会儿,再"腾、腾、腾"跑回来,极为震惊地向我描述外面的情景。

这年轻的夫妇让我们也坐进他们那边房子的席位中吃手抓肉。但那边房子那么小，客人们已经很挤了，我们怎么好意思再去凑热闹？叶尔保拉提妈妈又劝了一会儿，就回去了。再来时，端着满满一大盘子热气腾腾的、香喷喷的手抓肉。

叶尔保拉提也在我们这边吃。亏他刚才在客人们面前装得那么老实，现在又疯起来了。一双小胖手油乎乎的，非要往我身上蹭。还语无伦次地反复惊叹刚才宰羊的情景。兴奋得简直不知如何是好。

这小孩牙齿雪白，嘴唇鲜红，眼睛亮得！幸好这眼睛总是在不停"骨碌碌"地转。要是它在如此热烈的情况下停了下来，专注地盯着某一点看的话，那地方过不了多久一定会渐渐地发黄，发黑，然后冒出一串青烟来。

他侧过脸去的时候，我看到这孩子的额头高而饱满，眼窝美好地深陷了下去。小鼻梁圆润可爱地翘着，脸颊鼓鼓的，下巴好奇而夸张地往前探着。真是一个精致完美的侧影。这是只有年幼的生命——一切最初的、最富美梦时刻的生命——才会呈现出来的面目。

我顺手找块碎布擦擦手，抓起柜台上的账本和一支圆珠笔。趁这漂亮家伙正专心致志地啃骨头和说话的当儿，在打着格子的账本背面飞快地涂下了我在巴拉尔茨展开绘画生涯后的第一幅作品。

可是我的绘画生涯只展开了三天就没戏唱了，这个小东西不合作。开始还挺听话的，因为他实在不明白我想对他干什么。

他可能觉得我在画完后，就会突然变出来一个不可能出现的东西……可是，每次画完后，我总是把它撕掉，再铺一张纸从头画。这对他来说大约实在是太不能忍受了！当某次我又一次换了纸，准备重复同一幅也许仍然会失败的作品时，他扔掉手里的板凳（我让他抱着的，我觉得他抱个小板凳的造型很乖），愤怒地又喊又叫，冲过来撞我肚子。还扯着我的衣服左右拽。拼命抢我的画稿，要想撕它。

打那以后，他就彻底不信任我了。但这也不能怪他不懂艺术，毕竟我画的那些东西也实在……

我转移目标，开始画门口的风景。画月亮从对面的悬崖上升起。

我们所在的地势很高，下临巨大的空谷。那些深处的地方，我可以把它们画成一团阴暗。近一些的脚下的大地，就想法子让它明亮起来。最难画的是那些山的褶皱。明明是很畅顺很有力的，可我一落笔，就滑溜溜、软塌塌的。最后我索性不画它们了。我全部抹成暗的，想法子比下面的空谷还要暗。至于天空呢，天空也很亮，为了和大地的亮区分开来，我把那半个月亮涂成暗的。云也涂成暗的。

当然，到了最后，这幅风景画总算——失败了……

我又想画水彩画，哪怕有一把蜡笔也行呀。眼前的景色，虽然颜色不是很丰富，但色调非常响亮鲜明。想不到巨大的反差也能形成强烈的和谐。在这样的大风景面前我是多么弱。而且，我的铅笔又那么普通。像我一样紧张而自卑。画出来的东西都在颤抖，都在紧紧地封闭着自己，在措手不及。

虽然风景和叶尔保拉提不一样,它从来不动。但是下笔时才发现,它比千变万化的事物更难把握。它看上去像是很单调:连绵的远山,对面赫然断开的悬崖,空谷,连成一片的树木,清一色的天空。但是……我能像说话一样说出它来,为什么就不能用线条和颜色把它……出来呢?是不是,曾经我的那些很轻易就脱口而出的话,其实也是失败的?

我坐在门口的板凳上,面对眼前光明万里的世界发了好一会儿呆。阳光明亮而尖锐,在这样的阳光下,以漫长的时间适应了它的极度明亮之后,又会渐渐变得更加不适应。世界好像没有了颜色,又像是没有了远和近、上和下的区别。我揉揉眼睛,像是快要产生幻觉了似的。但月亮在对面的悬崖上悬着,清晰而宁静,像是什么都知道了一样淡淡地面对着我。

我什么也画不出来,什么也说不出。又想到了叶尔保拉提妈妈的黑走马……无能为力的事情太多了。我像是刚刚出生在这个世界上一样,又像是一个到了最后时刻仍然一无所知的人……

叶尔保拉提一家人住在北面那间大房子里。一进门,就看到对面三米多长的大床榻。床的左侧堆着一些装满了什么东西的麻袋。炕下靠右侧的地上铺着厚实的木地板,上面还有个盖子,估计下面是地窖吧。里面储藏着的当然是今年刚刚收获的土豆。这么想着,好像还真闻到了一股子浓浓的潮湿的泥土味道。炉灶在进门的右手,左边堆着各种农具。同很多完全成为了农民的哈萨克家庭一样,这样的房间再怎么收拾,呈现出来的情景仍是零乱的。

生活一旦稳定下来,繁杂的细节就出现了。而生活动荡时,家居简便清晰。所以游牧的毡房子里总是整洁有条理的。无论什么家私器具,都有自己源自传统的固定位置。

无论如何,这样一间房子是不能过冬的。好在我们也不可能在这里住得太久。天气冷一点,这一家三口就会搬进我们住的那两间套房里。我们也该搬进村子里或是前山一带某处定居点的村庄。

我妈和叶尔保拉提妈妈面对面坐在床榻下的方桌前闲扯着什么。我坐在床沿上,环顾这房子里的每一个角落。又抬头往上看,没有镶天花板,裸着椽木和檩子。

我妈手腕上套着毛线,叶尔保拉提妈妈一圈一圈地挽着线球。两个女人说完了叶尔保拉提爸爸去年在铁矿上打工的事,又开始讲村里马那甫家里的事。马那甫家也开着商店。我家老想搬过去和他们当邻居一起做生意,可人家躲都躲不及。后来,这两个女人又开始讨论另一家村民多斯波力的媳妇。讲到这个时,叶尔保拉提妈妈突然兴奋起来。她放下线球,比手画脚地形容多斯波力媳妇做拉面的样子:"这样……这样……又是这样……唉呀胡大啊!"她笑得气都喘不匀了,笑得牙齿闪闪发光:"这个媳妇子拉出来的拉条子(拉面)呀,就跟、就跟……"她环顾四周。终于,很理想地找到一根筷子,把它举起来:"就跟这个一样粗!"

虽然我和我妈觉得这个实在没什么好笑的(我们家拉出来的面也跟筷子一样粗……),但看她笑得那么猛烈,只好也跟着笑。

我边笑边想,这个叶尔保拉提妈妈呀,她真的和我一样大吗?为什么我无论如何也做不到她那样呢?比如:为一根筷子粗的拉面,竟能笑成这样……

我一直想画一幅有关叶尔保拉提妈妈笑的时候的模样,再给影子一般的叶尔保拉提爸爸画一幅。但最后,最成功的作品还是出自于最不可能画出来的小叶尔保拉提。我也不知道那画到底是咋画出来的,真的太棒了,太惟妙惟肖了。至少叶尔保拉提妈妈都这么说呢!她拿着这画啧啧个没完。一个劲儿地夸我:"厉害得很嘛!"可却一点也不知道,为了画这幅画,她儿子还挨了我的打。

不过小孩子嘛,挨打的事一转眼就忘了。照样整天高高兴兴围着我要糖吃。然后大力踢开门,跑到外面把所有的鸡追得失魂落魄,满天鸡毛。后来他妈妈大呼小叫地把他叫进屋子看画。他吸着鼻涕,愣愣地看了半天,好像也认可了似的。我看他们一家人这么赏识它,很得意,就慷慨地送给了他们。叶尔保拉提妈妈立刻当着我的面把它端端正正地贴在床头。

可是到了第二天,小叶尔保拉提同样也是当着我的面,把画一把揭下来,三下两下就撕得粉碎。还"咯咯咯"地笑。到底是小孩子,太……没良心了……

河边洗衣服的时光

洗衣服实在是一件快乐的事情。首先,能有机会出去玩玩。不然的话就得待在店里拎着又沉又烫的烙铁没完没了地熨一堆裤子。熨完后还得花更长的时间去一条一条钉上扣子,缲好裤脚边。

其次,去洗衣服的时候,还可以趴在河边的石头上舒舒服服地呼呼大睡。不过有一次我正睡着呢,有一条珠光宝气的毛毛虫爬到了我的脸上。从那以后就再也不敢睡了。

洗衣服的时候,还可以跑到河边附近的毡房子里串门子、喝酸奶。白柳丛中空地上的那个毡房子里住着的老太太,汉话讲得溜溜的,又特能吹牛。我就爱去她那儿。最重要的是她家做的酸奶最好最黏,而且她还舍得往你碗里放糖。别人家的酸奶一般不给放糖的,酸得整个人——里面能把胃拧成一堆,外面能把脸拧成一堆。

还可以兜着那些脏衣服下河逮鱼。不过用衣服去兜鱼的话……说实在的，鱼鳞也别想捞着半片儿。

此外还可以好好洗个澡。反正这一带从来都不会有人路过的。牧民洗衣服都在下游桥边水闸那儿，拉饮用水则赶着牛车去河上游很远的一眼泉水边。只有一两只羊啃草时偶尔啃到这边，找不到家了，急得咩咩叫。

夏天真好，太阳又明亮又热烈。在这样的阳光之下，连阴影都是清晰而强烈的。阴影与光明的边缘因为衔含了巨大的反差而呈现奇异的明亮。

四周丛林深密。又宽又浅的河水在丛林里流淌，又像是在一个秘密里流淌。这个秘密里面充满了寂静和音乐……河心的大石头白白净净、平平坦坦。

我光脚站在石头上，空空荡荡地穿着大裙子。先把头发弄湿，再把胳膊弄湿，再把腿弄湿。风一吹过，好像把整个人都吹透了，浑身冰凉。好像身体已经从空气里消失了似的。而阳光滚烫，四周的一切都在晃动。抬起头来，却一片静止。我的影子在闪烁的流水里分分明明地沉静着，它似乎什么都知道。只有我一个人很奇怪地存在于世界上，似乎每一秒钟都停留在刚刚从梦中醒来的状态中，一瞬间一个惊奇，一瞬间一个惊奇。我的太多的不明白使我在这里，又平凡又激动。

夏天的那些日子里，天空没有一朵云。偶尔飘来一丝半缕，转眼间就被燃烧殆尽了。化为透明的一股热气，不知消失到了哪里。四周本来有声音，静下来一听，又空空寂寂。河水哗哗的声音细听下来，也是空空的。还有我的手指甲——在林子里的阴影中时，它还是闪着光的，可到了阳光下却透明而苍白，指尖冰凉。我伸着手在太阳下晒了一阵后，皮肤开始发烫了，但分明感觉到里面流淌的血还是凉的。我与世界无关。

在河边一个人待着，时间长了，就终于明白为什么总是有人会说"白花花的日头"了。原来它真的是白的！真的，世界只有呈现白的质地时，才能达到极度热烈的氛围，极度强烈的宁静。这种强烈，是人的眼睛、耳朵，以及最轻微的碰触都无力承受的。我们经常见到的那种阳光，只能把人照黑。但这样的太阳，却像是在把人往白里照。越照越透明似的，直到你被照得消失了为止……那种阳光，它的炽热是你经验中的现实感觉之外的炽热。河水是冰冷的，空气也凉幽幽的，只要是有阴影的地方就有寒气飕飕飕地蹿着……可是，那阳光却在这清凉的整个世界之上，无动于衷地强烈炽热着……更像是幻觉中的炽热。它会让人突然间就不能认识自己了，不能承受自己了。

于是，一个人在河边待的时间长了，就总会感到怪怪地害怕。总想马上回家看看，看看有多少年过去了，看看家里的人都还在不在。

总的来说呢，河边还是令人非常愉快的。河边深密的草丛时刻提醒你："这是在外面。"外面多好啊，在外面吃一颗糖，都会吃出比平时更充分的香甜。剥下来的糖纸也会觉得分外地美丽——真的，以前从来没有注意过这些糖纸的。好像这会儿才格外有心情去发现设计这糖纸的人有着多么精致美好的想法。把这鲜艳的糖纸展开，抚得平平的，让它没有一个褶子，再把它和整个世界并排着放在一起。于是，就会看到两个世界。

我把这张糖纸平平展展放在路边，每天都会经过几遍。每次都看到它仍鲜艳地平搁在那儿，既无等待，也无拒绝似的。时间从上面经过，它便开始变旧。于是我所看到的两个世界就这样慢慢地，试探着开始相互进入。

河水很浅，里面的鱼却很大。而且又大又贼的，在哗啦啦的激流中和石缝中，很伶俐地、游刃有余地穿行。像个幽灵。你永远也不能像靠近一朵花那样靠近它，仔细地看它那因为浸在水中而清晰无比的眼睛。

相比之下，百灵鸟则是一些精灵。它们总是没法飞得更高，就在水面上、草丛里上蹿下跃的。有时候会不小心一头撞到你身边。看清楚你后，就跳远一点儿继续自个儿玩。反正它就是不理你，也不躲开你。它像是对什么都惊奇不已，又像是对什么都不是很惊奇。它们都有着修长俊俏的尾翼，这使它们和浑圆粗短的麻雀们骄傲地区分开了。另外它们是踱着步走的，麻雀一跳一跳地走。它们飞的时候，总是一起一跃，在空中划出一道道弧线，蜻蜓点水一般优雅和欢喜。麻雀们则是一大群"呼啦啦"地，一下子就蹿得没影儿了。

听说这林子里蛇也很多，幸亏我从来没碰上过。

另外这林子里活着的小东西实在很多的，可是要刻意去留心它们，又一个也找不到了。林子密得似乎比黑夜更能够隐蔽一些东西。我也确在河边发现过很多很多的秘密，但后来居然全忘记了！唯一记得的只有——那些是秘密……真不愧是秘密呀，连人的记忆都能够隐瞒过去。

还有那么多的，各种各样的美丽植物，有许多都能开出令人惊异的小花。那些小花瓣的独特形状和细致的纹路图案，只有小孩子们的心思才能想象得出来，只有他们的小手才画得出。花开成这样，一定都有着它自己长时间的并且经历曲折的美好意愿吧？

再仔细地看，会发现这些小花们和周围的大环境虽然一眼看去很协调，其实，朵朵都在强调不同之处。似乎它们都很有些得意的小聪明，都暗自坚持着自己的想法。但是由于它们太过天真了而太过微弱；又由于太过固执，而太过耀眼。它们更像是一串串带着明显情绪色彩的叹号、问号和省略号，标在浑然圆满的自然界的暗处……真的，我从没见过一朵花是简单的，从没有见过一朵花是平凡的。这真是令人惊奇啊！究竟是什么样的力量和心思，让这个世界既能产生磅礴的群山、海洋和森林，也能细致地开出这样一朵朵小花儿？

这些花儿，用花瓣团团握住一把秘密。又耐心地，以形状和色彩巧妙地区分开雄蕊和雌蕊。凑得很近很近地去看一朵花，会发现它大部分都是由某种"透明质地"构成的：粉红色的透明，淡青的透明，浅黄的透明……那些不透明的地方，则轻微地、提醒似的闪着光芒。这光芒映照在那些透明的地方，相互间又折射出另外一些带有些微影像的光芒……一朵花所能闪烁出的光，也许连一指远的地方都照不亮，但却是它所呈现出的种种美丽中，最神秘诱人的一部分。

更奇妙的是花还有香气。就算是没有香气的花，也会散发清郁的、深深浅浅的绿色气息；浅绿色的令人身心轻盈，深绿色的令人想要进入睡眠……哎！花为什么会有香气呢？花能散发香气，多么像一个人能够自信地说出爱情呀！真羡慕花儿。但我对这些花儿们的了解也只不过是以自己的想法进行胡乱揣测而已。花的世界向我透露的东西只有它或明显或深藏的美丽。并且就用这美丽，封死了一切通向它的道路。我们多么不了解花呀！尤其是想到，远在人类诞生之前，世上就有花了。人类消亡以后，花仍将一成不变开遍天涯……便深深感觉到孤独的力量是多么深重巨大。我们和世界无关……

还有那些没什么花开的植物们，深藏自己美丽的名字，却以平凡的模样在大地上生长。其实它们中的哪一株都是不平凡的。它们能向四周抽出枝条，我却不能；它们能结出种子，我却不能；它们的根深入大地，它们的叶子是绿色的，并且能生成各种无可挑剔的轮廓，它们不停地向上生长……所有这些，我都不能……植物的自由让长着双腿的任何一人都自愧不如。首先，绿色就是大地上最广阔、最感人的自由呀！当我们看到绿色，总是会想：一切都不会结束吧？然后就心甘情愿地死去了。这一切多么巨大，死去了都无法离开它……真的，一株亭亭地生长在水边的植物，也许就是我们最后将要到达的地方吧？

石头们则和我一般冥顽。虽然它们有很多美丽的花纹和看似有意的图案。可它是冰冷的、坚硬的,并且一成不变。哪怕变也只是变成小石头,然后又变成小沙粒,最后消失。所有这一切似乎只因为它没有想法。它只是躺在水中或深埋地底,它在浩大的命运中什么都不惊讶,什么都接受。而我呢,我什么都惊讶,什么都不接受。结果,我也就跟一块石头差不多的。看来,很多事情都不是我所知的那样。我所知的那些也就只能让我在人的世界里平安生活而已。

在河边,说是从没人经过,偶尔也会碰到一个。我不知道他是谁,我当然不知道他是谁。但是他在对岸冲我大声地喊着什么。水流哗啦啦地响个不停。我站起身认真地听,又撩起裙子,踩进水里想过河。但是他很快就说完转身走了。我怔怔地站在河中央,不知道自己刚刚错过了什么。

还有人在对岸饮马,再骑着马涉水过来。他上了岸走进树林里,一会儿就消失了。我想循着湿湿的马蹄印子跟过去看一看。但又想到这可能是一条令人通往消失之处的路,便忍不住有些害怕。再回头看看这条河,觉得这条河也正在流向一个使之消失的地方。

而我是一个最大的消失处。整个世界在我这里消失。无论我看见了什么,它们都永不复现了。也就是说,我再也说不出来了。我所能说出来的,绝不是我想说的那些。当我说给别人时,那人从我口里得到的又被加以他自己的想法,成为更加遥远的事物。于是,所谓"真实",就在人间拥挤的话语中一点点远去……我说出的每一句话，到头来都封住了我的本意。

真吃力。不说了。

就这样，在河边洗衣服的时光里，身体自由了，想法也就自由了。自由一旦漫开，就无边无际，收不回来了。常常是想到了最后，已经分不清快乐和悲伤。只是自由。只是自由。我想，总有一天我会死去的，到那时，我会在瞬间失去一切。只但愿到了那时，当一切在瞬间瓦解、烟消云散后，剩下的便全是这种自由了……只是到了那时，我凭借这种自由而进入的地方，是不是仍是此时河边的时光呢？

总之，到河边洗衣服的话，想怎么玩就怎么玩，爱怎么想就怎么想。至于洗衣服就是次要的事了。爱洗不洗，往水里一扔，压块石头不让水冲走。等玩够了回来，从水里一捞，它自己就干净了嘛。

河边的柳树林

转场的牧业下山了，离开初雪淡笼的夏牧场，陆陆续续赶往分布在阿尔泰前山一带的一个个温暖明亮的秋牧场。蔚蓝色的额尔齐斯河上空高悬的一座座吊桥得为之摇晃、动荡一个多月。桥那边，是一望无际的戈壁滩。

据说是先让羊群过来。经过巴拉尔茨后，河边那片柳树林子离地面一米高以内的树叶、嫩枝条全没了，树皮也给啃得干干净净的。地面上更是光秃秃的，一根草也没有。

然后再让马群和牛群进入这片柳树林。这样，凡是它们能够得着的柳叶子，几天之内也干干净净地没了。

当林子里只剩下高高挑在柳树梢最上面的那一层绿时，才轮到骆驼们。

于是，河边柳丛的绿意就这样一截一截从下往上少着。要是骆驼排在最前面的话，哎，保准从上到下，半片叶子也不会给牛马羊们留下。

而原先那片林子密得呀！柳枝子长长地挑着纠缠在一起，人站在其中，两米以外的地方就看不到了。

这种柳树，不是我们常见的高高大大的那种。它更像是灌木丛，最高也就两三米。一棵一棵细细长长，几乎没有分枝，枝条直接从地上一簇一簇密密匝匝地抽生出来，相互交织着。当地人把这种柳叫"火柳"，我觉得这个名字特别适合它。这片林子真是一片燃烧的林子，里面有着静悄悄的热烈。

林子里有一些小路，绕来绕去，乱七八糟缠在一起。踏上这些路，却会发现每一条路都被枝枝叶叶堵得结结实实，只有在离路面一米来高的地方才畅通无阻。一定是羊们走出来的路。

我以前走到河水没分岔的地方就停住了，很少进林子的。听说里面有蛇，幸亏从没碰到过。但总会看到很多小虫子，软趴趴地蠕动在枝叶上，五彩缤纷，怪瘆人的。但后来羊群来了，没几天工夫，里面就稀松了许多。我便好奇地在里面钻来钻去。

林子虽然稠密，里面又有河，但却一点儿也不阴潮。相反，里面非常干爽明亮。光线在里面乱晃乱闪。地上全是沙土，而不是泥土。扎着一丛一丛清洁的、纤细亮白的芨芨草。

我弯下腰在林子里的小路上飞快地走动，又跑了起来。枝叶在头顶和脸上不停扫拂、抽打着。河水流动的声音一会儿响在左边，一会儿响在右边。

我又拐了几个弯，拨开柳枝。一脚踏出去，踩进了水里……

河水像流经暗夜一样流经这片明亮的林子。河上方被罩得严严的，河水因为阴影而阴暗，又因为阴影的晃动而明亮闪烁。河水流经柳树林,比流淌在阳光之中更显得清澈。河中央露出水面的石头干干净净,不生苔藓,不蒙灰尘。

当河水从这片柳树林流出来时,我站在柳树林外,站在离河的出口处几米远的地方,正对着河。看它什么也不说就流了出来。看它涌向开阔的空地。经过我时,冲搅出几个漩涡,什么也不说就流走了。

我站在柳树林外,看河从树林里流出来,觉得它是从一个长长的故事里流出来的。

河流出这片柳林的地方是一小片空地。长着三棵高大的金黄叶子的杨树,扎着两顶毡房子。再过去就是浩荡的芦苇滩,成片的灌木丛。再过去就是康拜因收割后的麦茬地了。麦子完全收割了,才能允许游牧的羊群通过。要不然那么多牛呀马呀羊呀一趟子扫荡过去,就热闹了。

我一进林子就到处乱撞,再加上总会迎面碰见几条色彩艳丽的毛毛虫,就更慌乱了。于是就循着水声到处找河。找到河就顺着河往下游走,然后就一定会走入那片空地。

空地上的毡房子紧靠着杨树。离毡房子不远的地方一横一竖摆放着两只木头槽子。是用圆木凿空了,凿成船形的样子,用来盛粗盐粒喂牲口的。早在毡房驻扎之前,它们就已经那样摆在那儿了。这两家人一定年年此时都来这里停驻。

有一个十四五岁的小男孩——他的手臂受伤了,用妈妈的花头巾吊着,挂在脖子上——总是坐在那片空地中的一块大石头上，用没有受伤的右手在石头上磨刀子。有时我会蹲到他身边，看他磨一会儿。他每磨几下就抬起头来和我说两句话。可是我一句也听不懂。就不理他，只是笑着指着刀子，示意他继续磨。

那把刀子很普通，不过是两三块钱一把的折叠水果刀。比手指头长一点，刀刃很薄，有着明亮光滑的桃红色塑料把柄。但他整天磨呀磨呀，简直是相当郑重地对待它了。我看到那把小刀的刀刃给磨得只剩窄窄的一溜儿，又窄又薄。似乎很脆了，轻轻一折就断。但是，当他磨得告一段落的时候，用刀子在旁边的粗盐槽子上别了一下，轻轻一剜，就削下一块整整齐齐的木片。真是想不到呀！这么不起眼的一把小刀，会这么锋利。

我摸了摸口袋，还有一个小苹果，就掏出来给他吃。他拒绝了。我只好收回来塞回口袋，接着看他磨。

又看了一会儿，当我再次掏出苹果给他时，他就接过去吃了。

然后我向他索要那把刀子。

他当然不给啦！我又缠了好一会儿，直到他妈妈从远处来了。他妈妈竟认识我。她说："裁缝的丫头，进房子喝茶吧？"

我连忙跳起来谢过，然后跑掉了。

那几天，我天天穿过柳树林去看那小孩磨刀子，天天给他带苹果吃。他那把刀子可能非得磨到全给磨没了才算完。反正从没停过似的，一天磨到晚。也不知要磨成个什么样才算满意。

直到他的左手完全好了，他才把那把小刀收起来。又不知从哪儿弄来一把双弦琴（冬不拉），一天到晚叮叮咚咚地弹。

真奇怪，真是从没见过这么闲的牧家子弟，整天好像不用干活似的。不过有时候会拎根柳树枝，在柳林子里守着几只羔羊。当有口哨声在林子里回荡的时候，我就知道再走一会儿就可以看到他和他的羊了。他坐在柳林子里的石头上，吹着哨子，胳膊底下挟着柳条。手里仍没忘了在石头上继续磨他那把非得给磨秃不可的小刀。

但更多的时候他只是在弹琴，反反复复地一个调。大约是在学习吧。相当有耐心地重复个没完："……32 | 34 56 | 54 32 | 34 3 – ……"每当我穿出林子，蹚过河，总会看到他坐在杨树下一架卸了辖辘的马车排子上，低着头，手指在弦上灵巧地移动。

我站在他对面，听一会儿，再四处走一走。在河边玩玩水，洗洗手，然后再回来站在他面前继续听。

"……3 – | 6 – 56 | 76 – 3 | 5 – 32 | 1 – ……"

此后与他妈妈见面的次数倒是更多了。她常去我家店里买这买那的。有时候也会在她家门口遇到。她总是穿着打补丁的外套和长长的裙子，整天提着裙子干活。后来她到我家去做新裙子，我就拼命劝她做短一点。长裙子短裙子都是一个价，但是短裙子可以给我们省十几公分布。

过了几天，她来拿裙子。我们帮她试过。她满意极了，捏着我们家巴掌大的小镜子，左照右照上照下照的。

我想起她那个磨小刀的儿子总穿着一条裤脚和膝盖都磨破了的裤子。大约因为正在长个子，那裤子又小又窄。他坐在那里时小腿都露出了一截子。

于是我说："你们家巴郎子（孩子）不做新衣服吗？"

"他有的！很多呢！"

"都那么大的娃娃了，已经是小伙子了。还不给收拾一下，要和妈妈生气的！"

"他不生气的，我们家小巴郎子嘛，脾气好得很嘛……"

我们又嘻嘻哈哈说了一阵别的。到了第二天，这个妈妈果然来给自己小儿子做裤子了。不过不是那个男孩自己来量尺寸。他妈妈拿来一条旧裤子，让我们比着做："这里，大一点；这里，长一点……"

第三天，裤子出来了。不等这个妈妈来拿，我就抱着那条熨得平平展展、叠得整整齐齐的新裤子，往他家走去。

由于这段时间羊群全下来了，人多，生意突然忙了起来。我好几天没去柳树林子那边了。突然发现那一片柳林子一下子变得空空荡荡。里面的树叶呀、小细枝子呀什么的，全都没了。可能被这两天下山的大畜"扫荡"过了吧？速度真快。林子里四处只剩一片浓密的、光秃秃的树干和粗枝。尽管这样，这片林子还是有着"茂盛"的意味。想想看，如此浓密的光杆树林的情景，其他哪个地方也看不到的啊。而且，这些树木并不曾因为失尽树叶枯竭而死。它们分明是还有生命的，似乎明天就能抽出新的叶子来。它们还是那么柔软有弹性，用手摸着冰冰凉凉，似乎里面还有水分在流淌。

河水浅了一些，似乎流速也慢了下来。我顺着河走出林子，来到那片空地上，可看到的却是毡房子已经拆散了。红色的围栏整整齐齐地捆扎好了，五颜六色的毡子也卷好躺在草地上，箱笼被褥什么的都打成了包。几个人走来走去，几峰骆驼卧在旁边，随时准备启程。

这时，男孩的妈妈向我走来，高兴地说："正想上去看一看呢！我们嘛，马上就走了嘛！我们在这里嘛，已经住了两个礼拜了。"

"哦。"我有点怅然，"那搬多远？"

"就往下面走一走，不远，就停在十公里的地方，只停几天。"

"哦。那很好……"

想了想，又说："你家小伙子呢？出来试一试裤子嘛。"

"我看一下就行了。"她接过裤子，抖开。张开右手的五指在长度和臀围上卡了卡："可以可以，谢谢你啦！"

我交了裤子，又在旁边看了一会儿他们搬家，就悄悄离开了。

一回到家，我妈就告诉我，刚才有个小男孩来拿裤子。我一想，可能就是那小子了。他来拿，我又跑去送，刚好错过了。

但我妈又说："……他一瘸一瘸的，我们有给这样的娃娃做过裤子吗？我怎么不记得……"

我家房子在一个光秃秃的坡顶上，四周没有树，没有草。土大得要命，空气特别爆。我们就把所有生活用水，包括洗碗水在内，都往门口泼。然而不管泼得再湿再泞，太阳一晒，过来一群鸡一扒、一刨，不一会儿，门口照样白白净净的一层厚土。每当我云里雾里地走在家门口时，就想：我们为什么不搬到下面柳树林子里去？那里多好，多凉快多干净呀！

  房东打馕的馕坑是这个土坡的最高点，像一座孤零零的坟墓一样，凸在坡顶上。我站在那里四下望，想着这一次又该去哪里散步。还到柳树林那边去吗？那片林子早就没人了，所有的毡房子早就不知搬到哪里去了。那个小孩的妈妈说搬到了下游十公里处，不知那里又会是怎样。

  我高高站在馕坑边，往河谷下方看。看了很久，才发现自己一直都在注意一个刚刚穿过柳树林，正从坡下慢慢往上走的人。他爬的那一片坡地是刚收获过的土豆地，平缓地向山谷深处倾斜下去。那里不生树木，只有一些草丛和低矮的灌木胡乱生长着。空空荡荡，一览无余。蓝天下，只有他和他的阴影在移动。他低着头，慢慢往上走。每走一步，身子便重重地倾斜一下，原来是个瘸子……我站在那里，心中不知是悲悯还是喜悦。他家不是已经搬走好几天了吗，还独自回来做什么？一时间，蓝天下全都是音乐在回旋："……1 2 | 3 - 5 - | 3 2 - 1 | 2 1 7 6……"

  我们也快要搬家了。牧业从这里完全经过后，我们也要跟着羊群往河下游走。走出大山，走过高悬在蓝色额尔齐斯河上空的摇摇晃晃的吊桥，去往广阔温暖的秋牧场。说不定到时还能再遇上这一家人呢。哎，要是我早知道这是一个身体不好的可怜的孩子，说什么也会对他更好一些的……可是，怎样才叫"更好一些"呢？唉，这样的生活还有什么可说的，总是没有停止，也没有继续。

门口的土路

有很多人在门口的土路边架电线杆，一直通往村里。然后他们又开来一辆大卡车，卸下好几轱辘粗粗的缆线，一根杆子一根杆子地挨个儿牵了上去。我们天天跑去看他们干活。终于等到那几轱辘缆线全用完了，巨大的空木头轱辘扔在路旁，我们就悄悄把它们滚回家去了。

我妈把其中两个大轱辘立起来放平了，成了两张没人敢用的大圆桌。还有一个被她很辛苦地拆开，拆成一堆木板，为我铺了一张小床。但还剩很多木板，就又铺了另外一张床。但还是剩了很多三角形碎块，她就叮叮当当做了一堆小板凳。后来，那些架电线杆的人来了，就坐在这些板凳上，讨论"那么多的木轱辘子怎么一夜之间突然消失了"这个奇怪的问题。

我们家的小店是附近这一带唯一能买到蔬菜的地方，于是那些架电线杆子的人三天两头往这边跑。他们都是汉族人，比起哈萨克老乡更会讨价还价——他们太厉害了，只用八毛钱就能从我们这里买走一公斤大白菜。

在这条路上经常走动的人还有河上游金矿的工人和拉铁矿石的司机。金矿的矿点离我们只有十多公里，我们经常步行到那里去。

这条河在上游还没分岔的地方是又宽又深的。浪水一注一注地翻涌，是我见过的最有气势的河流之一。河中央横七竖八泊着好几艘钢铁的淘金船，漆成橙红色。船上的传送带一圈一圈地转动，金子在复杂的过程中渐渐从河底深处的泥沙里被分离出来。我们站在波涛滚滚的岸边长久张望。那一带地势很高，视野开阔。水边的芦苇又深又密，野鸭长唳短鸣，四处回荡。高远的天空中，列队南归的雁阵看在眼里总是那样悲伤。

那时的自己，总觉得有一天会爱上一个淘金人的。一个能够从泥土里发现金子的人，会有一颗多么细致敏感的心啊！淘金的工作因为过于寂寞和艰苦而深含"久远"的内容……当我日日夜夜在缝纫机前一针一线地做着一件衣服，反复拆改，他也在河边年复一年日复一日的浪水声中，从一堆又一堆泥沙里，以每次仅能以肉眼勉强察觉到的分量，一点点收集着世间最贵重的东西……

当我爱上他后，他会给我那因岁月和劳动而粗糙不已的手指戴上金戒指，给我扎了二十年都一直空着的耳洞戴上金耳环，让我青春的胸前亮晶晶地闪耀着金坠子……我多么热爱黄金啊！它是有价值的事物，是有力量的。它能使我们的生活变得更好一些。更重要的是，它总是携着那么多的，很轻易就能打动人的丰富象征。尤其是，它是被那个人的双手亲自创造出来的——淘金的确是一种创造，创造金子的手简直就是艺术的手……

那些日子里，我常常沿着土路，顶着亮得发白的烈日，步行十多公里去停泊淘金船的河湾那里。一路上风总是很大，很燥，尘土飞扬。而我却总是神经兮兮地穿着裙子，还踩着凉鞋。这一带的女孩子只有我穿凉鞋（这一带也只有我一个汉族姑娘）。于是到地方后，脚丫子脏得像两块老生姜似的。便踩进河边的浅水里洗，心却是喜悦自在的。那时，总会听到远远地有人在河中央的船上喊我，吹着口哨。可他们都在干活呢，不能靠近。我就到岸边的地窝子里找人。顺便说一句，我可不是什么大花痴，每次去那里其实是有事的——我找他们老板讨债。当然，每次都讨不回来。我这个样子像是讨债的吗？每次去也无非就是听他们老板解释一下新的原因，再陪他哭哭穷，就算完成当天的任务了。反正我也乐意这样一天一天陪他慢慢耗。要是一次性就把钱全收回来了，那多没意思啊，那样我的裙子和凉鞋就没机会穿了……

当我喝饱茶，低头走出地窝子时，船上的小伙子仍簇拥在老地方，一个个趴在船舷上往这边看。我的裙子一晃出来，他们就吹口哨。我理都不理他们，矜持地往回走。于是身后又响起一片起哄声。我慢慢地往回走，太阳明晃晃的，裸露的手臂和脖子被晒得发疼。大风和尘土一阵又一阵滚烫地迎面扑来，裙子吹得鼓鼓的。走在那样的路上，每一分钟都无比真切地感觉着青春和健康。我觉得我可以就这样一直活下去，永远也不会衰老，永远也不会死亡……河流从北到南地动荡，一路上在身边有力地、大幅度地扭出一连串的河湾。走到高处,远方群山的峰顶和脚下的道路平齐,在视野的地平线处海一样地起伏……走在世界的强大和热烈之中,而抬头看到的天空却总是那么蓝。蓝得无动于衷,一点也不理会世间的激情……

在那个夏天里,那条路像是永远也走不完,却始终没能和想象中那个人走在一起。后来倒是遇到一个有趣的司机,也算是高高兴兴恋爱了一场。

我和司机——他叫林林——也是在这条土路上认识的。那天我站在路边等车。因为要进城,还特意拾掇了一下,弄得全身上下到处平展展、亮晶晶的。可那会儿没车。等了半天,土路尽头的拐弯处才出现一辆大白卡车,卷着浓重的尘土,慢吞吞地,摇摇晃晃地往这边来了(后来才知道那家伙的破车超载了近一倍的吨数)。我挺着急的,要是在这土窝子里再站一会儿的话,就成土拨鼠了,还怎么进城呀?我冲他使劲挥手,还打着蹦子跳。他偏不急,就那么左一下右一下地在漫天尘土中晃啊晃啊。等到我简直快要发脾气了,车才磨蹭到近前沉重地停下。

若是搭别人的便车,我对师傅可好了,可感激了。可对这个家伙,无论如何也没法客气起来(对他最客气的事情就是一直没好意思下去换车)。一路上板着脸,窝着火。到县上只有一百多公里的路程,可我陪着他在这条路上足足耗了近两天时间!车慢得呀,还不如我用两条腿走来得快。那个破车,摇上窗子吧,闷得人气都喘不匀;敞着窗子吧,就大口大口地吃土。在这条可怕的路上走,一旦被超车,落在人家后面,就倒大霉了。昏天昏地,东西不辨,整条路像燃烧了起来似的。只得停下来,等别的车走远了,尘土沉落,能看清路面时再动弹。偏他的破车又老被超。没办法,超载太多了,稍微快一点都会要命似的。哪怕就这样跟爬着前进似的小心谨慎,一路上还不停地爆胎。

第一次是不太愉快,不过互相有点意思以后,一切就突然不一样了。不管他的什么都觉得好得不得了。他的车也越看越漂亮,那么白,远远地一眼就能认出来。后来再坐他的车走同一条路时,又总觉得车开得太快了,怎么没一会儿就到地方了?真是的……回想起来,那个时候的自己整天蠢兮兮的样子,真丢人。

但是那个时候啊,我们坐在高高的大卡车驾驶室里,一路上唱遍所有会唱的歌。他的眼睛和牙齿总是闪闪发光。他扭头看过来的时候,让人心里欢喜得忍不住叹息。他扭过头来看我,我连忙扭头看向窗外。窗外尘土弥漫,而我仍从车窗玻璃上看到他在扭头看我……夏天啊……夏天紧紧贴着脸庞和手心展开它燥热的内容,一切近在身旁……要是此时是冬天该多好!要是冬天的话,我就裹着厚厚的衣服,深深躲藏在寒冷里面。当我害怕时,我就拒绝……可这是夏天,它会让一个幸福的人,远远地得知未来的事情,并受到伤害……我不知道我明白了什么。但是回过头来时,他还在看我。看得我惊慌失措,忍不住偷偷落泪……

恋爱结束后,仍得在这条土路上来来回回不停地走。出门挑水,进门揉面。干不完的家务活。再弓着腰把半澡盆水弄进房子，一下子泼在地上，熄灭那些暴躁的尘土。不知道我们为什么要到这么倒霉的地方来，荒得要命，到处都是土，走起路来腾云驾雾的。地势又那么高，周围一棵树都没有，一户人家也没，光秃秃的。要挑水还得下山，挑完水还得上山……真想不通，在这种地方到底和谁做生意呀？心烦，心烦。每天柜台上抹不完的土。吃饭时，不一会儿，菜上也是一层土。我妈坐在缝纫机前干活，眉毛上也是一层白白的土。我大声地取笑她，笑完后，一照镜子，自己的眉毛也是白的……心烦，心烦……

到了九月，尘土越发放肆了。但我们顾不了那么多了——那时，我们的生意突然间好得不得了了！这条土路终于带来了转场的牧民，之前我们已经在此等候了整整一个夏天。

先是羊群过来，浩浩荡荡地，把路上的土又踩厚了两公分。然后是马群和驼队，河边收获过的土豆地上一夜之间支起了好几座毡房子。每天一大早，小店里就挤满了人。卖得最快的是蔬菜、粮油和茶叶，然后是裤子。才两三天工夫我们的货架就空了一半。我把缝纫机轮子蹬得飞转，停都停不下来。通宵达旦地干，终于使停驻在这一带的牧民几乎每人都穿上了有笔直裤线的裤子和五颗扣子颜色形状都一致的外套。

还有一位老大爷让我给做帽子，很令人发愁。我从没做过帽子，更何况是那种狐皮包面、锦缎衬里，裹有厚厚羊毛毡的豪华得可怕的帽子。于是我费了很大的劲说服他，让他在我家店里买了一顶毛线帽子戴回去。

为了好好利用这段黄金时间，我妈又赶往县城拉来了小半车西瓜，堆在路边卖。还支了个凉棚。于是，远远地，路尽头出现的骑马人一看到我们的瓜摊，就高高兴兴快马加鞭跑来。称一个瓜，付过钱，掏出刀子剖开，他一半我们一半地分着吃了（那么大的瓜，他一个人吃不完……）。以前谁会想到巴拉尔茨也会有西瓜呢？虽然这瓜在路上给颠了一两天，早颠成了半包红水。

顺着土路往下走，几公里处就是巴拉尔茨小村。住的全是哈萨克农民。那儿也有两三个商店，还有小馆子和粮油店，另外还有一个给过往司机提供的小旅馆（只有一个房间，里面有一面能排十多个人的大通铺）。也算是这片荒野上的一处"繁华区"吧。虽然相比之下，我们家商店更顺道一些，但下山的牧民大都还是习惯绕道进村子采购生活用品。于是我们决定抢在牧业离开前的最后几天把商店搬进村里。

那天一大早，我们沿着土路向村里走去。我妈走在我后面，边走边笑。我回头看时，看到自己的两行脚印，左一下右一下地撒在厚厚的尘土中。又往更远的来路上看，这条路上只有我们两人的脚印。

等我们回去时，又给路上添了两行脚印。当我看到自己先前的脚印左一撇右一撇地向自己走来时，这才明白我妈那会儿为什么会笑。从来也不知道自己走路会是这个样子。

好像这条路来来去去只有我们两个人在走似的。好像这条路从来都是这么安静，一万年都不曾被使用过了。可是它明明刚刚迎来浩浩荡荡转场的牧队呀。

我们很顺利地租下了村里阿拜克家的房子。本来阿拜克家的房子并不当道，也不是门面房，只是马路北面一排普通平房中紧挨着的两套。门朝北开，靠着马路一侧是房子的后墙。但是在马路对面，有三四家小店紧靠着，蛮热闹的。

我们自有办法。我们找到阿拜克，三言两语就劝服了他。他给我们在房子的后墙上掏了个洞，装上门，还挖了窗。再把北面墙上的窗子堵死，窗框拆下来装到南面。于是乎，房子就自个儿转了个身，一下子和马路边那几家店凑到一起了。

而且位置在马路向阳一侧，门又朝南，看起来似乎最抢眼。

毕竟是新开的店，本地村民奔走相告跑来瞧稀奇。头一天店里简直挤满了人，大家排着队转来转去地视察。每个门都要推开看一看（我们租下的房子前前后后共四间房），连厨房灶台上的锅都要揭开锅盖看一看。嘴里还"啧、啧"个不停。这是一个偏僻寂静、百年如一日没啥动静的小村，村民们的好奇心太重了。

而且村民们一般都很闲的。九月，刚忙完一年最后的农活（照我看也没什么农活，割麦子有乡上提供的康拜因；至于挖土豆的事，派小孩子们去就可以了。而除了麦子和土豆，这片土地里似乎永远不会生长别的什么东西，当地人好像都很怕麻烦），给牲畜过冬的草料也打完了。剩下的时间就只好去我家商店打发。几瓶啤酒就可以让一群男人在柜台前消磨一整天。

还有五大三粗的男人，趴在柜台上，花一两个小时观察货架上的商品，最后才买一小瓶"娃哈哈"。插上吸管，倚着柜台慢慢啜。啜完后，再花一两个小时趴在柜台上打量货架上剩下的商品。

土路经过这个村子边缘，经过村头破旧的木头桥，穿过一片峡谷和戈壁，然后再穿过一片峡谷和戈壁，最后还要穿过峡谷，还要穿过戈壁，才能到达县城。因为开矿的原因，近两年这条路老是跑拉矿石的重型车，越来越烂了。路上随便一个坑，灌满水都可以当澡盆使。但是听说不久后就会有人来修路。塌了一半的木头桥边正在修另一座水泥桥。电线杆子沿路栽了过来，电线也快牵完了。这个村子，终于要通电了。

今后，这条土路还会给这个村子带来更多外面的事物。不知那时候，我们又在哪里。

我和我妈，在这条土路上边走边大声地说着什么欢乐的事情，不知正往哪里去。我们越走，地势越高，路两边是收获后的土豆地和麦茬地。偶尔有一两座坟墓，四四方方地斜在路边。我们趴在坟墓四周低矮的围墙上往里看，里面平平坦坦，空空荡荡。好像这座穆斯林的坟墓只是圈住了一小块寂静的空地而不是一个死去的人。更远的地方，地势渐渐倾斜下去。河在河谷最底部静静地流，河两岸的灌木零乱丰茂地生长着。再看过去就是横亘东西、截然断开的暗红色巨大悬崖。几峰骆驼在悬崖顶端安静地站立。由于太远，从这里看去它们只有指头大小。悬崖之后的天空深远湛蓝。我们再抬头看，上方的天空也是深远湛蓝的。

有林林的日子里

在巴拉尔茨，我和拉铁矿石的司机林林谈恋爱了。我天天坐在缝纫机后面，一边有气无力地干活，一边等他来看我。远远地，一听到汽车马达轰鸣的声音，就赶紧跑出去张望。为这个，都快给建华（我妈新招的徒弟）她们笑死了。

但是，我们见过第八次面后就基本上没戏唱了。真让人伤心。

谈恋爱真好，谁见了都夸我男朋友长得帅，太有面子了。而且他每次来看我的时候，都会给我带一大包吃的东西。

而且，他还是开白色大卡车的呢，是我们这里所有的卡车中最高大最长的。和它比起来，其他的"解放"啊、"东风"啊都可怜得跟小爬虫一样（不过很快矿上统一更换了康明斯和斯太尔卡车，他的大白车就一下子变得土里土气的了）。每当我高高地坐在驾驶室里时就特兴奋。要是他的车坏在路上了，就更高兴了，因为那时我就可以帮他打千斤顶。打千斤顶是一件很有意思的事。想想看，那么重那么大的车头，我随便摇几下，就把它高高撬起了,好像我很厉害似的。

每次我都紧紧地挨着他,坐在驾驶员座位旁的引擎盖子上,惹得一路上打照面的其他司机,看到了都多事地踩一脚刹车,摇下玻璃,假装好心问一句:"能不能换挡呀……"

后来我学会了辨认柴油车和汽油车的马达声。这样,远远地听一听,心里就有底了,不必像原来那样只要一听到有汽车声音就傻头傻脑往外跑。但是,不多久,居然又给她们看穿了。一有动静,她们总是会比我先作出判断:"耳朵别支那么高了,这个是汽油车!空喜欢一场吧你?"……唉,等待真是漫无边际。

我们平均十天见一次面,而每天从我们这里经过的车大约有二十辆,也就是说,每过二百辆车之后,他的大白车才有可能出现一次。这条土路多么寂寞啊!傍晚凉快下来的时候,我会沿着路一直往上游走。天空晴朗,太阳静静地悬在西天,鲜艳而没有一点热气。光滑的月亮浸在清澈晶莹的天空中,空旷的河谷对岸是暗红色的悬崖。这条路所在的地势很高,风总是很大。站在最高处,可以看到山脚下的那段土路静静地浮着,白茫茫的。这时有尘土浓重地荡起,由远而近过来了。我高高站在山坡上等了好一会儿,尘土中才慢慢吞吞挪出一辆载满矿石的东风141……仍然不是林林。

林林的车还有一个最明显的标志:车斗的包垫上总是高高地插着一把铁锹。

第一次看到他时,他在我面前停下车,检查完包垫,把铁锨顺手往那里一插。然后转过身对我说:"妹妹,没事老往县上跑啥?呵呵,小心把你卖掉……"

他当然没有卖我,而是请我吃了大盘鸡。

那次我搭他的顺风车去县上。因为超载,他的大白车爆了一路的胎。这样,原本八个小时的路程,硬是陪着他耗了两天一夜。途中不停地安慰我:"到了到了,大盘鸡就快到了……"我理都懒得理他。

这一路上,只有一个叫作"四十五公里处"的地方有一个野馆子,支着两间木棚。到了那里已经天黑了,我一下车就蒙头往里间走,摸到一张床,爬上去就睡了。老板娘为我盖上被子。任林林在外面怎么喊也不理睬。睡到半夜饿醒了。感觉到隔壁还有光,扒在大窟窿小眼的木板墙上往那边一看,蜡烛快燃完了,桌上有报纸盖着一些东西。木桌静得像是停在记忆之中。

我以为这小子不管我就自个儿开着车走掉了,吓了一大跳。摸摸索索半天才在木墙上找到门,打开一看,一眼就看到他的车历历清晰地泊在月光之中。月亮还没有落山,天地间明亮得就像白昼里刹那间会有的一种光明,非常奇异。我看了好一会儿,喊了好几声。又赶紧回到桌子前,掀开报纸,就着残烛最后的光亮,把剩下的半盘子鸡块消灭掉了。

我为什么会喜欢林林呢?大概是因为他有一辆大大的大车吧。这使他非常强大似的,强大到足够给我带来某种改变。我只是一个裁缝，天天坐在缝纫机后面对付一堆布料，生活无穷无际，又无声无息。

还因为他与我同样年轻，有着同样欢乐的笑声。还因为他也总是一个人，总是孤独。他总是开着高大的白卡车，耗以漫长的时间在崇山峻岭间缓慢地蜿蜒行进。引擎声轰鸣。天空总是深蓝不变。

还因为，这是在巴拉尔茨，遥远的巴拉尔茨。这是一个被废弃数次又被重拾数次的小小村庄。这里没有电，过去的老电线杆空空地立在村落里，像是史前的事物。这里处处充斥着陈旧与"永久"的气息。村庄周围是宽广的刚刚收获过的土豆地和麦茬地。家兔子和野兔子一起在田野里四处奔跑。清晨所有的院墙上都会栖满羽毛明亮的黑乌鸦。

打草的季节刚过，家家户户屋顶上堆满了小山似的草垛。金黄的颜色逼迫着湛蓝的天空，抬头望一眼都觉得炫目。乡村土路上铺着厚厚的足有三指厚的绵土。但这土层平整、安静，没有印一个脚印。没有一个人。河在低处的河谷里浅浅流淌。从高处看去，两岸的树木一日日褪去了厚实的绿意。羊群陆续经过，沉默着啃食白柳的叶子和枝条，使得那边的情景渐渐疏淡起来。而芦苇和其他一些灌木丛色泽金黄，越发浓密、浩荡。

我去河边挑水，走长长的一段缓坡上山。然后穿过高处的麦茬地，走进一片芨芨草丛生的野地。肩膀压得生疼，平均走十步就放下担子歇一歇，气喘如牛。抬头看一眼，天空都眩晕了，天空的蓝里都有了紫意。而家还有那么远，还在野地尽头的坡顶上。

这时，有人在远处大声喊我，并慢慢往这边靠近。

我站在白色的、深密的芨芨草丛中，站在广阔明净的蓝天下，久久地看着他。终于认出他就是林林。

与所有地方的中秋节一样，那一天巴拉尔茨也会悬着大而圆的月亮。尤其是傍晚，这月亮浮在寂静的天边，边缘如此光滑锋利，像是触碰到它的事物都将被割出伤口。万物都拥紧了身子，眺望它。而它又离世界那么近。无论什么时候的月亮，都不曾像此刻这般逼近大地——简直都不像月亮了，像UFO之类的神奇事物，圆得令人心生悲伤。

我家房子在这一带坡地的制高点上。四周是一面坦阔的平地，下临空旷的河谷，对面是南北横贯的一长列断开的悬崖。我离开家，沿着高原上的土路来来回回地走着。暮色清凉，晚风渐渐大了起来。当天空从傍晚的幽蓝向深蓝沉没时，月亮这才开始有了比较真实的意味，色泽也从银白色变成了金黄色。夜晚开始降临，天边第一枚星子亮了起来。一个多小时之前给人带来种种幻觉的气氛消失得干干净净。这又是一个寻常而宁静的长夜。

房间窗户上嵌着木格子，没有玻璃。明亮的月光投进来，铺满了一面大炕。除了我和妹妹，家里其他人都去了县城，忘记了今天是中秋节。过不过中秋节又能怎么样呢？这山里的日子粗略恍惚，似乎只是以季节和天气的转变来计算时间，而无法精细到以日升日落来计算。然而，若是不知道今天是什么日子的话，也就无所谓地过去了。既然已经知道了，有些微妙的感觉无论如何也忽略不了。

我和妹妹早早地关了店门,用一大堆长长短短的木棍子将门顶死,还抵了几块大石头。然后就着充沛的月光准备晚饭。角落里的炉火在黑暗中看来无比美妙。它们丝缕不绝、袅袅曼曼,像是有生命的物质。

我揉面揉得浑身都是面粉。炉上的水又早就烧开了,等面下锅。正手忙脚乱之际,突然有敲门的声音"咚咚咚咚"毫不客气地传来。我们两个吓了一大跳。接着本能地开始想象一切糟糕的可能性……毕竟这是前不着村后不着店的荒山野岭,家里又只有我们两个女孩。天也黑了,这时谁会来敲门呢?

我俩连忙把烧开的锅端下灶台,堵住炉门上的火光,屏息静气,装作房子里没人的样子。但那怎么可能装得出来!门明明是反扣的嘛。于是敲门声越发急促和不耐烦了。

终于,我壮着胆子,很冷静地开口道:"这么晚了,谁啊?"

"是我。"

"你是谁?"

这个问题似乎很令他为难,半天才开口道:"大盘鸡!"

何止欣喜若狂!只恨挪开那一堆石头和长长短短的顶门棍花了不少工夫。

那是和林林的第二次见面,永远难忘。他给我带来了月饼。然后坐在炕上,看着我在月光中揉面,然后拉面下锅。我们喜悦地聊着一些可聊可不聊的话题。月光渐渐偏移,离开大炕,投到墙壁上。于是妹妹点起了蜡烛,我们三个人围着烛光喝面条汤。

林林的大车就停在门口的空地上,后来他回车上去睡觉了。他那么大的个子,蜷在驾驶室里一定不舒服。况且到了深夜里,温度会猛地降下来。外面总是那么冷。我很想留他在隔壁房间里休息,但出于姑娘的小心思,便什么也没说。直到现在,一想起那事就很后悔。觉得自己太骄傲、太防备了。但愿没有伤害到他。

现在再想想,其实林林也是多么敏感的年轻人啊……

那个晚上,月光渐渐移没,房间里黑暗寂静。而窗外天空明亮,世界静止在一种奇怪的白昼里。想到林林的大白车此时正静静地停在月光中,车斗包垫上冲着清冷的天空高高地插着一把铁锹,像是高高展示着无穷无际的一种语言……那情景异常真实,仿佛从来便是如此,永远不会改变。

在巴拉尔茨,要是没有爱情的话,一切是否依然这样美丽?我到河边挑水的时候,总是忍不住放下桶,一个人沿着河往下游走。穿过麦茬地、葵花地,再经过一大片白柳林、芦苇滩,一直走到能看到村口木桥的地方。然后站在那里长久地看,等待视野里出现第一辆从那桥上经过的车辆……于是那样的日子里,哪怕是去河边挑水,我也坚持穿裙子。

真是奇妙,要是没有爱情的话,在巴拉尔茨所能有的全部期待,该是多么简单而短暂啊!爱情能延长的,肯定不只是对发生爱情的那个地方的回忆,还应该有存在于那段时间里的青春时光,和永不会同样再来一次的幸福感吧?呃,巴拉尔茨,何止不能忘怀?简直无法离开。

但十月份，迎接完最后一批下山的牧队后，我们还是离开了。唉，生活永远都在一边抛弃，一边继续。我在巴拉尔茨的恋爱最终没能坚持到最后。没关系的，至少我学会了换挡与辨别柴油车和汽油车的引擎声……

虽然再也不会有那么一辆高大的白卡车，车斗上醒目地、独一无二地高高插着铁锹，在清晰的月光下满携喜悦向我驶来。

巴拉尔茨的一些夜晚

巴拉尔茨的一些夜晚有月亮，另外一些夜晚没有月亮。这是废话，到哪儿都这样的嘛。但是在巴拉尔茨，有月亮的夜晚和没月亮的夜晚差别之大，会让所有记得这里的人，对它的夜晚的印象分成截然不同的两种：要么明亮如白昼，要么黑暗如铁。好像是另外的某种白天和黑夜。

但我只想说巴拉尔茨的月亮——当我一想起巴拉尔茨的月亮……

我的身体就被洞开，通体透彻。鱼在我的身体里游，水草舒展叶片，无论是什么，触着我的身体就会轻轻下沉……巴拉尔茨的月亮是世界上最奇异的事物，它圆得不可思议。而这荒野中的其他事物，无论什么都是毫无规则的，随便地搁在大地上，线条零乱，形容粗糙。巴拉尔茨的月亮又是那么地明亮，世界上的任何一种光芒碰到它都会"啊"地叹息，不由自主呈现与它同样的质地……巴拉尔茨的月亮……

多少次我趴在门缝上往外看,冷风飕飕。外面的天空是黑夜的蓝,但凝注久了似乎又是白天的蓝。没有星空,没有银河。那时才知道,曾经所感受过的一些夜空的辉煌与华丽,不过是涣散着的美,是奢侈的、正在逐渐消失的美。而有着明月的夜空,则是正在逐渐凝聚的美,是越来越清晰的美,是吮吸着美的美,是更为"永久"一些的美。世界如此寂静。

我从门缝里往外看,只能看到半个月亮。我移一下脸,又看到另外半个。

每个晚上我都睡在后门那里。几只啤酒箱子架起几块木板,铺上羊毛毡,就裹了被子躺在上面。白天则把毡子卷起来盖住被子挡灰尘。巴拉尔茨地势高而坦阔,非常干燥,尘土总是很暴。

当货架上的啤酒卖完了的时候,我妈会让我掀开床铺上的木板,从底下箱子里掏几瓶摆上货架。我总是在每个箱子间挨个轮流掏取。尽管这样,靠墙根的那只箱子还是快空了。因此睡觉时总会小心地尽量不往墙边贴,担心床会睡塌。

我裹着被子直接睡在毡子上。没有床单,粗硬的毡子轻轻地扎着皮肤,又冷又硬。但身子却说不出地温暖安逸。夜晚真好!为什么夜里无论再冷再漫长却总是显得舒适宁静呢?可能是因为夜里再也不用干活了,不用四处奔波了吧。

我的床抵着后门,门板上裂得全是大缝小缝。虽然钉了一些破毡片,但什么也没能堵住,冷风飕飕。夜里,总是睡着睡着就翻身爬起来,趴在床上掀起毡片,脸贴着门缝往外看。那时,总会看到月亮像一个出口,奇怪地、明亮地敞开着。整个世界都在等待离开。

有时候下雪了,碎雪穿过门缝,落在脸上,针尖轻扎一般化开。我翻个身又睡。我知道,此时门缝外的夜空,正泛着动人的粉红色光辉。

那时,我也许会小醒一会儿,把一个手指从门缝里伸出去……这个手指便比我更先抵达自己接下来的梦境。并在这梦里为我指出一些去处,带我穿过许多广阔的事物。

有一只猫夜夜都来。没办法,我家租的这间土房子到处是洞。别说猫了,骆驼都能来去自如。可笑的是,这房子虽说四面楚歌,门倒是给弄得密不透风。每天睡觉前,我妈总是不辞辛苦地在门上一重又一重地绑绳子、抵棍子(是房东临时装的门,没有插销和门扣)。害得第二天早上起床后,我们得折腾很久才能打开门做生意。它是如此保险可靠,以至于晚上来捶门的酒鬼,把门从合页那边踹开了,另一端仍完好如初。

再说猫。它像人一样地呼吸,像人一样地蹑手蹑脚,像人一样在近处注视我。

我连忙裹紧了被子,一个缝儿也不给它留下。

但到了最后,它总是有办法进来。它毛茸茸的,不知是脏还是干净的毛紧贴着我的腿。它有人一样的体温——真……恶心。它还人一样地发抖,人一样地小心,人一样地固执。我一脚把它踢出去,它沉默地掉到地上,又沉默地爬起来,沉默地再次靠近。当我再一次醒来,再一次感觉到它热烘烘的身子时,不知它已经在被窝里睡了多久了。它的身子像人的身子一样起伏着,并且像人一样地打鼾。

它会不会像人一样死亡……

沉浸在深度睡眠中时,偶尔的转醒不会令我完全清醒。于是迷迷糊糊中,也只好由它来去。最烦人的是,它总爱爬到被窝最深处睡。但最深处空气可能比较闷,它只好每隔一会儿,就醒过来爬到我脖子边透透气。于是一整个晚上,它就那样来来回回地折腾。人若睡死了倒也罢了,要是没睡沉的话,就彻底别想睡沉了。

而在我和猫之外,在被窝之外,黑暗无边,寒气无边。我妈他们不知到什么地方去了,甚至不知是生是死……我笔直地躺着。雪好像停了,又好像没有。身体困倦,而想法激动。我翻了个身,黑暗中的上下左右立刻全混乱了。继续睡去,梦到过去年代的一些情景,还有猫……猫!

一梦到猫就立刻清醒过来。

因为一梦到猫,就突然想起:自己从来没见过这只猫……它夜夜来和我在一起,而我居然从来不知它长得什么样子。夜晚用黑暗掩盖它,白天又用嘈杂将它深藏。它有着什么颜色的皮毛?它有什么颜色的眼睛?猛地转醒。被窝里空空荡荡。没有猫。

还有一些晚上,晚餐推迟得很晚。他们在外间屋里愉快地说这说那。有时是长时间的沉默。烛光明暗晃动。

我在里间灶屋里细心地准备晚饭。马灯在灶台上静静地燃我反复地揉面,一定要把面揉得又匀又筋。长时间重复一个动作,每一次用力都感觉到面团在手心又匀了一分。我揉着,又扭头看向右边,自己巨大的投影在墙上晃动。再抬头看上面,屋顶没有天花板,梁上黑洞洞一团,像是可以向上坠落进去的深渊。忍不住停止了一下,再低头接着揉面。

把揉好的面平平地摊铺在案板上。切成条,匀匀拽长,搓成铅笔粗细的长条。溇上清油,在一个大盘子里一圈一圈盘好,蒙张塑料纸,让它醒一会儿。这才开始升炉子、烧开水、烩菜。

新鲜的带着树皮的松枝是很好烧的,火苗在柴火的前端呼啦啦地猛蹿,后端却"呲呲"地冒着白色的水汽和黏糊糊的红色泡沫。这样,一根柴火总是半截熊熊燃烧,半截濡湿滴水。有时候会有细小的蓝色火焰从滴水处的孔隙里微弱而美丽地蹿出来。

我坐在炉门前的小板凳上,不时地喂柴。用炉钩小心拨弄炉膛里的燃柴,使火苗更充分地抿舔着锅底。脸被烤得绯红滚烫。抬头往炉膛之外的地方看去,已经适应了火苗之热烈的视线陡然间跌进黑暗之中。房间黑暗深远,而灶膛里热烈辉煌,极度明亮。另有一处明亮是灶台上的马灯。它的火焰拉得又长又稳,宁静平远。马灯、灶膛之火、房间里的黑暗,这三者在我的视野里互不侵犯,互为反差,牵扯出一幕奇异的平衡。

水开了,把面从盘子里一圈一圈匀净地扯出来,绕在手腕上,在面板上摔打。我拉出来的面又细又匀。干净利索地下锅,锅里翻腾不已。马灯永远那么明净。沸了三沸,面就淋着亮晶晶的水色,又筋又滑地蹦跳着出锅了。水汽腾腾。面条雪白晶莹地盛了满满一盆，静静置放在暗处。说不出地美丽诱人。

再过几分钟，菜也烩好了。把菜浇进盆里，拌一拌，一盘一盘盛出。所有人边吃边夸我手巧。我当然手巧喽！虽然做每顿饭都会被夸奖一遍，但还是百听不厌。

我们围着柜台吃饭，一人端着一只大盘子，一边吃一边谈论着一些事情。很晚很晚了，空盘子才陆续从手中放下。但是谁也不愿意去洗锅收拾碗筷。太黑了，太冷了。便一致决定第二天做早饭时再洗（于是做早饭的那个人就倒霉了……）。

碗不用洗了，但是又没人愿意立刻去睡觉。我们围着蜡烛继续说话。渐渐地又实在没话说了。蜡烛越来越短。

这时，敲门声响起。有人立刻起身去开门。进来的人所做的第一件事就是找地方拴缰绳。我们房子外面光秃秃的，没有可拴马的地方。那人站屋里，手里扯着长长的缰绳，环视一圈后，把绳子系在门边的一只小板凳上。这才转过脸让我们看清他的模样。

马就在外面拖着缰绳静静站着，永远也不知道自己被系在什么东西上，因此永远也不会尝试跑掉。好几次我都想拾起这个小板凳出去给它看看。

这个人向我们一一问好。然后买了一包方块糖、一块钱的碎饼干和两只苹果。他把方块糖和饼干分别放进外套左右两边的口袋，又把苹果细心地揣进怀里，这才俯身凑近蜡烛和我们说话：

"巴拉尔茨没有几个人嘛，你们来这里干什么？你们为什么来这里呢?"

他是一个风趣而和气的人。我们聊了好一会儿,才知道原来他是个阿訇呢。真让人好奇,原来阿訇也要吃饼干呀,原来阿訇也得到商店买东西。原来阿訇的时间也有一部分需要打发才过得去。

这个上了年纪的阿訇实在是一个有意思的人,他给我们讲了许多巴拉尔茨过去的事情。我们都很喜欢他,希望他下次还来。他走时,我们抓了几粒球形泡泡糖让他捎给他的小女儿。他说他小女儿六岁了。

在巴拉尔茨,夜晚是上厕所的最好时机。因为巴拉尔茨没有厕所。不仅没有厕所,连样子像个厕所的地方都没有。到处坦荡开阔,很难找到可藏人之处。虽然河边有很多矮树,但河边同时也有很多蛇。一定要找一个安全的地方的话,只能花两个小时翻过村子后面那座光秃秃的荒山,去山对面蹲着。

而晚上就不一样了。在晚上,一蓬乱草,一截子断墙——只要是巴掌大的一团阴影,都能把人团团裹住。就算冷不丁被发现了,黑咕隆咚的,谁知道你是谁呀?而且,你还可以把那个人吓一大跳,叫他从此晚上出门再也不敢到处乱看。

可惜的是,这个道理并不是只有我一个知道。因此晚上几乎成了村里人集体上厕所的时间。处处是埋伏,走到哪儿,哪儿就响起一片咳嗽声。于是被东吓一跳西吓一跳的人只能是自己。

除此之外,巴拉尔茨的夜晚实在是宁静美好的。

我们一起出去,手牵着手。远处的土路上有手电筒的光柱晃动。我们连忙跟上去,七手八脚爬上路基,借那人的光在黑暗中深一脚浅一脚往前走。

夜很深了,但我们要到村头的吐尔逊古丽家去。我们跟着那个打手电筒的人走了好长一截子路。当路从左边岔开时我们才小心地下了路基。前面的那人也停住了,他站在那儿转过身来,用手电筒远远为我们指着路。我们不停地道谢。直到我们走进吐尔逊古丽家的院子,他才收回电筒,继续在黑暗中的道路上高高低低地走下去。

吐尔逊古丽家窗子烁烁闪亮着,人影晃动。可以听到双弦琴和男人唱歌的声音。我们敲了几下门,就推门进去。一股热气扑来,床榻上的人纷纷站起来为我们让座。我们赶紧一一问候。这时候女主人摆上空碗,每个碗里添进牛奶,沏上滚烫的红茶。有人往我碗里放进一大块黄油。

在座的客人是林场的两个守林员和吐尔逊古丽家的一个邻居。床下的长条矮桌上摆满了油炸的食物和干奶酪。明亮的马灯悬在暗红色的天花板上,有时会轻轻晃动。在我们的请求下,双弦琴再次被弹响。弹琴的人有些醉了,满脸红光。琴声时断时续,时畅时涩。琴在他们之间传来传去地弹着,酒一杯接一杯地干。我们和主人在宴席的另一个角落低声交谈。说了一会儿话后,他唤来孩子,叫他去取扑克牌。

这时,琴声突然激扬尖锐了起来,几个男人的合唱开始了。不一会儿,我妈也参与了进去。他们在唱……"大海航行靠舵手……"真……厉害呀……

据说,三十多年前,此地所有的哈萨克牧人都被要求学这首歌。从那个年代里出来的本地哈萨克人,对汉语最初的认识大约就出于这首歌吧?

想起这个村子从前是来自南京的知青建造起来的。他们在这荒山里盖起了房子,开垦出眼下的农田。劳动了多年,却又在二十年前的某一天突然全部离开,一个也不剩。后来,这个空村子就住进了定居后的哈萨克牧人,开始学着种土豆和麦子。

村子里的房子几乎全是那时候留下来的,非常旧。却正因很旧才显得协调静谧。一砖一瓦,一梁一柱,在时间的河流中被细细淘洗打磨了多年,与周遭万物再也不会产生冲突了(不像我们在别处看到的村子,打满了时代的补丁,总显得那么突兀、生硬)。它出于命运来到了这里,而不是出于某些尖锐的、无法宁静的欲望。

村子中央的供销社原先是个俱乐部,是依照当年流行的俄式风格建造的。全部由土坯砌成。墙面上一层一层整齐地糊着厚厚的墙泥,因此垮的时候,也总是一层一层整齐地垮。墙体上原先发红的土黄色涂料也斑驳不堪。但这样的大房子还是有着完整而气派的弧形顶,漂亮结实的台阶、扶手、窗台和穿廊。连题在墙壁上那过去年代的口号还是清晰有力的,从来没人想过要把它们抹去。

吐尔逊古丽家实在太热了,可她还在不时往炉子里添煤。我悄悄推门出去。院子里仍然那么黑,空旷无碍的黑,令进入的人一下子就涣散了的黑……而身后房间里的光则是浓酽的、混沌的。

四下张望，越过看不到的院墙，把视线投往更遥远一些的黑暗里。没有任何发亮的东西。只有头顶的星空壮阔，银河横亘天幕。

我却在想，刚才那个用手电筒照着送我们一程的人，他会去向哪里呢？

而更多的夜晚里，我们长久地围在马灯下，轻声谈论着很多过去的事情，或静静地下跳棋。我们中的一个人突然听到了什么，"嘘——"的一声，我们全都侧耳倾听。有汽车引擎声从远至近响起……又从近到远渐渐消失。在巴拉尔茨，夜晚说不出地漫长。漫长得一直延伸进第二天的白天之中。在白天，巴拉尔茨也同样充满了夜里特有的那种寂静。又由于完全袒露在了阳光下，巴拉尔茨的白天比夜晚更防备一些，更仓皇一些，并且更努力地进行着隐蔽。白天，我们从深暗的房里走到外面，总有那么一瞬间得眯起眼睛，才能看清世界。

更偏远的一家汉族人

在最最久远的时间里,这个地方是没有人烟的。这里地处深山,地势险峭,冬季过于漫长。但由于山区气候湿润,积雪冰川融汇成河,有河便有树。于是这里有着生命最基本的供养。后来就渐渐被凿空,成为连接东方与西方的通道。而东方与西方之间,多是戈壁沙漠。驼队归期遥遥,一一倒落路旁。人没有水,畜没有草。

后来,出于战争或其他原因,开始有人来到这个绿色长廊定居,并渐渐适应了这方水土气候。当部落规模膨胀到危险的程度,又有灾难爆发,死亡遍地。于是,又一次大迁徙从这里开始。山林间又一次了无人迹。草木覆盖道路,野兽夜栖宅院。

再后来,不知过去了多少年,渐渐地又有人迹向这边触探。羊群在夏天轻轻地靠近,仔细咀嚼最鲜美的青草,一只也不敢轻易离群。并赶在秋天之后的第一场雪降临之前,低头沉默离开。这样的情形不知持续了多少年。不知是什么样的畏惧和约束牵扯着某种奇妙的平衡。在这里，人不是主宰，只是其中很小的一部分。

最近的一次喧哗与改变在半个世纪前。那天一群内地的年轻人长途跋涉来到这里。他们修通了抵达这里的道路，截断河流建设起水电站，盖起了样式奇特而华丽的房屋——宽敞、结实、功能丰富。那些房屋有门廊、架空的木地板、木格子的天花板。烟囱上还架着精美的人字形防雪罩，炉膛下挖出的斜坑可以盛放一个礼拜的煤灰。

这样的房子足足可住一百年不坏。可是他们只住了十多年就离开了。

他们留下的不只是这些漂亮的空房子，还有成片经营了数年的土地。二十年后，土地只见沟垄的轮廓。水电站废弃，大坝在地震中坍塌，蓄起的湖水散向山谷草甸。在那里，无数条河流纵横合束、分散。水的痕迹又被树木的痕迹反复涂抹。

后来又开始有牧人离开绵绵千里的南北迁徙之路，来到这里定居，形成村落。他们住进了那些空房子，开始操持农业。他们春天播种，秋天收获很少的小米、麦子、土豆、豌豆、苜蓿和洋葱。

我们来到巴拉尔茨，那么远的路，走得星月黯淡。当初宽宽敞敞的公路早已在无数次山洪中毁去。旧日的电线杆刷着黑色的沥青，空荡荡地立在村落里。当年的漂亮房屋已经很陈旧了，但仍然那么高大神气。斑驳的橙灰色外墙上是斑驳的旧时标语，笔画间隐约可见书写者运腕时溢出的激情。相比之下，旁边一些新建的院落倒显得仓促又简陋。怀抱婴孩的美丽母亲靠着土墙院门远远看过来。唯一的商店门口，两个酒鬼喝了一下午的酒，稍有醒意地相对沉默。唯一的商店里面，货品寥寥无几，店主老迈不堪。

这里正在重建。这重建如打补丁一般，反复弥补，一一遮盖，重重包裹着一枚坚硬而古老的内核。

才开始，我们还以为这一带恐怕只有我们一家汉族人。但不久后便听说三十公里外更深处的一个村子里还有一家。是河南人，并且已经生活了三十多年了！

据说是"文革"中逃到那里的，与世隔绝，过得舒服得不得了。

再一打听，我妈居然还认识那家人的儿媳妇。据说以前在县城一起支摊做过生意。当初只知道她嫁进了深山里的一个村子，没想到却是在这里。

那个村子附近最近发现了铅锌矿，有很多卡车路过巴拉尔茨去那里拉矿石。有一天，我们在路边拦车，一路打问着向那家汉族人寻去。我妈的想法是，如果那边人比这边多，生意好做的话，干脆离开巴拉尔茨算了。巴拉尔茨的人太少了。

结果到了地方才知道，那家汉族人就是做生意的。而且那一带只他一家独门生意。所以那家老太太当然不会讲实话了，只是拼命地诉苦。嚷嚷着生意实在做不下去了，再过两年真的不干了，但是不干的话到县上又能干什么呢……云云。然后劝我们早点回家，天黑了路不好走，而且这一带狼多。

她家店里的商品比我家的多到哪里去了，但似乎大都是从二十年前就开始积压的东西。居然还有窄脚牛仔裤（呃，现在又开始流行了）和朱丽纹的衬衣。食品看上去倒是出自当代，但再看看保质期的话……

店里光线很暗，一屋子的商品一动也不动，像嵌在旧照片里一样。店主是个有事没事都笑容满面的胖老太太，信基督教，平均每三句话都得捎带一声："感谢主！"

我妈在店里陪主人说话，我一个人跑到外面转了转。

村子里东窜西窜的到处都是兔子。路边的苜蓿地和豌豆地（都是牲畜饲料）一片连着一片。我试着去捉那些兔子，但哪里捉得住。只好摘了点嫩苜蓿和豌豆尖兜在衣襟里，准备带回家下面条。

兔子们都是纯白、纯黑色的，一看就是家兔子。也不知道谁家养的，这么一大群放出去也不怕丢。

土路狭窄不平，傍晚时光漫长而明净。和巴拉尔茨不同的是，这个村子紧靠着山。山也不是我们那边的那种大土山，而是低矮连绵的秃石山。一座山就是一大块雪白的石头，上面密密麻麻布满了洞眼。洞口形状的线条圆润柔和，千奇百怪。这是亿万年来冰川侵蚀、水流冲刷的结果。

山脚下流淌着一条又宽又浅的小河，河水清澈得像是流动的空气。河底水流中居然也葱郁地生长着青草。这会儿太阳快要下山了，最后的余晖铺展在东面山头上半截。整条沟冰凉沉静，村落像是空村一般。虽然也会有孩子时不时在小路上追逐而过，但那幕情景看起来更像是记忆中的情景。

我踩着河心凸出的石块过河，开始爬山。尽管是一整块的石头山，山体凹陷处积存的泥土里也会生长些坚强的植物。有的地方甚至会有团状匍匐生长的爬山松。碧绿的爬山松生长在雪白的山体上，美得一点也不真实。尤其是在这样的黄昏时刻。

小路旁边那些挤挤挨挨的洞穴们，别说进去了，连在洞口朝里窥视一下的勇气也没有——似乎我一进去，洞口立刻会封闭，所有的洞口都封闭，整座山立刻变得光洁平整，跟从来不曾有过任何洞穴一般。

向上走，渐渐地走到了余晖照耀的地方。站在阳光中向下望，下面沟底的村庄阴凉黯淡。已经很晚了，但没有一家人的烟囱冒烟。一眼望去，就数那家河南人的店铺最最扎眼，因为房子外墙上都刷了白石灰。而其他房子都是泥土色的。

有两三头牛慢慢走在回家的路上，赶牛的老妇人也慢吞吞跟在后面，手持长长的柳条。她穿着黑色毛衣和橘红色的长裙。

……假设自己一直在这里生活，假设自己已经在这里生活了二十多年，假设自己从不曾离开过这里……设想了半天，也想象不出若是那样的话，自己又会有着什么样的生活。唯一能确定的是，那时，所有山上这些石洞，一定会为自己所熟悉，丝毫也不害怕了。

再回到店里，河南老太太同我妈正唠得起劲，兴高采烈地说："……奶奶个腿！再干两年就不干了！啥好地方哩？噫！早就说着要通电了，要通电了，说了二十年还没影子，恁看啥事哩……"

我妈问："你家老头子哩？"

老太太兴高采烈地回答:"恁说老杨啊?主把他拿走啦!都拿走好几年了……感谢主!"

正说着,来了个小伙子买电筒。老太太用河南味儿的哈语同他干净利索地讨价还价,连带着揭人家短。说怪不得居麻罕家丫头没答应跟他,原来是这么小气的人……逼得小伙子节节败退。最后按原价掏钱,慌不迭逃了。

然后又来了一个老头儿,是来还债的。老太太又当着我们的面把他狠狠地表扬了一通。再把村头老是欠钱不还的酒鬼拉罕痛骂一顿,说他是魔鬼,说他要下地狱。末了又给这老头儿额外抓了一把水果糖以表彰其信用。老头儿连忙道谢,她也没忘再来一句:"千万不要谢我,要感谢主!"

在回去的路上,我们走走停停,不时回头张望。但很久都没过来一辆车。的确太晚了,要是搭不上车的话……又想起那老太太说过这一带有狼……愿主与这老太太同在,顺便保佑一下我们。

太阳落山一个多小时了,天色越来越暗。回头看去,那个寂寞的小村子终于亮起了数盏微弱的灯火。这条小路两边都给铁丝网拦着,铁丝网两边是高高的、茂密的草料地和麦地。我们像是走在深深陷入大地的一条通道中。抬头看,夏季最主要的几个星座已清晰地浮显在夜空中。但真正的黑夜仍然没有到来,银河还没有显现。

我妈有夜盲症,走得深一脚浅一脚的,最后忍不住嘀咕起来:"奶奶个腿的!河南人真厉害,这么荒的地方也能待得住!……啧!感谢主!……"

转 场 途 中

去往广阔温暖的

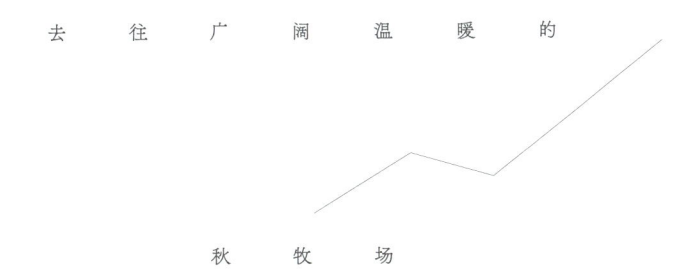

秋牧场

转 场 途 中 的

暂 栖 地

刚刚驻扎下来的

人家

吃 饱 喝 足 的

骆 驼

在 沙 依 横 布 拉 克

孩 子 们

一个年轻的母亲拖着自己满脸鼻涕的小孩来到我家店里，说要买玩具。使我们非常惊奇。在山里待久了，几乎都忘记了世上还有"玩具"这个东西。是呀，山里面的小孩子都是怎么长大的呢？每个孩子的童年，都像个秘密一样。

在顾客们看来，我们店里十全十美，样样都有。清油呀、面粉呀，酒呀茶叶呀盐呀糖果呀，衣服裤子鞋子呀，汽水呀娃哈哈呀，还有电池和铁皮烟囱，还有补鞋子用的麻线和莫合烟。连卷莫合烟的报纸都卖呢！甚至有时还会有难得一见的蔬菜和水果……可是，就是没有玩具。

我们这里小孩的玩具一般都是空酒瓶子。空酒瓶子很好玩的，因为它可以用来装水。而且，装了水后，还可以把水再倒出来。

更多的小孩子是空着手跑来跑去地玩。

还有的小孩子进森林拾柴火玩，有的放羊玩，有的挑水玩。总之，在我看来，他们的游戏和劳动好像没什么区别，但还是玩得那么高兴。

我把我家非常有限的商品浏览了一遍，又和我妈商量了半天。最后向这个母亲推荐浇花用的洒水壶。

她就只好把洒水壶买走了。

从此，我们天天都可以看见她的小孩吃力地抱着那只壶在自家毡房门口的草地上浇水。浇完一壶后，再歪歪扭扭跑到河边，很努力地灌满一壶，再捧回家继续津津有味地洒。

再想一想，我们居然卖洒水壶！居然在深山老林里卖洒水壶！真不知我们当初进货时都在想些什么——洒水壶到了深山里，也的确成了跟玩具差不多的东西了……

我们这一片帐篷区的小孩子挺多的，而我们这里喜欢逗小孩逗到哭为止的人也很多。于是，一天到晚，寂静的山谷里动不动就会传来一两阵哭喊声或尖叫声。等出去看时，平平静静，什么事也没有发生。毡房子和毡房子之间静悄悄的，只有两个小破孩坐在草地上，全神贯注地往一根长木棒上绑钓鱼线。

我们这里的小孩都喜欢钓鱼，而且钓鱼都特厉害。出去不到半天，就一个个排着队回来。每人拎着一串鱼，高价卖给我们。

不知为什么，我和我妈就是钓不上鱼来。我们家的钓鱼竿特正规特漂亮，是那种可以收缩的。我们家的渔线也很地道，是专业的塑料渔线而不是毛线或几股搓到一起的缝衣棉线。而且，我们家的鱼钩也是真的鱼钩而不是弄弯了的大头针。另外我们家的鱼饵也不错，别说鱼了，我们自己吃着都觉得很香。可是，就是从来也没有……

我们去钓鱼，半天没有动静。可是下游那边一会儿传来一阵孩子们的欢呼声，一会儿又传来一阵。我们连忙收了竿凑过去，在他们大有收获的那个地方重新抛钩。但还是半天没动静。这时，上游那边——我们刚刚离开的地方——又传来欢呼声。

我性子急，试几次就不耐烦了。可我妈却永远不怕打击，永远兴致盎然，换了一个又一个地方。越跑越远，天黑透了才回家。一进家门，就迫不及待向我们解释这次没能钓上鱼来的原因一二三四。完了照例会来一句："本来有一条眼看就要咬钩了，这时……"

除了卖鱼，这些孩子还老往我家卖牛奶和酸奶。他们提着桶（那桶大到完全可以把提桶的人都装下，里面却顶多只有十公分高的一截牛奶）很辛苦地穿过整条山谷，笔直走向我家帐篷。

我们收下牛奶，掏一块钱给他，不走。再给五毛钱，还是不走。冲他发脾气，他就哭。没办法，再给五毛钱，但还是不走。最后再给一块泡泡糖或者一把瓜子，才能勉强打发得掉。

有好几次，我们不想给钱，让这些孩子随便从货架上取点价值两块钱的零食什么的。他们不干，非要现钱不可。给了现钱后，才很放心地对着货架指指点点，要这要那。直到两块钱刚好花光为止。

还有些孩子卖完牛奶后死也不花钱。攥着钱趴在柜台上观察半天，把摆在货架上的几乎每一种商品的价格都咨询一遍，包括鞋钉和苏打粉在内。问完了就在那里悄悄地想了又想，最后悄悄地走了。悄悄地跑到别的小杂货店,再花无比漫长的时间逐一对比、细心推敲、反复取舍。最后再悄悄回到我们店里作最后一轮挣扎……最最后,还是捏着钱坚定地离开。不知道那钱最后到底花掉没有。

最有趣的情景是孩子们集体去拾柴火。一人推一辆独轮车,就是那种只能用来哄小孩的玩意儿,基本构造是两根木头交叉着绑在一个勉强能够滚动的圆东西上面。通常每推动二十米,那个圆东西就会掉下来一次。

这些孩子一边卖力地干活,一边卖力地修车。一个个累得汗流浃背,深为劳动所陶醉。

那些家长们真聪明,给孩子们找了这样的事情做,真好。省得他们没事干,整天就知道哭。

他们呼朋唤友,不停地在森林和帐篷区之间来回奔行。一窝蜂地来,再一窝蜂地去。偶尔打打架,在草地上滚来滚去。打完了又接着干活。

他们一整天拾回来的柴火足够晚餐用的了。如果不够用,家长们就顺手把那个独轮车也填进炉子里烧。

我后来认识的小孩子库兰有一双银绿色的、漂亮的,甚至可以称得上是"美艳"的眼睛。在此之前,真的没想过小孩的眼睛也可以用"美艳"这样的词来形容。她眼睛的轮廓狭长,外眼角上翘。睫毛疯长着,零乱而修长,像最泼辣的菊花花瓣。迎着这样的瞳子看去，里面盛着一池碎玻璃。再一看，又全是钻石颗粒——晶莹交错，深深浅浅的绿晃着闪闪烁烁的银……被这小孩的美目正眼瞅一下，一定会失神片刻的。

可惜小孩子到底是小孩子，除了眼睛和牙齿外，小脸上没有一处不是泥巴糊糊的。一双小脏手上，只有指甲盖儿透明而洁白。指甲缝里也藏污纳垢，黑黑的十个圆弧。

本来小库兰还有满头蓬松浓密的金发的，还是自来卷的呢。和她的绿眼睛一配，整个人跟洋娃娃似的稀罕。可是后来……后来，她想让爸爸给自己买裙子（当然，一定是我妈怂恿的，这一带只有我家店里卖小孩裙子……），就天天对她爸爸含蓄地嚷嚷："热，热，热……"她爸爸就当真了，三下五除二把倒霉的库兰剃成了小光头。这下这小孩再也不喊热了，也不指望新裙子了。重新混入肮脏的孩子群中，手持大棒，勇敢地追狗。把这片草场上所有的狗追得从此没有一只敢靠近我们这片帐篷区。

和别的孩子不一样的是，库兰家不是牧业上的，她家是定居后的哈萨克农民。虽然定居多年，但到了夏天，仍会携家带口，赶着不多的牲畜到清凉的夏牧场住一段时间。消夏避暑，这是我所知道的很多定居后的哈萨克家庭的习惯。连一些城里人也这样做。只要是牧业上有亲戚，并且条件许可的话，一定会在暑期里让孩子们进山度过假期。城里的老人们在夏季清爽灿烂的日子里最渴望的也是能够到夏牧场生活一段时间。

尤其是一些紧邻着前山夏牧场的村庄，一到夏季，几乎全空了。家家户户宅门深锁，牛羊圈也空空荡荡，全村只留几个男人懒洋洋地守着无边的田地和水渠。

千百年来传统的生活和劳动方式固然在短短的几十年中就已经接受了改变，但随之面临的，将会有一个更为漫长，更为艰硬的过渡期。从具体生活到心灵世界点滴适应、缓缓想通的过渡期。我想，这恐怕不仅仅出于对自然与生俱来的依恋吧？

库兰家在这片草场上开着一家小小的粮油店，同时也卖点喂牲口的粗盐，还收购羊毛。她家的毡房子和帐篷扎在河边，是这片帐篷区最西边的一家。而我家帐篷则远在另一边。每天清晨去河边提水时，才从她家门口路过几次。她母亲总是站在门口，高声和我没完没了地打招呼。我也放下桶，陪她说一会儿话。但是这小孩却从不和人说话，不管问她什么，嘴巴一张，就只知道笑。笑得又实在又坦率，兼以"咯咯咯""哈哈哈"等音节辅助。真让人羡慕啊，而我们一般只在遇见实在可笑的事情时，才会这样笑。

她的母亲很精明很开朗的样子，穿戴利索。这个夏天她已经在我家店里订做了两条裙子了，又因为我们家只有那两种花色的布料，所以很艰难地放弃了做第三条裙子的打算。

但是有一天她自己带着一块布来了。就是那种南疆产的艾德莱斯绸，但却是质量最差的一种。看上去闪闪发光、斑斓精致，其实编织得松散异常。不管哪个裁缝接这样的布料都是痛苦的事。你得在缝纫机上搞微雕似的小心谨慎，动作稍微重一点，布料就给手指戳出窟窿眼来……恨不得用缝衣针手缝。裙子做好了也不敢熨。熨斗轻轻地滑过去，布料上也会沿着纬线拨开一溜儿长缝。

这样的衣服，就算做出来，也穿不成。哪怕避免所有的大幅度动作，也只能作为一次性的衣服穿——洗一水就成了一堆线头了。

做出来后，布料还剩一小截，就退给了库兰妈妈。谁知她想了想，又说："给我家小丫头也做一个嘛！够不够啊？"

我和我妈对视一眼……库兰妈妈和小库兰一样让人无法拒绝。

于是又趴在缝纫机上折腾半天弄出一件短袖小褂。从此，天天就可以看到小库兰五彩缤纷、金光灿烂地在青翠的草地上跑来跑去。同一块衣料的衣服，她母亲的那件早就撤退了，她还在坚持不懈地穿，扬扬得意地穿。她向我们呼啸着跑来，跑到近处，让我们看她小褂上的窟窿眼儿比昨天又多出来八个。

库兰的姐姐（也许不是姐姐，只是她的一个年龄大一些的朋友）阿依邓会弹电子琴。其实我们这里的所有孩子都会弹电子琴的。他们好像天生就对音乐、对音阶高低的细微变化敏感异常。刚刚听完一首歌，顺手就可以在琴上完整地敲出来。然后准保会被大人逮个正着："满手都是泥巴，竟敢摸琴?!"

而阿依邓不一样，她是个文静的、神情轻松的孩子。在所有孩子里年龄最大，都已经上初中了。大人们都很喜欢她，唤她名字的时候，都是很心疼地唤着："阿依邓？在吗？"

阿依邓很勤快懂事，家里大大小小的家务活她一个人能全部拿下。她揉面粉的架势特别地道。站在巨大的面盆前，小小的身子浑身都鼓动着力量。每揉一下,身子就勃发一次,肩膀上清晰地迸闪出"劲儿"这样的东西来。而这时候从背影上看,她的样子和任何一个家庭主妇没什么区别。

所有的小孩子也都喜欢她,并且很听她的话。常常看到他们围绕着她,欢欢喜喜地听她说着什么,估计是在讲故事。他们坐在碧绿的草坡上,花朵怒放一般簇在一起,远远地让人只感觉到入迷的宁静。不由得向往他们的话题内容。

或捡到什么好东西了,大家都争先恐后地抢着给她看。比如样子像把手枪的石头呀,漂亮的针药瓶子呀,还有奇形怪状的机器零件。

阿依邓就很认真地看,然后温柔耐心地一一作出评价。得到评价的孩子都满意无比,也得意无比。似乎经阿依邓这么一说,那东西就会变成双份的。

我问阿依邓,她到底给他们说了什么,她却怎么也不肯重复了,只是不好意思地笑。

对了,要说的是阿依邓弹电子琴的事。

总是在漫长的黄昏时刻,哪怕已经到了北京时间晚上十一点钟,但天色还是足够明朗的,迟迟不肯沉暗下去。吃过晚饭后再也没有别的事情可做了,但又不想上床睡觉。这时琴声就传来了。

电子琴是河对岸开饭馆的海拉提家的。海拉提家去年开的是小饭馆(一个小帐篷),今年就开上大饭馆了(换成大帐篷)。明年他还想开舞厅呢!他是这么说的,但我们怎么也不信。荒野里开舞厅?实在没法想象。

海拉提个子高高的，模样非常漂亮，琴也弹得最好。但总不能老让他一个人弹，其他人也得轮流表现一下嘛。于是，吃过饭，他的琴架一支起来，大家都陆陆续续过去排队了。这使得海拉提媳妇总显得有些不高兴，反复地对大家说明电子琴是用电池带动的，每次得用好几节呢。

但是，在寂静深远的沙依横布拉克夏牧场，有音乐是多么好的一件事呀！所以没人理她。

大家一般都只凭着对音乐本能的理解在弹奏，弹些听来的传统乐曲的碎片。可是阿依邓不一样，她可是在学校里专门学过的呢。她会弹好多本民族音乐之外的曲子，比如《南泥湾》，比如《雪绒花》。她一靠近琴架，正弹着的人就会立刻停下来把琴让给她。

阿依邓手指头细细长长，虽然很粗糙，生着硬硬的茧子，但却那么灵活优雅。可我总是觉得，她弹琴的时候仍然有着揉面粉的架势……我是说，还是那么认真努力，勃发着源自朴素生活的本能热情。

阿依邓十三岁了。十三岁的孩子已经有了成年人的大部分痕迹，但却还是孩子。

我见过的更多的小孩则是看起来很没意思的。能够蹲在一个地方老半天都不动弹一下；或者从河这边跑到河那边，再从河那边跑回来，然后再跑过去……不知这样跑来跑去到底有什么好玩的。

孩子的心离我们多远呀！尤其他们是能够长大的、能够和此时此刻完全不一样的事物，就更显得很神秘很奇妙似的。当他们喃喃自语地在草丛里寻找什么东西，当他们把一颗完全能够一口就吞下的糖分成无数次耐心吮完，当他们互相之间有条有理地谈论着在我们听来乱七八糟的话题……小孩子的幸福多么宽广！他们又那么娇嫩，永远一副需要保护的模样。小手软乎乎的，小胳膊捏一捏就碎了似的，那么地脆弱……但他们的想象力却那么强大，仿佛他们其实是依赖着这种想象——吸吮这想象的丰盈乳汁而成长着的。他会突然对我说："羊肚子里的虫子一飞，羊也就飞了。"或者很认真地问我："河还回不回来了？"让我想半天也想不出该怎么接着这茬子话说下去。

而当地人呢，却从来也不会觉得和自己家的小孩有什么隔阂。他们和孩子们说着正常得要死的话，顺利地进行各种交流，像命令一个兄弟一样命令五岁的儿子做这做那的。坦然平和地对待他们丰盈茂盛的童年，并且互不干涉。我很想在其中发掘一些比如"代沟"之类的问题。但在观察的过程中却发现，最难做到的不是得出什么结论，而是：要努力保持注意力集中而不被突然出现的另外一些新问题所分散……这只能说明我太无聊了。可能真实的生活其实最自然不过，没什么可研究的。

最后说说我家帐篷后面那顶毡房子里住着的卡万家的小儿子。小家伙八岁，特征不够鲜明，混在一大群小孩子中间时实在很难单独注意到他。但是，到头来最令我吃惊的就是他了。

秋天牧业转场南下的时候,这个小家伙居然背着干粮,手持小柳枝,徒步四十多公里,独自一个人赶着三头牛,沿着一般没人会走的森林边上的小道,走了两三天才走出深山,把牛送回山下的家里。

居然让小孩子干这样的活!那他父母干什么去了?他的父母当然更忙,得忙着搬家,搬家自然会比赶牛的活儿累多了。但是,无论如何,把一个八岁的小孩子当全劳力的话……这家长也太狠心了吧?

不管怎么说,无论怎样令我吃惊的事情,到头来都是能想得通的。我所面对的是一种古老的、历经千百年都没什么问题的生活方式,它与周遭的生存环境平等共处,息息相关,也就成了一种与自然不可分割的自然了。生长其中的孩子们,让我感觉到的他们的坚强、纯洁、温柔、安静,还有易于满足、易于幸福——这也是自然的。

深处的那些地方

几乎每天的下午时光,我都会进行一次漫长的散步。在河边平坦开阔的草地上一直向东面走,大约七八公里后就到了河分岔的地方。那里的河水又宽又浅,流速很急。河中央卧着一块又一块雪白的大石头,水流在石头缝隙间冲起团团浪花。一靠近河,哗啦啦的水声就猛地漫过了头顶,自言自语的声音都听不见了。在那里,地势突然凹下去一块,树木也突然出现了。河两岸丛林密密匝匝、高低错落。不像上游我们扎帐篷的那个地方,没有一棵树,开阔坦荡,遍布着又深又厚的草甸和成片的沼泽。而森林在视野上方,群山半山腰以上的高处,浩荡到山谷尽头。

上游的河又窄又深,水面与河岸平齐,幽幽的,缓缓的。河两岸的草整整齐齐地垂在水里,像被反复梳理的刘海儿。有的河深深陷入了大地,远远望去,平平坦坦,根本看不出那里有河。

相距仅几公里,上下游的区别却如此明显——上游华美、恢弘;下游紧致、细腻,闪闪烁烁地、尖锐地美丽着。

我脱了鞋子过河,河水冰冷。踩上河心最大最平的那块石头后,脱下外套使劲搓脚。然后——通常这时都会如此——裹着外套躺下小睡一觉。在阳光长时间的照射下,石头已经滚烫了。那烫气把整个身体都烫开了似的,舒服得一动也不想动。但毕竟这是泡在雪水里的石头,不一会儿,身下的烫气就退下去,凉气幽幽升了上来。全身宁静,同时清醒感渐渐涣散……

当时间过去,河西南岸的树荫慢慢斜扫过来,阴住了身子,就会打着寒战惊醒。这才下水蹚回河岸穿鞋子回家。

回去时,尽挑阳光照耀着的地方走。黄昏由此开始了。等慢慢走到我家所在那条山谷的谷口时,西南面大山的巨大阴影已经覆盖了大半个山谷,慢慢向我家帐篷逼近。而我家帐篷的阴影也爬伸到帐篷前五米以外的柴火垛了。等阴影完全笼罩了柴火垛,并抵达更远处的炉灶时,外婆就开始张罗着准备晚饭。天天如此。我们在山里的作息时间都是以阴影长度计算的,根本不用钟表。

有时候上午也会出去散步。上午虽然冷一些,但没有风。如果天气好的话,阳光广阔地照耀着世界,暖洋洋又懒洋洋。这样的阳光下,似乎脚下的每一株草都和我一样,也把身子完全舒展开了。大地柔软……这样的时候我会往山上走。但不进森林,就在森林边的小树林子里慢悠悠地晃。

我就喜欢这样慢悠悠地走啊走,没有人,走啊走啊,还是没有人。没有声音,停下来,侧耳仔细地听,还是没有声音。

回头张望脚下的山谷，草甸深厚，河流浓稠。整个山谷，碧绿的山谷，闪耀的却是金光。

有时候也往北面河上游的方向一口气走十来公里。那里有林场的一个伐木点，据说有四五个回族民工。向那里靠近时，远远就会听见油锯采伐时"嗡嗡嗡"的巨大轰鸣声回荡山野。伐木工人的帐篷扎在山下河边空地上，静悄悄的，总是不见人影。我曾走到帐篷跟前探头看了一眼，里面只有一个可睡七八个人的大通铺，一堆脏衣服。帐篷外有简易的炉灶（熏得黑黑的三块石头）。旁边有一堆没有洗的锅碗。可总是没有人。我就离开了。

但离开了不久，身后突然有"花儿"（西北民歌，多为情歌）陡然抛出！尖锐地、笔直地抵达它自己的理想去处——上方蓝天中准确的一点，准确地击中它！……又浑身一颤，又长长地叹息，再渐渐涣散，涣散……并为这些涣散开去的旁枝末叶饰以华丽的情感，烟花般绽放在森林上空。

我就那样一动不动地站在倾斜的碧绿山坡上，背朝歌者，静心听了好一会儿。终于忍不住回头张望——仍然只是山坡上那一顶孤独的帐篷。帐篷后面，森林蔚然。这回听到的又只剩伐木的油锯轰鸣声，在空谷回荡。

唯一没有去过的地方是北面的那条山谷。

我妈倒是常常去，从那里进山拾木耳。

但是有一次，她一大早就出去了，快晚饭的时候还不见回来。我们都很着急，外婆催着我去找。可让我到哪儿找去？这深山老林的，搞不好把自己也给弄丢了……在家里等也不是个办法，总忍不住胡思乱想。于是就一个人踏进了那条山谷。

山谷口碧绿的斜坡上扎着一顶雪白的毡房子。有一个女人在毡房门口支着的一口巨大的锡锅边熬牛奶，不停地搅动着。奶香味一阵一阵荡漾过来。细下一嗅，又无影无踪，只有森林的松脂香气。

我本想绕过这个毡房子，却远远地就被那个女人看见了。她对身边的一个小孩说了几句话，那个小孩就像颗小子弹似的笔直射了过来。我只好站住，等他射到近旁。

他在离我十来米远的地方停住，气喘吁吁，兴奋又认真地大声喊道："你！干什么呢？"

我指一下远处。

他又说："你要喝茶吗？"

我说谢谢，拒绝了。

他说："你妈妈都来喝了茶你为什么不来？"

这一带的牧民都认识我们，因为这一带只有我们一家汉人。

"她去过你们毡房子吗？"

"嗯。"

"现在还在吗？"

"走了。"

"往哪里走了？"

他也指一下远处。

我对这个小孩笑笑，又冲着毡房子那边正在朝这里张望的女人挥了挥手,转身走了。

这个小孩此后却一直跟在我后面走。但一直没有靠近,始终隔着十多米的光景,不紧不慢地跟着。我想这个小孩子一定是太寂寞了。放眼望去,整条沟里似乎只住着他们一家人,连个小伙伴都找不到。于是又站住,转过身大声地喊住他,问道:

"喂——小孩!你多大了?"

一连问了好几遍,他才很不好意思地回答:

"七岁……"

"你是男孩还是女孩呀?"

他就一个劲儿地笑,再也不说话了。

"你过来,让我看一看,就知道你是男的还是女的了……"

他一听,转身就跑。

我也笑着扭头走了。但过了好一会儿,都开始进森林了,回头一看,小家伙还在下面远远地、很努力地跟着。我摸了摸衣兜,刚好揣着几粒糖,便掏出来放在脚边一块石头上。冲下面喊了一声,往地上指了指,使他注意到糖,然后径直走了。

果然,这小孩再也不跟上来了。他走到放糖的地方就停下,坐在那块石头上慢慢地剥糖纸,慢慢地吃。从我站着的位置往下看,广浩的山林莽野,只有这么一个小人儿孤零零地坐在那里。小小的,单薄的,微弱的,安静的……以此为中心,四面八方全是如同时间一般荒茫的风景、气象……

这孤独会不会有一天伤害到他的成长?

那天,我在林子里转了一圈就回去了。那些更深处的地方实在令人害怕……我只站在山谷口上方的森林边踮足往里看了一会儿,山水重重——那边不仅仅是一个我不曾去过的地方,更是一处让人进一步逼近"永远"和转瞬即逝的地方……

还有一个小孩,每天都会从东面那条山谷出来,卖给我们五到十条鱼。都是一拃来长俗名"花翅膀"的那种小型的冷水鱼。于是我们想,那条山谷里的鱼一定特别多,起码总会比我们这条山谷里的鱼多吧?我妈便提了桶,扛上竿,兴冲冲去了。但进去以后,却发现那条山谷里竟然没有河。

我们这里的小孩都很厉害的,他们每天赚的钱比我们开一天商店赚的还多。我们开商店赚出来的钱全让他们给赚走了。鱼五毛钱一条;湿的黑木耳十块钱一公斤,干的六十块钱一公斤;一公斤草蘑菇换一个苹果,一公斤树蘑菇两块钱;凤尾蘑菇、羊肚子蘑菇,统统八块钱一公斤……甚至树上长的耳朵形的树瘤也一批一批送过来,总觉得无论什么东西都能被汉人派上用场似的。不管和他说多少遍"我们不要这个"也没有用。而自家制作的酸奶、干奶酪、甜奶疙瘩、黄油……更是络绎不绝、源源不断地弄走我们家货架上一棵又一棵大白菜、棒棒糖和汽水。还有的孩子摘到了一把野草莓,也想便宜点卖给我们。小小年纪就这么财迷心窍!于是我们把他的草莓骗过来吃得干干净净,并且什么也不给。他便哭着回去了,从此再也不往我们家送草莓了。

至于来卖脱脂牛奶或酸奶的,大都是淌着满脸的鼻涕送过来的。于是那牛奶和酸奶也实在令人担忧。我们用勺子在他们拎来的小桶里搅半天，哪怕什么也没发现，仍很不放心。

还有的孩子不知在大山的哪个旮旯角落里挖到水晶苗。用面粉口袋装了大半袋子，两人一前一后抬着，不辞辛苦翻过几条沟送到我们家商店来卖。

深山里还藏着什么呢？有时候我会反复地把玩着一块干净的茶色水晶，举起来对着阳光看。从那里面看到的情景实在没法令人大惊小怪，但实际上真的美丽极了。我看到光在水晶中变幻莫测地晃动，对面山上的森林和群山优雅地扭曲着，天空成了梦幻般的紫色。我又把它对着草原看，看到一个骑马的人从山谷尽头恍恍惚惚地过来了，整条山谷像是在甜美地燃烧。那人歪在马背上，在火焰丛中忽远忽近、忽左忽右地飘荡。我移开水晶，风景瞬时清醒过来似的。那个骑马的人也清晰无比，越走越近。后来像是对我挥了挥手，又像是没有。

我把水晶揣进口袋，坐在帐篷外的柴火垛上等了好一会儿。正午的阳光明亮炫目，四处安静不已。每一株草都静止不动，似乎连生长都停止了。一只小瓢虫俯在一株青草的叶梢尖上，好长时间过去了都不曾移动一下。我伸出手指轻轻把它弹下来。这时风从指尖传来，手心空空的。我抬起头，那个骑马的人已经来到近前。他歪着肩膀，手边垂着鞭子，缓辔而行。这时我突然觉得天空的蓝，蓝得那样地惊人！不远处的森林力量深厚。

我活在一个奇妙无比的世界上。这里大、静、近，真的真实，又那么直接。我身边的草真的是草，它的绿真的是绿。我抚摸它时，我是真的在抚摸它。我把它轻轻拔起，它被拔起不是因为我把它拔起，而是出于它自己的命运……我想说的，是一种比和谐更和谐、比公平更公平、比优美更优美的东西。我在这里生活，与迎面走来的人相识。并且同样出于自己的命运去向最后时光，并且心满意足。我所能感觉到的那些悲伤，又更像是幸福。

世界就在手边，躺倒就是睡眠。嘴里吃的是食物，身上裹的是衣服。在这里，我不知道还能有什么遗憾。是的，我没有爱情。但我真的没有吗？那么当我看到那人向我走来时，心里瞬间涌荡起来的又是什么呢？他牙齿雪白，眼睛明亮。他向我走来的样子仿佛从一开始他就是这样笔直向着我而来的。我前去迎接他，走着走着就跑了起来——怎么能说我没有爱情呢？每当我在深绿浩荡的草场上走着走着就跑了起来，又突然地转身，总是会看到，世界几乎也在一刹那间同时转过身去……

总是那样，总是差一点就知道一切了。就在那时，有人笔直地向我走来。

我妈总是在上午就干完了一天的活，然后背上包出门。我在门口目送她在明亮耀眼的阳光中越走越远，终于消失在高处的森林里。

当她还在世界上——还在我的视野范围内时，我看到世界是敞开着的。当她终于消失，我看到世界一下子静悄悄地关上了门。

她不在的时候我多么寂寞。

我在家里等她回来。坐在缝纫机前干一会儿活，再起身到门口站一站,张望一会儿,在附近走几步。这样的时候,店里很少再来人了。一部分畜群转移到了后山边境线一带。邻居们的帐篷都静悄悄的。只有黄昏时刻的沙依横布拉克才会稍微热闹一点儿。

门口的草地又深又稠,开满了黄色和白色的花。

当初我们选中这一块地方扎帐篷时,想把这里的草扯干净。没想到它们长得相当结实,尤其是地底盘结的根系,像是一整块毡子似的,密密地纠缠着,铁锹都插不进去。只好罢休,随便把地面上的草茎铲一铲了事。想不到,打好桩子扎好帐篷后,没几天工夫,"草灾"就泛滥起来了。床底下,缝纫机下面,柴垛缝隙里,商品中间,柜台后面,到处枝枝叶叶、生机盎然的。再后来居然还团团簇簇开起花来,真是拿它一点办法也没有。

帐篷外面的草长得更为汹涌,阳光下一览无余地翻滚着。看久了,似乎这些草们的"动",不是因为风而动,而是因为自身的生长而"动"似的。它们在挣扎一般地"动"着,叶子们要从叶子里逃脱出去,花要逃离花儿,枝干要逃离枝干——什么都在竭力摆脱自己,什么都正极力倾向自己触摸不到的某处,竭力想要更靠近那处一些……我抬头望向天空,天空也是如此。天空的蓝也正竭力想逃离自己的蓝,想要更蓝、更蓝、更蓝……森林也是如此,森林的茂密也在自己的茂密中膨胀,聚集着力量。每一瞬间都处在即将喷薄的状态之中……河流也那么急湍,像是要从自己之中奔流出去;而河中央静止的大石头,被河水一波又一波地撞击,纹丝不动。我却看到它的这种纹丝不动——它的这种静,也正在它自己本身的静中,向着无限的方向扩散……我看到的世界!这个世界里,只有我是无可奈何的,如同哑了一般,如同死去了一般。我只能这样了,只能这样……我在强烈明亮的阳光下站了一会儿,脸被烤得发烫,但还是只能这样……几乎是很难受地想:这世界在眼睛所能看到的运动之外,还有另一种运动吗?这"运动"的目的不是为了"去向什么地方",而是为了"成为什么"吧?……我站在帐篷门口,不停地想呀想,不停地细心感知,其实却是毫无知觉的一个。任凭世界种种的"动"席卷我在眼前这片暗藏奇迹的海洋中无边无际地飘荡……

我在帐篷门口站着,突然心有所动。接着,世界的"动"一下子停了,戛然休止。也就是说,我突然什么也感觉不到了,世界突然进入不了我的心里了——我心里被什么更熟悉的东西一下子填满了。我仔细听了一会儿,又向远处张望了一会儿。发现对面碧绿山坡上的某一点就是世界突然之"静"的起源,是这"静"的核心。我朝那一点长久地注视,后来终于看清楚了——那是我妈,我妈回来了。

想想看,这山野里,那么多的地方我都不曾去过!再想想看,倒不是因为我无法去,而是因为没有必要去。那些地方,与我的生活无关。

又想到,我在这山野中随意四去,其实始终是侧身而行的。山野是敞开的、坦荡的,其实又是步步阻障、逼仄不已的。

我们家帐篷出门左手边那片草甸紧连着一个绿茸茸的青草小

坡，山坡冲我们这一侧躺着好几块白石英的大石头。石头雪白，草地碧绿，上面的天空蓝得如同深渊……多么干净清澈的一幕风景，干净清澈得逼近人心中最轻微地颤抖着的感觉。

我每天一出门，总会习惯性地先朝那边看一眼。有时那里会有牧羊少年静静地坐在石头上，手握细细长长的枝条，枝条一端系着红色碎布条。有时候会有几个衣着鲜艳的小孩子在石头边跳上跳下，然后顺着坦阔的草坡一路追逐着跑下来。

那里离我家帐篷也就两三百米远，但是我在沙依横布拉克待了两个夏天，居然从来不曾去过那里一次。

那里真的就与我无关吗？有一次出去散步时，忍不住中途拐了个弯，向那个青草坡慢慢走去。越走越近，越走越高。白石头裸露在蓝天下、绿地上。白、蓝、绿，三种颜色异样地锐利着。我停下来看了一会儿，再接着向它走去。这时——

有人在身后喊我。

总是那样，我回过头来，看到有人向我笔直地走来。我想，这不是偶然的。

而我妈，这附近没有她不曾去过的地方，更远的深山也快让她跑遍了。边境后山一带也去过好几次呢。每当夕阳横扫世界的时候，她疲惫不堪地回到家里，总觉得她浑身渍透了遥远的气息。她的衣服总是那么脏，头发蓬乱，挂着枯叶。背包鼓鼓囊囊，糊满泥土。她手上总有新的伤痕。但这手总不会空着，有时拖着两根又大又长的柴火，有时候攥着一把绿油油的野葱。有时向我伸过来，摊开手，粗糙的手心里却是一簇红艳艳的、豌豆大小的野草莓或黑加仑。

还有一次她回家时，还走在远远的山脚下就向我高高挥动着什么。走近一看，是她用来当水杯的玻璃罐头瓶。里面满满地盛着晶莹剔透的红色浆果，是从没见过的，很小，就比米粒稍大一些。我尝了一颗，酸酸甜甜的，满嘴香气，就很高兴地全吃完了。最后才问她这是什么东西。没想到她居然说："我也不知道是什么，不知道能不能吃，只觉得好看，就摘回来了……"

……好在一直到现在都还活着。

总之她的这个毛病一点儿也不好，无论什么都敢往嘴里放，无论我们怎么吓唬她都不在乎。

不过，再想想看，这样的山野里会有什么毒物呢？这开阔的，清新的，明亮干爽的，高处的……一眼望过去，万物坦荡，不投阴影。

而在南方——多雨，浓酽，甜腥，闷热，潮湿，阴气不散，雾瘴丛生……在那里，有巨大的舒适，也潜伏着巨大的伤害。

不过有一次，我妈也差点碰上不好的东西。那次她和叔叔穿过一片森林，在一处光秃秃的高地上发现了成片的"萝卜缨"，翠生生水灵灵的。他们试着挖了一两株，在根部发现了与胡萝卜几乎一模一样的块根，只是瘦小了许多。我妈掰开一个这样的"胡萝卜"，一闻，气味也是一模一样的，而且非常新鲜浓郁。她高兴坏了，她想：葱有野葱，蒜有野蒜，豌豆有野豌豆，韭菜有野韭菜……那么这个肯定就是"野胡萝卜"了！她把这个"野胡萝卜"往衣襟上擦一擦，张嘴就想咬，幸亏给我叔硬死拦下。

后来回到家向放羊的老汉一打问，才知道这个东西特别毒的！那人说，要是吃了下去，半个小时肠子就断成一截一截的了……牧民会用它来治牙疼，捣碎小小的一块敷在疼痛的部位。然后一直低着头，嘴朝下，让清涎往外流，防止它们咽进肚子。

每次想到这件事都会很害怕，当我妈在深山里那些我所不知的地方走着的时候，觉得她每一步似乎都在悬崖上擦着边走。

她一个人在深山里，背着包，带着水和食物。因为有家在身后等候着，所以她不着急。她平静地走着，有所希望地走着。她走过森林，穿过峡谷，翻过一个又一个大坂。在风大空旷的山脊上走，在树荫深暗的山脚下走，在河边走，没有边际地走……就她一个人。食物吃完了，但她还是不着急。天还早，太阳明晃晃的，天空都烫白了一片。另外还有世界本身的光，那么地强烈。她很热，于是脱了上衣走，脱了衬衣走，最后又脱了长裤走……最后根本就成了……呃，真不像话。但好在山里没有什么人。如果远远看到对面山上有恍恍惚惚的人影，也足够来得及在彼此走近之前迅速钻进衣服里，再一身整齐地和对方打招呼。

她一个人裸着身子在山野里走，浑身是汗，气喘吁吁。只有她一个人。她又走进一处森林，很久以后出来，双手空空。她有些着急了。但是望一眼对面山上另一片更深密的林子，心里又盛得满当当的。那里一定会有木耳，一定会有虫草的。还有希望。她一个人……当她一个人走在空空的路上，空空的草地里，空空的山谷，走啊走啊的时候，她心里会不停地想到什么呢？那时她也如同空了一般。又由于永远也不会有人看到她这副赤裸样子，她也不会为"有可能会被人看见"而滋生额外的羞耻之心。她脚步自由，神情自由。自由就是自然吧？而她又多么孤独。自由就是孤独吧？而她对这孤独无所谓，自由就是对什么都无所谓吧？

而我，我总是一个人坐在半透明的帐篷中等她回家。不时在门口的草地上来回走，向远处张望。

有时我也会离开家，走得很远很远，又像是飞了很远很远。世界坦荡——我无数次地说：世界坦荡！无阻无碍……我不是在行走其间，而是沉浮其间，不能自已……我边走边飞，有时坠落，有时遇到风。我看到的事物都在向我无限地接近，然后穿过我，无限地远离……其实我哪儿也没有去过。

我一个人坐在半透明的塑料帐篷中，哪儿也不用去了。这是在山野。在这里，无论身在何处，都处在"前往"的状态中。哪怕已经"抵达"了。我坐在帐篷里，身体以外的一切，想法以外的一切，都像风一样源源不断地经过我……我是在一个深处的地方，距离曾经很熟悉的那些生活那么遥远，离那些生活中的朋友们那么远，离童年那么远，离曾经很努力地明白过来的那些事情那些道理，那么远……我妈也离我那么远，她在深山里的某一个角落，我不知道她会遇上什么，我不知道她会有什么样的快乐。当她回来时，却像影子一样在我身边生活。四周安静，阳光明亮。我不知道她说过的一些话语是什么意思，不知道她正做着的事情是为着什么，不知道她是怎样地、与我有所不同地依赖着这世界。她终日忙碌，不言不语。她的那些所有的、没有说出口的语言，一句一句寂静在她心里，在她身体里形成一处深渊……每当她空空地向我走来，空空地坐在我身边，空空地对我说着别的话……我扭头看向左面，再看向右面，看向上面的天空。除了我以外——在我之外，其他的一切都是在一起的……

我是说：世界由两部分组成，一部分是我所看到、所感知的世界；另一部分就是孤零零的我……

这时，不远处蓝天下的草地上，有人向我笔直地走来。

和喀甫娜做朋友

我最怕喀甫娜来了，因为彼此实在无话可说。见了面，先是惊奇而高兴地"啊"一声，紧接着——
"你好吗，喀甫娜？"
"好！"
"身体好？"
"身体好。"
"妈妈爸爸好吗？"
"好。"
"哥哥也好？"
"好。"
"妹妹好？"
"好……"
"……"
幸好她家人口多。等这一轮问得差不多了，就会显得我们已经无话不说地说了好多话似的。显得我们真的是好朋友一样。

假如在几十年前，还可以再问她家的毡房子好不好，草场好不好，水源好不好，再问牛羊骆驼马有没有什么问题，当然还要问那只黑耳朵猫还在不在了。最后，还不能落掉问对方"寂不寂寞"……

最开始听说这种习俗时，似信非信（现在仍然似信非信……）。要在城市里的话，这样的问法简直就是互相开玩笑嘛！谁有那么多的闲工夫耗在街头，对一个偶尔碰面的人耐心地打问他家房子有没有漏雨的事情？

但是，在很久很久以前，这山野比我们所知的更荒蛮更寂静。那时的道路全盘绕在悬崖上。有人把过去年代的路指给我看，它们狭窄而陡峭地在山尖上打旋，抬头看一看都头晕，就更别说从上往下看了。哪像现在的路，全是炸药打开的，宽宽敞敞，平平坦坦。只要挡了道，无论什么样的大山都能给劈开。

所以那时候，生活多么闭塞、寂寞而艰难。牧人们在遥远寂静的游牧生活中四季往返，深深地淹没在茫茫山野之中……这时，在夏牧场某条牧道上，或某场盛大的婚宴上，两个很久以前就相识的人突然迎面碰到。那是多么不容易啊，多么令人惊奇快乐！所以一见面就立刻起身寒暄，一口气把上上下下、里里外外的情况问个周详——这不但是情理中的事情，更是庄严慎重的事情。生活带着人们在荒野里四处流浪，谁又知道下次见面会在什么时候呢？谁知道今后的命运又会有着什么样的面目呢？

尽管如此，那毕竟已经是几十年前的礼仪了。所以我也只是问到喀甫娜最小的妹妹就打住了。当然,有时我也会添一句:"马甲还好吗?"

因为那马甲是我给她做的。

当马甲也问过了以后,这场对话就算暂告一小段落。紧接着轮到她来问我:

"你也好,李娟?"

"好。"

"身体好?"

"身体好。"

然后妈妈……外婆……生意……我养的秃尾巴小耗子……

她诚恳地一一历数,我真挚地逐个回答:

"好……好……好……好……"觉得自己真是个傻瓜。

很多时候(尤其正忙的时候),说着说着就有些冒鬼火。强忍着才没打断这种虽说礼性使然,但听起来实在很无聊的客气话。真想大喝一声:"好不好你自己看呗!"

但我不能那样做,喀甫娜可是个老实人,是腼腆害羞的姑娘。她每次到沙依横布拉克都会来找我,因为我是她的朋友。每次找我时,都会配合我寻尽五花八门的问话互相打发,因为我是她的朋友。我们俩做朋友,也许她比我还要辛苦。

第一次见喀甫娜,是她爸爸领她来我们店里做衣服。选了块布,量过尺寸后,我们开了价,他们就立刻掏钱。让人很不好意思。怎么说呢——

据其他做生意的汉族朋友们说，这些哈萨克牧民其实也就在近些年才知道买东西原来还可以计价还价的，大概在国营的乡村供销社购物习惯了……也就是说，他们刚刚学会讨价还价，尺寸把握得简直让卖家吐血。因此我们无论卖什么，开价一般都提得很高。等被顾客们大刀阔斧地砍几轮下来，还是有得赚的。

但是……这父女俩也太老实了吧！不忍心，不忍心，不能欺负老实人啊。于是，我们又主动把价钱降到合适的位置，让他们又高兴又感激。

从穿着上看，他们并不富裕。但在选择布料和量体方面，却没有什么挑剔的要求，我们说什么就是什么。这种人也太好欺负了嘛。于是我妈特别嘱咐我说："要好好给人家做啊！这可是真正的老实人……"

又过了一个多礼拜，喀甫娜一个人来取马甲了。穿上后显得特别激动。大概是很少穿新衣服的原因吧。

我妈则在那儿不停地给小女孩数落好听话：

"……嗯，行！可以……好得很嘛，漂漂亮亮的……小丫头个子高，穿什么衣服都撑得起来……这颜色选得真好，衬得皮肤白白的……里面还可以再罩一件毛衣，等到了冬天还可以穿……"

然后再回过头来用汉话骂我：

"你怎么搞的！做得这么肥，简直跟龙袍一样！门襟上还熨糊了这么大一片！怎么后摆翘得那么厉害，是没缝平还是裁的时候算错公式了？到底那里轧了几分缝头？……"

真是羞愧难当！我想着这下可完了，肯定要被退货的。人家穿一件新衣服多不容易呀。又住得那么远（难得在沙依横布拉克见她一次），为了来取衣服一定是一大早就出发，骑了长时间的马……

结果这小丫头像根本没注意到一样，又好像根本不在乎。到底还是新衣服穿得少呀。这样反倒弄得我们娘儿俩很不好意思了。我妈从货架上抓了一大把杏干给她。我特地在汽水箱子里翻了半天，把唯一一瓶还没过保质期的找出来给她喝。

于是就认识了。

刚开始相互间一片空白嘛，有待了解的地方太多了。所以话题满地都是，一抓一大把。聊起来活络极了，根本没有以后的那些生硬和拘束。在气氛最欢乐的时候，我们聊起了骑马的事情。她说她家离这儿有四个小时的骑马路程呢，根本就在边境线一带了。我们咋舌不已，待会儿回去还要花四个小时！幸好我们这里夏天的白天相当漫长，否则一整天的时间就全耗在了路上，和我们说两句话的时间都没有了。

喀甫娜用的马鞭非常精致华美，把柄短短的，刚好适合女孩子使用。上面镶着各种图案的银片饰物，被红色的铜丝仔细地扎着，拧出各种花纹。花纹里镌刻着制作鞭子的年代时间。我拿着鞭子，突然想……就给她说了，她立刻很认真地同意了。还安慰似的鼓励我说："没事没事，这马很老实，不要害怕……"

我想骑一下她的马。

其实平时周围到处都是马走来走去的，好像随便拽住一匹就可以骑着玩似的。但是我们始终没能真正骑过一次。顶多只是坐在人家马鞍子后,让人家从一条沟捎到另一条沟而已。

我妈听了特别高兴,比我还高兴,好像是要让她骑似的。她立刻把喀甫娜抱了一下,然后跟着她去牵马。一边扬扬得意地告诉我:"……要记住,骑马的时候,你用两条腿夹一下马肚子它就开步走,勒一下缰绳它就会停下来的……缰绳不是两边都有吗?拽一下左边那根它就往左拐,拽一下右边那根它就往右走……"真没想到,我们天天都在一起,居然还让她攒了这么几招没让我知道。她从哪里学会骑马的呢,真厉害。

我们走到喀甫娜的灰白母马面前,小姑娘扶着马镫子帮助我上了马。

这马在草地上走走停停,轻轻地抖动着,啃啃草,转几个圈。根本不理会我两条腿又夹又踢的各种命令。我拽了这根绳子又拽那根,没一根管用的,开始有些着急了。偏在这时,这马也不知领会错了我的什么意思,小跑了起来。很快离开了草地,向坡边的土路上跑去。我一下害怕了,回头冲她们喊叫起来:

"妈!你那几招怎么不管用呀!你跟谁学的啊?!"

我妈这才老实交代:"是我自己想出来的……"

!……

最后还是多亏了亲爱的喀甫娜。她从后面追上来,抓住我失手掉落的缰绳,后退着勒住马,把它慢慢引向正途。这马便载着我,老老实实在帐篷区周围散起步来。

喀甫娜牵着马,笑着走着,不时回头看我。马一步一停地慢慢打着晃儿走。我高高坐在上面,轻轻地左摇右摆。脚下是铺展到山谷尽头的碧绿深厚的夏牧场草甸,左面是群山,右面是森林,环绕着的是河。这深山里真寂寞……喀甫娜带着我向家走去。我真想俯下身子,从背后搂住她,请她留下来,和我们在一起……

那天喀甫娜走时,我们又满满地给她外套口袋里塞了瓜子和苹果,以这种最直接的方式表达了我们的友谊。我妈指着我对喀甫娜说:"孩子,以后李娟就是你的朋友了,好吗?"

这位朋友骑马远去,我这才看清她的马甲的确是太大了,穿在身上空空荡荡的。

后来我们很快把这件事忘记了。生意不好,我们只好天天跑出去玩,爬山、采木耳、采蘑菇、钓鱼。日子永远不会太无聊。

直到有一天,一个风尘仆仆的牧人在我家帐篷前下马。他捎来一块黄油,一包红绸子包裹的干奶酪,还有一片指甲盖大小的纸片儿。上面一笔一画地,紧紧地挤着三个汉字:喀甫娜。

我立刻想起了那个草地上的美好下午。

我们现在很快乐。可喀甫娜在深山里,左右无邻,终日和牛羊为伴,一定非常孤独吧?

那天心情极好,又特别感动,回送了两对花卡子,两瓶指甲油——一瓶粉红色的,一瓶雪青色的。另外还有一包花生,托那个牧人给捎回去。

一个礼拜之后,又有了第二次的礼物往来。她给的是一块风干羊肉，我们回送了一棵大白菜，一些鸡蛋（装在塞满搓碎的干牛粪渣的纸盒子里），另外还有一个镶着很多彩色小珠子的发卡。

大概又过去了半个多月，才在我家的小店里第二次看到了喀甫娜。猛然的见面令我们两个都高兴得一时不知说什么才好。激动之余，互相问了一大通废话——礼性使然嘛。但是，等将能想到的全都问干净了，那股激动劲儿也过去了。两相沉默，突然间降临的尴尬像大石头"咚"地落在两人之间。实在不知该怎么办好……看到小姑娘还在柜台对面笔直站着，等着我再问她些什么，连忙跑到帐篷外抱了个小木墩进来让她坐下。等她坐着了以后，又不知该怎么办好了。而她还在等待。偏这时我妈又不在。要是她在的话，这会儿由她来东吹西扯一通，气氛一定又快乐又自在。

恰好这时有人弯腰走进帐篷买东西，连忙过去招呼了一阵。送走顾客后回头再独对喀甫娜时，硬是一个字也想不出来该对她说些什么了。愣了半天，最后拿起一盒鞋油向她请教这个东西的哈语名称该怎么说。

她教得很认真。教完了，又安静了，耐心地等待着我对话题的安排。我实在没办法，只好又扯下脚边的一根草，问她"叶子"该怎么说。

她走的时候并没有流露失望的意思，我却大松一口气。

真是痛恨一切的不自然……为什么会这样呢？为什么和喀甫娜的交往到头来会如此生硬、困难呢？她是一个多么真诚善良的，又随和的姑娘呀。她曾那样感动过我，并且我的确是真的喜欢着她。但又为什么会如此勉强地对待她,甚至是"应付"着她呢……是不是我并不是很渴望她的友谊?……可这友谊分明是珍贵的,想一想都感到快乐幸福的……我到底怎么了?

后来又想到,她的真诚朴素的确曾打动过我,却还不够更深地吸引我吧……或者说,她身上的那些美好,只在特定的某种时刻尤为明亮——除非是在那个晴朗美好的下午,当我们和马儿在草地上不着边际地漫步的时候……除非我们生活在一起,度过许多个相同日子,对共同的生活有着共同的要求和欢乐,情不自禁地互相依赖……毕竟我是汉人,喀甫娜是哈族,我们是多么地不一样啊……我又乱七八糟想了一些,最后乱七八糟下了结论。终于心安一些了。

然后不知怎么的,又想起了另一幅情景:一个女孩子,在深山老林里的寂寞……想起她穿新衣服的快乐。想起她骑马穿过安静的森林,无人的峡谷,花四个钟头去看一个"朋友"……

后来,喀甫娜在两个月之内又来了两三次。我们的友谊还是滞留在没完没了地问好、慷慨地互送小礼物来维持的地步。毫无进展,愈渐尴尬……按理说,由一场好的开始牵扯出来的交往,总会比一个有着平淡开端的交往更顺利、更愉快才对。但在我,开端太过美妙的话却往往不好收场。真是奇怪。甚至有一次,远远地看到她来了,正在草地上的木头桩子那儿系马……当时的我真想跳起来,缩到帐篷帘子后面的布匹堆上装睡觉。装这个总比装万分热情万分想念的架势要自然一些……为什么要"装"呢?为什么会无力面对她呢?在躲避什么呢?真是觉得每次的见面都是对她的伤害——而又不愿意更直截了当地去伤害。

而往往在她离开之后，才想到，刚才明明可以邀请她看我的影集嘛！还可以教她梳一种四股拧成的辫子的。这些女孩子的小玩意儿一定会使我们快乐起来。可是……看完影集之后呢，编完辫子之后呢？看来我无论怎么去努力，都是刻意的啊。真不知道哪里出了什么问题。

真的，如果她只是托人捎点小东西来问候我，我还会更高兴一些。想到有人惦记着我，会感激，会幸福。于是，不管回送多少东西，都表达不尽心中的感动与快乐。

可若是她亲自来的话……就只能一个劲儿地拼命给她塞吃的东西。好像在用物质进行掩饰和补偿似的……满心惭愧地，焦虑地面对她明净的双眼。极力表达热情，又觉得这热情假得已经被她看出来了。真累啊……

不过我想，喀甫娜恐怕也不比我好过一些吧。她来沙依横布拉克，这么远的路，当然不可能专门为了来看我，一定还有别的事情。但因为早先说好的了，我们是"朋友"嘛，所以不得不来。完成一项任务似的。也许她并不特别需要我的礼物，但都已经有了开始，就觉得不好意思停止——"礼尚往来"而已。也许她也感觉到了麻烦和无趣，但是却不好意思辜负我的"真诚"——既然我从她那里感觉到了这个，说不定她也能从我这里感觉得到……说不定，我们两个都累于同一种苦衷……

不过，以上毕竟都是我自个儿瞎想出来的。再想一想的话，又发现我这个人多自私呀，能想到的全是为自己开脱的理由。

喀甫娜是个好姑娘，心眼儿才不会像我这么多。

但是，我看喀甫娜和别的女孩子在一起的时候，随意又开朗，抢着说话，哈哈大笑。一点也看不到和我在一起时的那种拘束。她们之间好像从没有正式地明确过什么"朋友"的关系吧？

我有点嫉妒，只有一点儿。也有点失落。

算算看，我好像还真没几个好朋友的。尤其在这荒远僻静的深山……

于是我决定对她再好一点，争取好到下个月就可以跟她到她家吃抓肉的程度。

可是……一见了面……还是那副德行……

后来，又发生了一件事情，更加打击了我和喀甫娜的友谊。

喀甫娜的亲戚很多。听说我和她是朋友后，纷纷让她领着来我家店里买便宜货。我们都很和气地接待了，也算是对喀甫娜表示"友谊"的方式之一吧。再说这是我们第一年到沙依横布拉克做生意，就算是为了多拉拢一些顾客吧。

但是到最后，不知怎么的，大家越来越过分。尤其有一个女人最可气，要了一大堆东西，我们已经让到最低的价钱了，她还是不满意。以为我们在骗她，在那一个劲儿地要我们便宜便宜再便宜。还大声嚷嚷："都是朋友嘛，对不对？对不对？都是朋友……"最后我们终于翻脸了，我们不卖了——喀甫娜的亲戚实在是太多了！

我们毕竟是来做生意的，又不是来交朋友的。

再后来，又突然想到，对了！一定自己一直在把自己当成生意人，骨子里唯利是图。所以当喀甫娜的友谊美好地走来时，就只在那儿一个劲儿地分析它到底有没有用，适不适合当时的自己……

喀甫娜又会怎么想呢？我伤害到她的那些地方，她用了多少心思去在意呢……

夏天过去了，山里的第一场雪下了。我们终于拆了帐篷，离开了沙依横布拉克。那时又和喀甫娜见了一面。她仍然穿着那件过大的马甲，门襟上熨糊的那一片仍然亮亮的。我心里一动，顷刻间心中涨满了哭泣。我们到底还是朋友，分离到底还是会使我难过不舍。她宽容地站在那里，站在我们拆过帐篷的空地上。四面群山浩荡无边。

她和她的马，孤零零地站在那里目送我们更加孤零零地远去。这两个"孤零零"其实都是我自己一个人的。很多东西自己都不曾真正地面对过，我怀疑得太多，回避得太多。但其实也知道，自己想得到的却是更多更多……

带外婆出去玩

我们无论去到哪里,都一定会带上外婆的。要不然怎么办呢?她快九十岁的人了,要是把她一个人撂在城里或内地的话,那多可怜啊。虽然我们生活也不好,在山里四处奔波的。连个像样的床也没法给她老人家支一张,也不能给她弄点好吃的东西。但一家人好歹都能在一起,无论干点什么,都放心。

我妈的理由则是:有老人在嘛,出去玩的时候嘛,就有人看商店了嘛。

可惜这个算盘没打好。别看外婆年龄大了,人还灵醒得很呢。又刚刚从内地来,看到什么都稀罕极了,玩心比谁都重。一听说我们要出去玩,就不声不响一个人悄悄地换了衣服和鞋子,戴上草帽,拄上拐棍,早早地站到路口等我们了。

我们实在不想带她出门。没办法啊。以前在库委牧场做生意,住的是木头房子。虽然跟牛圈差不多,但人走空了至少还可以象征性地锁一下门。到了沙依横布拉克,住的是帐篷。就几块塑料布盖住了全部的商品，一定得留人看门的。再说外婆毕竟上了年纪，爬坡上坎的也不行了，哪能跟上我们这么利索的年轻人。我们和她一起出去的话，得先猴一样蹿出去一截子，再等她老人家半个小时。然后再蹿一截，再充满耐心地等。在险要处，还要陪着她老人家提心吊胆地一步一步挨过去。总之，出去玩的话，只要带上外婆，肯定不会玩得尽兴。

但要把外婆一个人留在家里的话，我们在外面也不会有多自在。一路上又老操心着家里，只想早早回去。除了惦记她一个人在家寂寞、不安全以外，还有——

她老人家老是把货架上好吃的东西自以为不露痕迹地偷出来，发给附近的小孩子。我们出门半个小时后，就开始掐算了：开始少苹果了……再过一会儿又想：一把糖又没了……回去的路上：这下好了，泡泡糖盒子也空了……

于是，每次回家的情景便是这样的：小店门口簇拥的孩子们一哄而散，剩一地的果核糖纸。外婆笑眯眯地站在最里面，高高兴兴地、假假地说："今天生意好得很！特别是吃的东西卖得最快！"

这倒也罢了，哄了小孩子总能落下点人情（我们这里的小孩子每次到森林里拾柴火回来，都会往我们家门口的柴火垛上扔一两根）。她一天到晚自作主张地胡卖东西，就不可原谅了。

有一次，她把二十块钱的胶卷两块五毛钱就卖出去了。那个捡了大便宜的人，第二天居然还想来捡，被我们骂了一顿。然后我们又回过头使劲埋怨外婆。谁知她老人家还振振有词："那么丁点大的小盒子，哪值得到这么多的钱？你们不要乱卖东

165

西!"——看,她还说我在乱卖。我们板着脸,都不理她了。过了一会儿她好像终于意识到自己做错了事情,但仍然虚弱地为自己进行最后的开脱:"再怎么说我还是收了他两块五,总比一分钱不要白送给他强嘛……"

家里有了这么个老太太,真是毫无办法。

另外,她注意到了我们三块钱就卖出一瓶啤酒。于是从那以后,不管什么酒她老人家一律都三块钱卖。包括很贵的那种伊力特。

我妈说:"这样可不行,外婆看商店的时候,我们得留下一个人看外婆。"

当然啦,在外面玩多好啊,我们谁也不愿意做留守的那一个。于是便轮流值日。开始我们两个还都挺自觉的,到了后来,就开始赖皮了。谁的动作快,谁腿长,谁就占便宜。我这人比较老实,早上吃了饭,总是要刷锅洗碗什么的,因此总是吃亏。总是眼巴巴地看着她扬长而去,而且还没有多少怨言。我妈就不一样了,每次迟一步让我占了先机的话,就开始使劲怂恿外婆搞破坏了——

"妈,你看,妹仔又要带你出去玩了,还不快点穿衣服,还不快点跟上!"

一面又得意扬扬地冲我大喊:"娟你等一等嘛,外婆也想去,你顺便把她带上吧!"

我大惊失色,外婆喜出望外。我装作没听到似的,拔腿就跑。外婆来不及穿衣服,把大衣和拐棍都挟在腋下,跌跌撞撞就冲出来了。我妈又好心地追上她,给她戴上草帽,推着她往我这边跑:

"妹仔你慢一点，等一下外婆嘛！"一副幸灾乐祸的样子。

而我呢，我总是跑得很远了，又忍不住回头看。看到外婆还在沼泽边的草地里蹒跚着，急急往我这边赶。她的身子瘦小佝偻，闪闪乎乎，摇摇晃晃的。她还一点儿也不知情呢，一个劲儿地怪我走得太快了：

"妹仔啊，你慢一点啊，你慢一点啊，我撵不上你呀……"

让人心里忍不住一片动荡，一片汪洋。柔软得呀，于是两只脚再也走不动了。

外婆在这山野里多么孤独……

每次都这样，心一软，就完了。接下来想也想得到这一趟行程会有什么样的结果。通常是我挽着她慢悠悠地磨蹭到前面山路拐弯的地方时，她就满意了：

"娟哪，走了这么远了，好了，今天玩够了。我们回去吧，你妈一个人在家我不放心……"

我就只好跟傻子似的，再慢悠悠把她挽回去。

而在家里，我妈早已收拾妥当，准备出发。只等我回来和她交班了。

当然，我也不是好欺负的，我也会用这一招来对付她。可她的结果总是比我好，因为我一个人在家的话，外婆更"不放心"。所以每次出门没走几步她就能把外婆撂下。

有一次她去爬左边那座山，外婆也跟去了。我估计最多半个小时外婆就该被甩下回来了。可是这一去，去了整整两个小时。而且最后还是外婆自己一个人回来的。不晓得出了什么事。

我连忙问她走了多远。

她说:"极远极远极远极远……"

我问:"山高不高?"

她说:"极高极高极高极高……"

我说:"那你一个人怎么下来的?"

她连忙转过身,让我看她的屁股,并且问我磨破了没有。

我气坏了,我妈也真是的,怎么能让外婆一个人走那么远的路回来?两个小时呢!

外婆又说:"好高好高的山哟,老子(呃,她老人家向来都这么自称……)从没见过那么高的山,老子爬到半路(吹牛,她能爬到一半?)就累得不行了。你妈硬要老子上去。你妈又拉又扯,硬是把老子拖了上去,背了上去……唉呀呀——好高的山哪!骇得老子一身汗……那里头好多的树子呀,到处都躺得是,那么粗的(展开手臂比画了一下)有,那么粗的(把手臂展得直直的又比画了一下)也有。也没见有谁把它拖回去当柴烧。估计从来也没有人进去过(又在吹了)。好高啊好高啊……老子这回可是上去过一次了。呃,老子这回晓得了,呃——再也不想了,老子再也不去想它了……"

可是从那以后,她就天天开始想了。她天天坐在帐篷外,仰着脖子遥望对面半山上那片浓重的森林。嘴里还不停地嘟囔着:"……那么粗啊……从没得人进去过……"

出神得,旁边的稀饭沸得都顶掉了锅盖还不知道。那是她平生第一次进入森林。

外婆的早饭

一般来说,外婆吃过早饭都会睡一会儿觉的。睡醒了,屋前屋后转一转。然后,一般来说,还要再睡一觉。这一觉得睡到午饭做好了才能结束。吃完午饭后,一般来说,她老人家还得躺上一会儿。躺到半下午,睡得实在睡不着了,起来再屋前屋后转一转。然后,回到帐篷里,往床上一倒——一般来说,又要睡到晚上开饭的时候……

白天睡成这样,那晚上干什么?晚上就开始玩了呗。一整夜,她睡的帐篷角落那边窸窸窣窣响个不停。有时会有"哐啷"一声,肯定是摔跤了,要不就一定是弄倒了什么东西。

"吱!吱吱!"的声音源自一捏就响的橡皮小耗子(真后悔,当初为什么要给她买这个……)。

"嚓嚓~嚓嚓~嚓嚓……"在给会跳的玩具小青蛙拧发条(后悔……)。

"啪嗒、啪嗒、啪嗒……"小青蛙开始跳了。

"窸窸哗哗……"不用说，又在数她的私房钱。

有时候，各种各样的怪声音还会一路延伸到摆放糖果的小食品货架那边……也不能怪老太太嘴馋，闲着也闲着，不吃怎么着？

而她老人家只要来了兴致，深更半夜也会旁若无人地唱歌。唱那种川味极浓的，调儿根本不带拐弯的，招魂一般的曲子。好在我们也听习惯了。乍一听的人还真受不了呢。

总之一夜不得安宁。直到天蒙蒙亮了，我们才能疲惫地沉沉睡去。那时，天大的声响也惊动不了。

那样的时刻，外婆也开始起床准备早饭了。

如果那个时候我醒着，会从帐篷缝里看到外婆一手拎一截小木桩（我们家的小板凳），一手捏着窄窄一溜儿桦树皮，弓着腰，慢慢向炉灶那边走去。

为预防火灾，我们家的灶砌得离帐篷比较远，在沼泽边的下风处。炉子很简单，三块石头往那儿一堆就行了。旁边还有一块大大的石头，很平，炒菜时可以放些油盐酱醋。没有风的时候，我们也把它当作饭桌围着吃饭。炉灶旁边还支了个"人"字形的小棚，里边垛了柴火。

外婆引燃桦树皮，小心放在灶膛里，又添些碎柴掩在上面，拢着手罩上火苗，挡住风。等火苗慢慢地越燎越大，才轻轻地搁上大柴。然后置锅烧水，淘米下锅。

就这样，清晨里，世界的第一缕炊烟在群山和森林间缥缥缈缈地升起了。我又朦胧睡去，梦里也去到了炊烟所抵达的最高处……

除了外婆，一些牧羊人和从外地来收购羊和羊皮的维族人、回族人也要早早地开始一天的内容。而在此之前，他们已经在路上走了很久了。早上多冷啊，他们裹着沉重的皮大衣，在清晨发白发亮的冷空气里走着。草地被冻上了，泛着白霜，硬硬的，被踩得"嘎吱嘎吱"响。太阳还没出来，天空也白茫茫一片，整个世界清晰而冷淡。

这时，第一缕炊烟在群山和森林间缥缥缈缈地升起。

如果我也是一个远行的人，看到这种情景也会马上改变自己原来的方向，非常高兴地循着炊烟而去。

于是每天清晨，在荒野里的火炉旁，总会围过来很多寒冷的行人烤火取暖。还有人在路上远远地朝这边打招呼，急急忙忙往这边赶。他们以炉灶为中心紧紧围坐一圈，高兴地说这说那，不时帮忙往炉子里添一块柴。稀饭沸开了，就赶紧帮着揭一下锅盖。每到那时，外婆就会进帐篷捧出一摞碗出来，为他们一人匀出小半碗滚烫的米汤。他们连忙感激地接过（虽然有些穆斯林忌讳汉人的食物，但拒绝像我外婆这样上了年纪的人是没有礼貌的。再说，我们在民族地区待久了，差不多也就跟着"清真"了嘛。再再说——这天多冷呀……），谢个不停。然后在热气腾腾的水蒸气和炊烟里，很幸福地小口小口啜饮。这时，远处的天空越来越蓝……突然，大地"轰"地一片金黄，太阳从群山间升起来了！

似乎也在同一时刻，羊群的咩叫声和牛哞声突然密集起来，一声声长呼短应。整条山谷都热闹起来。听着这声音，我们倦意更浓，犹在梦中。只觉得枕边一片透亮，被窝更加温暖了。偶尔眨开条眼缝，从帐篷缝隙里瞟到外面炉灶边的人们正恋恋不舍地起身离开。远一点的地方有他们的牛羊，在朝阳里耸动着点点金黄。

外婆早饭的火炉多亲切啊，它烟进了多少寒冷行人的幸福时光之中……

但是，正在最感动着的时候——

"大懒虫小懒虫快起来！太阳晒屁股啦！都睡一晚上了还没有睡够？"

真是窝火！也不知是谁让我们睡一晚上都没法睡够的……

但这时候要是再不起来的话，就有顾客钻进帐篷掀被窝买东西了。没办法，我睡在柜台上，我妈睡在货架下。都不大雅观。

我们便哈欠连天地离开被窝，迷糊着眼睛叠铺盖、穿戴、梳洗。但是看到稀饭已经盛出，新新鲜鲜、热气腾腾地搁在炉灶边的大石头上。三碗稀饭间摆着一碟子泡菜，也刚捞出来，水淋淋的。不禁让人精神一振，好心情伴着好胃口全来了。

我们一边喝稀饭，一边装作什么也不知道似的问道：

"咦，你什么时候把饭给做好了？"

她得意得呀——

"我就怕吵醒你们，干什么都悄悄的……"

这话真是比什么都气人。

接下来她又很体谅地说道："你们从早到晚干活，太辛苦了，我给你们做顿饭嘛，也没什么的。我又不是老得动不得的人，能干一点就干一点嘛……你们太辛苦了,我只想让你们好好地休息……你们只要休息得好,我也就放心了……"

真是毫无办法。

吃完这顿珍贵的早饭,一般来说,她老人家又上床睡觉去了。

补鞋子的人

我很厉害的，一个月穿破了五双鞋。于是该搬家上山的时候，就只剩下了一双拖鞋可穿。

搬家时大家都在紧张地装车。我趿着拖鞋扛箱子、拖袋子。不停地拾鞋子，不停地挨骂。后来商品全装完了，只剩满满一铁桶清油，好几百公斤重，要把它从两块木板架起的斜坡上滚到卡车拖斗里。下面三个男人顶着桶往上推，我和星星弟弟站在车上拽着绳子拉。我手指都快给勒断了。要是那个关键时刻稍有一丝一毫的松懈，就会被绳子拽下车，连人带桶地滚下去，压死那三个刚刚骂了我的人。

桶终于弄了上去。而我全身汗透了，心跳如鼓，腿都在发抖。两个手掌心血红一片，麻飕飕的。我真厉害呀，穿着拖鞋干活，也能凑个全劳力。

进入山中，虽然已经六月，但仍然很冷。早上起来，帐篷的塑料布都给冻得硬邦邦的。草地上也总是结着白白厚厚的霜，踩在脚下咔嚓嚓地响。我没有鞋子穿，就穿我妈的棉皮鞋。但这样一来，我妈又没有鞋子穿了，只好趿我的拖鞋。

可是我妈的棉皮鞋那么难看，大得跟两条船似的，走起路来哐哐当当。鞋跟高高的，布满补过的疤痕，还钉了两圈从罐头盒子上绞下来的铁皮条，金光闪闪……暖和有什么用呀，那么难看……穿的时候，为了不引起别人注意，尽量不低头看它……

话说那些穿坏的鞋子们，要是哪一双稍微还能凑合一下，我也会坚决凑合到底的。可是——真不知自己为什么那么厉害——它们全都是鞋帮子和鞋底子完全分开的。我曾试着用绳子把鞋帮子和鞋底子绑在脚上……那样的话，还不如穿我妈的破皮鞋呢。

这个夏天怎么过呀……

我妈说："等补鞋子的老头儿来了就好了。"

别人也都这么说。

可是都快七月份了，他还不来。

又有人说："快了快了，他已经到下面那条沟了。等那边的牛羊走完了，他才开始动身往这边赶。"

听说那老头儿年年都来，跟着羊群走。在一路上经过的每个牧场都待个十天半月的。我们这一带是排在老后面的呢。

听说他每年都来沙依横布拉克。每次都在离我们这片帐篷区很远的河边空地上独自撑一个三角形的小棚，悄悄地生活。我去河边洗衣服的时候，总是会经过那个小棚的痕迹。那是一片大约两个平方左右的狭长空地,寸草不生。空地一端还立根一米多高的桩子。于是能想象到这个小而低矮的三角帐篷的样子了:房架子呈"人"字形相互抵着,蒙了一大块棚布,前后都堵着。白天会将前面的棚布掀起来。那老头儿就坐在帐篷边,面前支着一架和他一样老旧的补鞋机器。身后的帐篷里铺着破旧的,但是色彩美艳的花毡。

七月份都过了,但他还是没有来。

他们说,那个老头儿是残疾人,脚上装着用铁皮包着的假肢。又说那老头儿原来也是个放羊的。四十岁才结的婚,有过一个孩子。但没几年那女人就跟一个回族人跑了。他就卖了羊群,抱着孩子去找。找过很多地方,还去了内地。后来,孩子在奔波途中夭折了。又不知发生了什么事,他也落下了残疾,两手空空回到故乡。因为没有了牛羊,只好以此谋生。

我问:"那他是怎么学会补鞋子的?"

那人说:"谁知道。可能还在外面流浪时,就在干这个了吧……"

于是我老是想着那个老人瘸着腿,背着机器,牵着孩子,走在城市繁华一角的情景……当我也独自在外的时候,在那些陌生的大街上,曾遇见过多少这样的人啊。却从来没有想象过他们回到故乡时会有的情景。他真孤独,他住过的小帐篷的痕迹也那么孤独。

我趿着拖鞋走在晴朗天气里的草原上。脚趾头从破了的袜子里顶出来，不时碰着青草。走了很远，又踢掉拖鞋走到河边的沙滩上，小心地避开一丛丛生有细刺的植物。远方真美！那些连绵起伏的森林，青葱草坡，闪耀着无数条纤细溪流的峡谷……而我不能去向那里。我赤脚站在河岸边的一处高地上眺望。要是有一双永远穿不破的鞋子该多好！那时任何一处我想去的地方都会随着我的到来而平坦舒适吧？……总是想去那么多的地方，但却总是有那么多的原因，让人这儿也不能去那儿也不能去。

那个残疾的老人，他没有了脚，就再也不需要鞋子了，再也不需要离开了。可能也不需要爱情了。可是他还是要活下去，并且愿意接受那么多的与自己无关的破鞋子，愿意它们经过自己的双手后又能够重新被使用。好像他的活儿是一种到了最后仍在给人以希望的努力似的。我觉得自己都快要爱上他了……而我呢，我也整天没完没了地干着活，流着汗。把商品一箱一箱地从漏雨的地方挪到干燥的地方，奋力劈柴火，在草地上敲桩子……就想：就当我也是最后一次回到了故乡吧……

当我挑水时又一次经过那块狭小的帐篷遗痕，看到草地上不知何时堆放了一卷破旧的行李。于是高高兴兴回家，把所有早就准备好了的破鞋子全翻了出来。

整 个 山 谷 ， 碧 绿 的 山 谷

闪　耀　的　却　是　金　光

最 最 珍 贵 的 事 物 莫 过 于

一 个 晴 朗 的 好 天 气

遍 地 冰 雪

整 个 世 界

清 晰 而 冷 淡

雪野之中

四面荒茫

在 桥 头

秋 天

山里有片林子烧起来了。有人开来了一辆 141 卡车,一些自愿去灭火的人三三两两爬了上去。然后趴在车斗的包垫上朝下面的人招手。

我也想跟上去。可我妈太讨厌了,她居然对司机说:"别理她,她是去凑热闹的。"

我问:"哪里着火了?"

有人在旁边回答:"温泉上面。"

我又问:"今天晚上村子里有没有拖依(舞会、晚宴)呀?"

他说:"听说是一帮子甘肃来的回族人,在林子里挖虫草,惹起的火。"

然后又说:"拖依嘛,不知道有嘛没有……"

又说:"好像河西那边马合力帕家的娃娃这两天割礼吧。"

我说:"哦。"心里却想:"人家马合力帕家的娃娃都割过两个礼拜了……"

我们都站在门口看热闹。司机一会儿就组织了二十来号人,加上林场职工,浩浩荡荡三十多人。车一摇一晃慢慢开动了。

每年秋天的时候,总会发生那么一两次火灾。大概是因为森林的渴望太巨大太强烈了吧?当它经过如此繁盛的夏季后,前来迎接的却是秋天——消沉和寂静的秋天。于是它就燃烧了。

这时候山里已经没什么人了。牧业全转移到了额尔齐斯河以南的春秋牧场和冬牧场。山里的第一场大雪也下了,再有一个月就封山了。

这时候,在山里干了一整个夏天的活儿的民工也全都下山了,终于闲了下来。这一年的活儿差不多算是忙完了。有的人进城继续找工作赚钱,更多的人开始进行漫长的(长达半年)休息。要是这时候有一件事情可做的话——比如灭火,虽说不指望会有人给你发点钱,但几顿饭总得打发吧。而且有事情做总比没事干强,老待在家里多没意思呀。

我真的也想跟着一起进山。就算帮不上什么忙,他们灭火的时候,帮忙看着衣服总还可以吧?另外也不知道他们要不要做饭的人……不过,做三十个人的饭的话,实在太痛苦了。一大锅菜,用铁锹当菜铲才搅得开吧?……乱七八糟地想着,车已经开走了。尘土荡得满天都是。又想到,此时的深山里,在北方极度明亮的白昼里,森林深蓝,天空清蓝,河水冰凉清澈,世界安静而寒冷……可是车开走了。

唉,还是打听打听拖依的事吧。明明听说这两天附近哪个地方会有一场婚礼的。

我回到店里,两个哈萨克老乡正在柜台前面挑马掌子。不停地嘟囔着埋怨我们家的马掌子太薄了。我们当时在铁匠那儿批发马掌子时是按斤称的,而拿回家里则论个儿卖。当然薄一点的会占便宜喽。所以他们若是嫌这马掌子薄的话,我们才不理他呢。我们家马掌子的确薄了些,可是这一带就只有我们一家有马掌子卖。

我妈说:"薄了好嘛!薄了马跑得快嘛。你看,要是厚厚的,重重的话,马累都累死了⋯⋯要是你的话,你愿意穿重的鞋子呢还是穿轻的鞋子?⋯⋯"

他们哈哈大笑:"重的鞋子嘛,结实一点嘛⋯⋯"

这时我进来了,他们都扭过头来笑眯眯地和我打招呼——

"喂——姑娘好呀?身体好吗?"

"好呀,身体好。你也好吗?森林着火了你们不去吗?火大不大啊?厉不厉害?"

"我好呢。是的,着火了,去了好多人,外面又有车在拉人了。火厉不厉害嘛,就不知道了嘛,那是胡大知道的事。你们家的马掌子太薄了!"

"今天晚上谁家有拖依呢?"

"我家就有嘛!"

"啊?你家谁结婚?"

"我呀!我嘛,刚刚一个新新的老婆子拿上了。唉,寂寞得很嘛。"

"哦,那是好事情。你多大年纪了?"

"我嘛，我年轻得很呢，我才六十岁嘛。我嘛，我心里年轻。"

"哦，原来这样呀……"我一面答应着一面往里屋走。后面我妈还在劝他："别的真的再没有了，全都是这么薄的——唉，说你不懂吧，你就是不懂！马掌子嘛，当然越薄越好……那你房子里的那个旧旧的老婆子咋办？昨天她还跑来和我说，要我下次千万别给你卖酒……"

没有拖依，没有森林……桥头一点也不好。秋天到了，马上就冬天了，冬天的桥头就没有人了。桥头真是不好。在桥头，最好玩的事情是出去拔草喂鸡。但是秋天了，每天夜里都会打霜，草全老透了、紫了。虽然鸡不在乎，可拔的人真是越来越心烦。那些草真难看。

我拎条袋子，揣把刀子就出门了。我一般会去河边树林里的那片草地上拔草，拔蒲公英呀、野苜蓿什么的。河在身边宽阔地流淌，秋天的河是水最蓝、水量最小的时候。水位远远地从河岸退下去，可以看到河边白桦树下被河水淘空了的根部积满落叶。那些树根优美复杂地盘绕着，高高地裸出地面，里面有没有迷宫？我总觉得里面会突然钻出一只有美丽皮毛的、不会咬人的小动物。一路小跑着到河边喝水，然后抬起头冲着对岸孤独地张望。我走下河岸，看到原先我洗衣服时专用的那块半露出水面的大石头，现在已经被孤零零地抛到岸上。

我用那条袋子裹住刀，塞进那块大石头下的缝隙里。然后空着手回到岸上，在树林里慢慢地走着玩。

但是走了一会儿又想：在我离开的时间里，河水会不会突然暴涨？然后就永远地带走我的刀子和口袋……

树林里地势倾斜，低处东一个西一个到处泊着大大小小的池塘。池塘里水很清，不是很深。里面鱼很多，但都是那种细细碎碎、永远也长不大的小鱼苗子。一群一群精灵一样整齐而迅疾地掠过，又突然像接到命令似的，全部倏然静止，历历清晰地排列在一处，头朝着同一个方向。

水边团团簇生着漂亮的水草。这种水草没有旁逸斜出的枝子，一束束纤细地，整齐干净地扎在水中。总觉得那更应该是刺绣出来的事物，说不出地精致、雕琢。

漂浮在水面的落叶，就好像静止在空气中央一样。还在水底投下了清晰的阴影，阴影四周泛着亮光。

我发现，水一旦停止下来，就会——怎么说呢，似乎就会很"轻"了，没有分量似的……

静下来的水，干净透明。干净得连水面的倒影都没有，只有投向水底的阴影。水底的草，又深又密，鲜艳碧绿，不蒙灰尘。这样的水，似乎不是注满了那方空间，而是笼罩着那方空间——似乎是很稀薄的水，或者是稍微浓稠一点的空气而已。

而流动的水——比如离这池塘几十步远的那条大河，喀依尔特河，携着力量，闪耀着明亮的湛蓝，一注一注地翻涌着，日夜不息地奔流。

在一些阴天里，这条河看起来似乎流淌得柔缓一些，颜色看起来也更深更厚了，接近了绿色。还有一些日子，很奇怪地，不知道为什么这条河看起来又泛着明亮的银灰色，非常寒冷的颜色。到了冬天，这条激情的河则会猛地安静下来，波涛翻滚的水面被平平整整地铺上了冰，积着厚厚的雪。于是河两岸的村子一下子连到了一起，孩子们上学也方便多了，可以少绕道好几公里呢。

在冬天，大桥的第一个桥墩下，被凿开了一个一个大窟窿。清澈的河水冒着浓重的白色水气，一波一波往上涌。我们都在那里挑水。远远近近的牛们，也稀稀拉拉排成长长的队，一头一头通过狭窄的雪道向那里走去。那是冬天里唯一能找到水的地方。

不过现在是秋天。牛羊散在河边，细心地啃食草地。河岸边收割过的麦茬地泛着整齐的金黄，地势起伏动荡。有一块地正在被焚烧，青烟缭绕。烟气荡过来，闻起来是干燥的香气。我穿过烟雾走进麦茬地，啄木鸟"夺、夺、夺"的敲击声在高处回荡。抬起头来，麦田四周白桦林的林梢，用雪白和金黄的颜色深入着蓝天。

在金光灿烂的麦茬地里，一棵高大庄严的西伯利亚云杉笔直地站在秋天的正中央。只有它还葱茏碧绿地停留在夏季之中。大地金黄，远山的山巅已堆起了银白的积雪。

我一个人在河边走。远远地想着一些事情，那些事情似乎远未曾到来。而我却如回忆一般地想着，没完没了。

我知道在一年前，桥头有两个开理发店的姐妹，一个十五岁，一个十七岁。因为她们是从县城里来的姑娘，所以在这一带的女孩子中是最漂亮最时髦的。闲暇时分，她俩也曾走过这片无人的小树林。有一天,她们在这河边散步的时候,突然有一个年轻人隔着林子在远处喊她们。姐姐就走过去了。然后她和他一直往桥的方向走,很快过了桥去向对岸。妹妹在河这边等了一会儿,又冲对岸的森林里喊了很久。但是姐姐再也没有回来。河水澎湃激荡,对面的森林深暗寂静。她一个人回到家。又等了几天,就收拾了东西,把理发店关了,回到了县城。这件事情在桥头流传了很长时间,有着各种各样的说法。但相同的那部分只有:有一天一个女孩子在河边被一个人叫走了,从此再也没有回来。

她再也没有回来。从此那些无法让我们知道的,发生在她身上的经历,就成为河边这片林子中的一场秘密了。但是我天天在林子里走,却什么也没能碰上。我的一切远未曾发生。我不停地想着,无数次想到了许多最后时刻的情景。又无数次在想象中从头开始……渐渐地,在河边越走越远。只好转身往回走。

不过后来有一次去县城,我还碰到过那个妹妹一次呢。她还是老样子,漂漂亮亮地在街上走。我上前和她打招呼,本想问她姐姐的事,但终于没有开口。我看到这个妹妹的指甲上精心地涂着樱桃红的颜色,看到她眼睛发光。她压抑着兴奋提醒我去注意她头上戴的小方巾。我注意到后当然会表示赞美啦,于是她就满意地和我告别了。

桥头似乎发生了很多事情。我在河边走,想的却总是那些尚未发生的事情。想着远方的火灾,想到森林实现了自己的愿望——森林原本是多么庞大饥渴的火种呀!它不燃烧时,是它在充满希望地沉默……又想到我从未去过的一个村子里的一场舞会,此时有人正更为孤独地走在赶往那里的路上……想着我的小刀和袋子被河水冲到了远方,去向了北冰洋……想着想着,就碰到那个姐姐了。她从前面树林深处迎面走来。

我又想,发生在桥头的事情都是我无法知道的事情。而我只知道那些未曾发生过的。最后想,其实秋天不是秋天,秋天是夏天努力地想要停止下来的那段时光吧?

狗

我在夏牧场上碰上过一条狗,它把我从山谷这头一直追到那头,让人又害怕又生气。后来一想,我这么大一个人,虽然是个女的,不至于连条狗都打不过吧?于是又转过身向它反追过去,边追边朝它扔石头,把它从河谷那头又追了回来。从那以后,这狗一见到我就"呜呜呜"地咕噜,恨恨的样子,却只敢在离我十步远的地方来回横走。若我稍有举动,就忙不迭后跃,很虚弱地吠叫一阵。

在山里,我只见过这么一条可恶的狗。也不知谁家养的,养狗的那一家人肯定平时也不怎么讲道理。

山里的狗大都是好脾气的牧羊犬。它们跟着羊群北上南下,四季转场,夜里挨着毡房睡,专门用来防狼的。虽说不能与狼作殊死较量,但关键时刻总能猛吠一阵发出警报。

这些狗虽说是狗,长得却跟羊似的。浑身卷毛,体态笨拙,吊眉吊眼地跟在驼队中。性情温良驯服,稍嫌胆怯。因为没打过什么交道，我并不是很喜欢它们，再说它们也太难看了。还有，它们中有一条还偷过我家晾在柴火垛上的羊肉干。它们看起来长得都差不多，我们实在分不清到底是谁干的，只好见到狗就骂。

听说牧羊犬是世界上最聪明的狗，但是看看周围这些……真让人怀疑。不过，可能并不是看守羊的狗都唤作"牧羊犬"吧？"牧羊犬"也许是指狗类的某一品种。至少是会数数的那种，少了一只羊都能察觉的那种。不过我才不信。

倒是听朋友说起过一条牧羊犬监督一群羊过河时的情景：头羊下去后，后面的陆续跟上，在宽阔清浅的流水中沉默而害怕地前行。牧羊犬站在河流中央，在队伍旁留心地守护着。不时地扭头看看对岸，再回头看看这边岸上，不停摇头一般。还真有点"数羊"的架势。

后来到了桥头，那个地方的狗全是普通土狗。数量比人还要多，到处都是，幽灵一样四处晃荡。

当初桥头是一个驻扎过云母矿宿舍和林场职工的地方。云母矿废弃后，职工全都撤离了。不久后林场职工也大批迁入县城。他们留下的事物除了那一排又一排整齐的房屋院落外，便是这一群一群的狗了。后来这些狗在这片被废弃的地方又有了第二代、第三代。

因为这些狗曾经长年累月和人相处过，再加上饥饿，因此特别亲近人。性情惶恐谦卑。在桥头，我从没见过一条大喊大叫、趾高气扬的狗。

桥头是一片庞大的废墟,那些绵绵蜿蜒的断垣残壁与其说是分布在大地上,不如说是排列在时间之中。极无现实感,整齐有序又破败不堪。

天空总是那么蔚蓝明净,河水轰鸣,气候寒冷。哪怕进入五月,树木仍光秃秃的,不缀一片绿叶。我总是穿得厚厚的,暖暖和和的,一个人在废墟里慢慢地走。河岸高阔,急速奔淌的河水挟裹着深重的寒气迎面扑来,风呼啦啦地吹。走着走着,后面跟上来的野狗便会越来越多。但无论再多也是极安静的,相互之间保持着距离。

废墟间的一大片空地上码着木材厂的几堆木垛。我爬到最高的木垛上面坐着,狗们也慢慢聚拢过来。当我稍稍为之犹豫不安时,它们立刻能敏感地察觉,然后也犹豫起来。

它们伏下身子,像爬一样小心翼翼地、慢吞吞地向这堆木垛靠近。边爬边留意观察我的神色似的,像比赛一样较着劲儿努力晃尾巴。一副"我不会伤害你的,你也不要伤害我"的神情。

我觉得当时自己所溢露的神情恐怕也无非如此。

等它们爬到最近处——趴下后,我从口袋里掏出一把廉价的水果糖,一粒粒剥开抛出去。他们之间也不哄抢,吃到的就吃,吃不到的继续等待。似乎很放心我,知道我一定会散得很匀。

冬天就很少见到狗了,大一点的差不多全都给打完了。冬天打狗吃肉,是我们这里的男人最热衷的事情。真是可恶。

我妈常说:"吃什么都行,就是千万别吃狗肉和马肉。那简直就是吃人肉——狗和马都是通人性的。"

我妈很喜欢狗,又极下工夫地对它们进行了研究,简直比了解我还要了解狗。在她眼里,一条狗与另一条狗之间的区别就如同一个人与另一个人之间的区别那样显著。

假如有一条野狗向她凑过来时,她就会这样向我介绍:

"这就是最喜欢吃新鲜白菜帮子的那条,天天守在垃圾堆边等我。还有一条也总在那里守着,但那条喜欢扒剩菜。"

然后又说:"它生气时,耳朵是这样的,往后面窝着——"她把狗的两只耳朵一起揪住往后面拧。又说:"当然,要是迎着风跑得快了也会有这种效果。同时,它脸上所有的毛都往后面倒……"她双手箍住狗脑袋往后扒拉,害人家的圆眼成了吊梢眼。

"一般来说,它的尾巴是这样卷着的,但有时也会这样卷——"她先把狗尾巴卷起来向右边捺着,又把狗尾巴向左卷起来捺。

感觉得到那狗在极力地忍耐。等我妈的介绍终于告一段落,刚松手,它立刻一趟子跑掉。跑得远远的才停下来回头往这边看。

尤其当牧业完全离开阿尔泰深山牧场后,会有多少失散的狗被抛弃在冬天里啊!那些已成情侣的狗,在寂静的森林边上追逐嬉戏,一点也不知道噩运在渐渐逼近;缺乏野外捕食的经验,加之天气一天冷似一天……后来第一场雪下了,第二场雪也下了……看不到一个人,得不到任何救助。然后就什么也不能明白地死去了!

秋天牧业离开后,总会有闲下来的男人弄辆车,进山打狗。那些狗在荒山野岭里走啊走啊,远远地突然看到有人影,非常高兴,连忙摇着尾巴向这边跑来。一跑到近处,就给乱棍打死……进山打狗比猎狩野物容易多了。

有一次我搭乘拉木头的卡车进山,回家时却没有车了。在山路边走了很久,才遇到几辆吉普车经过。车上的人一个也不认识,能在这样的时间这样的地方撞见人,彼此都很惊讶。后来搭了他们的便车,还被莫名其妙地拉到一处连路也没有的,听都没听说过的鬼地方。当时真是有些害怕,又不敢乱问。

后来才知道,原来这伙人是赶着去帮忙打狗的。

听说那伙人围攻一条狗,两天都没能拿下来。那狗很聪明,就是不肯靠近。

"为什么不跑呢?"

"它媳妇给拴着呢!"

原来是一公一母两条。母的给逮着了,但公的性子猛烈凶狠,谁也无法靠近。于是就把母狗拴在车上,守株待兔。那条公狗整天在周围徘徊,远远望向这边,始终不肯离去。晚上会悄悄过来和母狗卧在一起,被发现后被打断了一条腿。尽管如此还是给跑掉了,而且变得更加凶悍,近身不得。

他们就开着车拖着母狗慢慢走。公狗在后面不远不近地跟着,跟了两天了,仍然打不着。

我们到时,那条大狗还在不远处的树林里往这边看。深色皮毛的母狗卧在吉普车旁边，头歪在前爪上，神情平静。

吃饭时他们也分给了我一些食物。我一点也不想吃，就悄悄掰碎了，趁人不注意扔给那母狗。它照样趴着，也不起来，只是直起脖子，头一偏，就准确地用嘴接住了，一口吞下去。然后又懒懒地歪着脑袋趴回去。

我还想喂喂那条公狗，便小心地向它走去，边走边装作若无其事的样子。它远远地盯着我，渐渐直起身子，塌下肩背，沉沉地低吼。我有些害怕，便停住，把手里的馍馍用力扔出去。然后转身快快地离开。后来回头看时，它正走到馍馍旁边，低头去衔它。这条狗果然很大，灰色的皮毛。

结果这一举动给那群人看到了，立刻想出一个"好主意"来。他们也学着我的样子给它扔馍馍，想诱它过来。真是气死我了。不过好在那狗聪明着呢，感到不对劲，根本就不搭理那伙人的诱饵。

我又跑去看那条母狗，但却不敢看久了。说不出地害怕。

幸亏后来其中的一辆车有事要先离开，我就赶紧跟着走了。

过了两天，有人在我们屋后剥狗皮，架起大锅煮肉。又过了一天，我过去看时，野地上扔了一张灰色的狗皮和一只瞪着眼睛的狗头。他们到底还是得手了。

我天天都会去屋后的空地上沿着麦地散步。冬天最冷的日子来临之前，看到那张狗皮已经变得很旧很薄了，平平地嵌在大地上。狗头也消失了。

我从来也不曾做过什么——真是又安慰，又罪过。只好想道：那是死在愤怒中的事物，是有强烈的灵魂的。这灵魂附在植物上，植物便盛放花朵；附在河流中，河便改道，拐出美丽的河弯……自然总是公平的，总会平息一切突兀的情感。至于那些生来就对周遭万物进行着损害的、快乐而虚妄的灵魂，因为始终不能明白自己所做的事情有何不妥，也会坦然轻松地过完一生。又因为毫无遗憾而永远消失。让世界波澜不起。但愿如此。

有关纳德亚一家

我们桥头住着的全是老人、小孩和死心塌地过日子的夫妇。年轻人不知都干什么去了。

桥头在它的全盛时期,曾有过发电站、两所学校、一所幼儿园,还有职工俱乐部的大礼堂和邮局什么的。但是现在人全搬走了,剩下一大堆空房子。学校操场上长满一尺多深的野草,操场两头的篮球架子倒还完好如初。

但附近几个村落里有很多孩子正处在学龄期。于是,他们每天都得步行十来公里(最远的将近二十公里)到河下游的毛子庄学校上学。但是毛子庄只有哈语学校没有汉语学校,所以桥头的汉族孩子们(倒不是很多的,全是生意人和民工的孩子)只好去更远的可可托海镇上学。一个星期才能回家一次。

桥头的老人倒是很多。而且近两年来,迁居过来的越来越多,全是孤老。原因我大致分析如下:一、桥头没人管,做生意都没人来收税,自在;二、桥头虽然赚不到什么钱,但是也花不出去什么钱,好过活;三、桥头的老人越来越多嘛,当然愿意往一起凑。大家都信基督教,时常聚到一起唱唱河南味的赞歌,读读圣经。再聊聊二十年前和三十年前的事,侍弄几分地,养三两只鸭子,时间就过去了。

当然,这都是我自个儿的想法,他们自己怎么想的实在无从得知。真是的,桥头到底有什么好的呢?据说再等几年退耕还林政策全面实施了,周围几个村庄也得统统撤走。那时,这里就彻底被放弃了。

桥头原先有两条平行的马路,现在只剩一条了。马路两边的那两排房子保存最为完好,大部分住的都是外地来的打工仔。也有三两家不愿意离开或没有能力离开的老住家户,他们在周围的土地上种着几块麦地。打工的人一般都会在初夏进山,在伐木点抬木头、装车。冬天就进山淘金(据说冬天淘金安全一些,坑子冻死了,不容易塌方),或者在矿上给老板扒云母渣子。

每扒一公斤云母渣子可以赚三毛钱。但是听说今年要涨价了,所以很多人一窝蜂都跑去干。我也想去呢,不过我有自己的活干,只是想去看看他们怎么扒的而已。我妈说,也就是戴着厚手套,穿最结实也最破烂的衣服,灰头土脸坐在一堆矿渣中央,把好的挑出来就行了。但我还是想去看一看。因为我们这里看起来最有钱的人也毫不惭愧地干过那活,没人会认为扒渣子是多么丢脸的事情。但是真要说起来,还是会觉得这种劳动不太体面。

在我们这里,冬天能干的事情不是很多。要么就进山淘金,要么就扒云母渣子,要么就找几个人凑在一起砌麻将牌。但是在冬天,想要凑够一桌人实在太不容易了。外面到处都是雪,马路上只有两三行深深的脚印从东亘到西,再过两三天,还是那两三行脚印从东亘到西。再过两三个礼拜,说不定才会再添一行。

到了冬天,桥头真的没什么人了。

由于总是三缺一的缘故,我被迫学会了"争上游"以外的一些扑克牌玩法。还莫名其妙会了那种一百单八张的四川长牌——那么难,居然也学会了。

桥头的冬天,寒冷安静。只有几家人还死撑着不肯离去。到处都是空房子。周围的两三个村庄在雪野深处远远地横着,不见炊烟。

但是到了夏天,天气暖和过来,积雪化了,大地脱了厚厚的白外套,一切从头到脚重新展露在蓝天下的时候,桥头还是静得要命。只有喀依尔特河的轰鸣声回荡在河谷中。松木燃烧的香气在马路上弥漫,忽浓忽淡。在马路中央站半天,也许会等到一个一整个冬天都没有见面的人远远往这边走来。但是不等走到近前,他又会在远远的地方拐弯消失。

桥头的人都在哪里呢?都在干什么?

我妈说:"还能干什么?夏天种地,冬天扒云母渣子呗。"

听说我们这里有一个哈族小伙子,特别厉害。他一副好嗓子出了名,还在县里的歌唱比赛里得过奖呢。电视台还专门给他录了音，刻了碟，整天在县电视台的哈语频道上播，让人点歌。我们这里流行的哈语歌，全是他唱出来的。而且，他还去乌鲁木齐和哈萨克斯坦参加过比赛呢！

不过我从没见过他，这些都是听人说的。听我妈说的。

我又问我妈："你见过他吗？"

"那当然，他就住在河西那边。"

"他平时是干什么的？"

"还能干什么？夏天种地，冬天在矿上扒云母渣子……"

现在开始说的纳德亚是一个漂亮的中年男人，生得非常高大俊美。可那又有什么用呢？他整天都穿着破裤子走来走去。

能把裤子穿成那样还真不容易：整条裤子的侧缝线都滑掉了，走起路来前前后后忽闪忽闪的，跟穿了裙子似的；裤子口袋更是一撕到底，一毛钱也放不住，门襟上的扣子一颗也没剩下，拿皮带扎住裤腰，裤子才不至于掉下去。可是皮带袢儿也由原来的六个掉得只剩下两个。

他本来想让我给他补一补的。可是我对他说："两块钱。"他就抱着那条破裤子掉头走了。弄得我挺不舒服的……好像自己很残忍似的。

等下一次他再来的时候，还是抱着那条破出了水平的裤子。这一回他先自个儿趴在柜台上思忖了很久，最后才慎重地对我说："一块钱？"

我毫无办法。我看着他，他有一双美丽的蓝灰色眼睛，睫毛又长又翘。瞳孔很大，不像是他这个年龄会有的（我觉得成年人的瞳孔都是细小精锐的）。使他在注视着你的时候，总像非常孩子气，而且说不出地温柔。

我说："算了，不要钱了……"

他听了连忙说："请等一等。"立刻放下裤子出去。等再回来时，抱着满怀的破裤子烂衣服，还有一个烂茸茸的枕头套子，一条大洞小洞的床单……气死我了。

那天我花了一下午的时间，帮他把所有的裤子弄整齐了。还很负责地加固了一遍。补好了破衣服上所有的三角口子，钉齐了所有的扣子。

他感激得没办法，但我实在不需要。我把缝纫机"啪嗒啪嗒"踩得飞转，只指望所有的破玩意儿就这些了。他搬个凳子坐在旁边，笨手笨脚捏个小锥子，在我的指导下，一针一针地将那些需要拆的线头慢慢挑开。

纳德亚四十岁了，一直没有结婚。和母亲、寡居的姐姐还有最小的妹妹住在一起。他的母亲是一个活泼的老太太，又高又胖。据说年轻时候一米八〇高，现在老了，缩了两公分，就只剩一米七八了。

她说："年轻时候嘛，我是林场篮球队的。"

又说："年轻时候嘛，我们和县交通大队比赛，两个男的嘛，都盯不住我嘛……"

还说："年轻时候嘛，桥头人多得很呢！有两个电影院，有两个学校，还有幼儿园，还有电，有自来水……"

纳德亚的姐姐也是一个高个子女人。她刚从乌鲁木齐来，在桥头待了不到一年时间。似乎从繁华到荒僻，对她毫无影响似的。一点过渡阶段也没有就开始一五一十过日子了。她看上去同桥头任何一个生活了一辈子的女人没什么不同。衣着破旧随意，神情平淡。

纳德亚的小妹妹漂亮得要死，眉目如画，长睫毛，长鬈发，身子纤细灵巧。虽然才十五六岁，但从去年开始就没有上学了。一直在家里忙家务活，很少在外面见到她。偶尔会看到她坐在马路拐弯处的水渠边，面对一大盆脏衣服埋头苦干。然后突然跳起来，捞一根柳条矫健地跃过水渠，小鹿一样奔到自家院子后面的菜地边上，叱呵着赶开两头牛——它们正试图把头探进铁丝网，去够里面好吃的东西。

大概正处发育阶段吧，小姑娘生了满脸的痘痘。这使得她无论干什么都深埋着面孔，悄悄来去，尽量不惊动别人。但正是因为这样的自卑和无助，又总使人从她那儿感觉着一种说不出的温柔，同纳德亚一样的温柔。

另外，纳德亚家还养着一条奇怪的狗。据说它见了穿制服的人就咬。问题是我们这里没有人穿什么制服的，所以它谁都不会咬。问题是，养一条谁都不会咬的狗干什么呢？

在桥头，纳德亚家算是很困难的家庭了。还是我妈的话："夏天种地，冬天在矿上扒云母渣子。"除此之外，再没有别的收入。

他家的麦地在河边，狭长的一溜儿，沿着河岸起伏蜿蜒。麦地四周围着篱笆,牵着铁丝网,使散步散到这里的牛羊们干不成坏事。另外,还特意在铁丝网外侧种了一大圈带刺的野蔷薇。总之真是小心极了,把这块地侍弄得整整齐齐。初夏时节,蔷薇花开烂漫,这一大片的深红浓绿在深蓝天空下尽情地咏叹。麦地旁,正值汛期的喀依尔特河宽阔汹涌地奔流在深深的河谷底端,泛着宝石般幽幽的蓝。

为了惊吓鸟儿,麦地四周的小灌木上、铁丝网上、篱笆桩子上,到处都系着撕碎的花花绿绿的布条,随风摆动。一靠近那片麦地,像是正走向一个奇异的花园似的。我绕着麦地慢慢地走。篱笆外的小路上长满了草。与路边的草不同的是,路上的草颜色浅一点,路边的草深浓一点。那么这条路有多久没人走过了?总有一天,这条路会彻底消失在草地中的。我边走边想……桥头没人了,一个人也没有了,所有的房子都空了……桥头被抛弃了……但是麦地还是年复一年地被播种,被收获……还有一个人,年复一年,在春天的日子里,撕碎过去岁月的旧衣服,一条一条细心地系在麦地周围的枝条上、铁丝网上……他还有愿望……麦苗正在静静地抽长,源源不断吸吮着大地的力量……桥头最终被放弃了,但还是有人最终决定留下来……桥头是一个没有止境的地方吗?

我 们 的 房 子

这天，林场的蓄木厂看守员巴哈提来我家店里补靴子。他说补出来只要结实就行了，好不好看不要紧的：

"这个样子的毡筒嘛，全国就只剩下一双了！再也穿不出门喽……但是嘛，晚上值夜班踏上它嘛，暖和得很！踩多深的雪窝子都没事！"

于是我叔叔就用碎皮革在那双古董靴上特扎眼地打了一红一黑两个大补丁。

我妈很奇怪地问道："为什么要值夜班？晚上还有人偷木头吗？"

"有呀，为什么没有？"

"天这么冷，雪那么厚，到处黑黑的啥也看不到嘛！"

"他若真想要，哪里顾得了那么多。"

"那你逮到过这种人没有？"

"逮到过。"

"罚了没有？"

"罚了。"

我妈不由得叹口气，大为遗憾："你看，本来我们还打算过几天也去偷两根的……"

这下子倒把我们的看守员弄得不好意思了。他连忙咳嗽起来，半天才含含糊糊地发话："……说啥呢？这是啥话呀……你看你，要木头干啥？"

"明年春天嘛，我们要重新盖房子，还缺几根檩条。"

"咳、咳……"巴哈提不吭声了。他直勾勾地盯着我叔叔手上正补着的靴子。我猜想他这会儿心里一定在使劲催促："快点、快点、快点……"完事了好赶紧走人。

偏这时我叔叔手上的活又停了下来，掏出一袋莫合烟，撕下一截报纸不慌不忙地卷起烟来。

另一边，我妈又在不失时机地叹气："本来想弄上两根的……"

"咳、咳……到时候……再说吧……"

我妈大喜："真的？"

靴子补好了，巴哈提拎上就跑。我妈追到门口，又提醒似的说一遍：

"说话算数啊！"

其实，偷木头的事从秋天就开始计划了。但一直计划到岁末还只是个计划而已。我们一家子要是有那个胆魄，早就用在别的方面出人头地去了，哪里还需要偷什么木头。真是的，混了这么

209

多年，还没混到个房子住。

在山里随着牧业转场时，最开始住的是帐篷。在沼泽地上栽几根桩子，扯开一面半透明的塑料布，就能住进去一家人、一窝鸡、两吨粗盐和小山似的一堆商品。

住在那样的地方，阳光曝晒的日子里，得撑着伞在帐篷下干活。一刮起风来，整个房子跟降落伞似的鼓得圆圆胀胀的，好像随时都会拔地而起（还真拔地而起了那么一次）。下雨天更悲惨，四下枪林弹雨，睡觉都得披雨衣。除了坏天气以外，连这片草场上的牛都会来欺负我们。天天约好了成群结队地到我们家帐篷后面蹭痒痒，把帐篷的背阴面弄得千疮百孔。

后来这种日子实在过烦了，加之也赚了些钱，于是就进行了奢侈的改进。我妈和我叔请木匠车了一捆木条子，又买回几卷铁皮。然后两人自己动手，把木条钉成一米宽两米长的一堆木框。再用铁皮往上面一蒙，噼里啪啦一通钉上。这样，一共做了二十多面铁皮板。这些铁皮板搬运起来轻巧、方便。进山装车时，可以把它们竖起来插在卡车车斗两侧，挡住垒得太高的货物。到了地方后，把这些铁皮板四五面一排并在一起，里外横着夹上木棍，绳子一扎，在草地上四面竖起，就成了"墙"了。"墙"根在地下埋一截，两面再靠些大石头。"墙"角立上桩子，上面横着担两根檩子，架二三十根椽子。最后整个地蒙一面大棚布——这样弄出来的房子，虽然麻烦了一点，但结实多了。一整个夏天过去了仍风雨不动。

住在那个铁皮房子里,我们第一次有了饭桌。那是山里拉木头的汉族司机帮我们弄下山的一个直径六十公分的大木桩。茬口被伐木工人用油锯锯得平平整整,漂亮极了。但它太大了,起码用了五个人,才把它装上车。又用了三个人把它从车上弄下来。最后用了两个人把它一路滚到铁皮房子门口。那一年秋天离开时,外婆舍不得扔下它,一定要把它带走。可我们谁也没那本事。想推倒它都不容易(它有一米多高呢!我们吃饭时都得站着),只好对她老人家说:"那你自己想办法吧,我们很忙……"

另外那个家里用了一整个夏天的炉子是我亲手砌的。那可是我生平第一次独立完成的一件实用性极大的作品。可以毫不含糊地说:我们全家人都在靠它吃饭。

我们住的那片空地上只有青草、沼泽和泥沙。于是那几天,我在河边到处寻找合适的石头,一看到就往家搬。攒了很久才攒够了一小堆。然后在家门口找了块平坦又挡风的地方,估计着垒成一堆。又凭想象把这堆石头摆弄成灶的轮廓。最后凭想象觉得它没啥问题了,这才和了泥,仔细地,光溜溜地将它抹了一遍。

这个炉子砌得实在太漂亮了!只可惜不抽烟。做一顿饭下来,把做饭的人熏得一身腊肉味。更可气的是,用这个炉子烧饭时,人往哪儿坐,烟也往哪儿冒。又没有什么风,反正它就是要追着咬着你不放。难道是因为我身上静电太强了?

我很聪明。有一天我从河边拾回来一截破烟囱(在山里居然能拾到这个!运气未免太好了),插在炉子后面,就立刻解决了这个问题。但是这么好的东西,又怕别人来偷。只好做饭时才把烟囱装上。做完饭,就拔下来收回帐篷里。

这样的生活多让人满意!可我妈还不知足。她打算隔年再买半车板皮子,在沼泽上钉一幢更结实的小木屋。还得是那种树皮一面朝外,屋脊又高又陡,有门,有窗;门前有门廊,门廊有栏杆、台阶;室内有架空的地板,有壁炉;屋顶上还得有一截漂亮的烟囱——总的来说,就是要跟挂历上那些小别墅一样,只差没有鸽子和郁金香。

那一年的第一场雪后,我们离开了那片美丽的夏牧场。但是我们和我们一整车的家当在经过一个叫"桥头"的地方时,正赶上暴雨。前面一公里处的峡谷塌方了,听说还在继续塌。我们雇的那辆车不敢过去。司机不由分说把我们一家连人带货撂在桥头。钱也不要了,放空车调头拐向另一条沟里跑别的生意去了。

刚开始时我们气坏了!但又毫无办法,只好先找个地方住下来再说。顺便把货摆出来一些,希望在当地能卖点钱出来。

结果这么一来,惊奇地发现,桥头的生意实在是太好了!

因为从前一直是跟着喀吾图乡的牧人走,不太清楚其他几个牧业乡转场的时间安排和路线。想不到这一次无意中碰上了喀勒通克的转场牧民打那儿经过。和他们做生意的过程中,发现这些人较之以前跟着的那支牧队,普遍更为富裕一些。既来之,则安之。我们很快作出决定,在这个被废弃的村墟里收拾出两间没人住的破土坯房子,修好屋顶,把商品全部摆了出来。"商店""裁缝店""织毛衣""弹羊毛""补鞋子"等等大大小小的招牌统统挂了出去，就开张了。呃，我们家经营的项目是多了点……好像我们想把方圆百里的钱全赚完似的。

我们收拾出来的这两间房由于靠近村子里唯一的一条马路，所以也算是"门面房"了。一进门，房间正中立着一根电线杆，穿过屋顶，直插云霄。相当可观。估计当初盖房子的人盖着盖着，遇到个电线杆。既不想挪房子，也不能拔杆子，就这样凑合着盖过去了。

有电的时光距离桥头已经很遥远了。很多年前，当生活在这里的人们陆续撤离时，电就给掐断了。于是多年后当另外一拨人重新聚集在这片废墟中讨生活时，不可想象：这么荒凉的地方曾经还有过电！就好像史前有过电一样遥远……

我们的房子共两个门。正门进去，里间隔墙上还有一个。不过我妈嫌从那边走不顺脚——顺脚，这是什么话嘛——就在隔墙另一头又掏洞装了一扇门。接着，索性又在里间北面墙上再打开一个后门，这样两头进出都方便。这下可好，总共那么两间房，硬是让我们弄出四个门来。

房子的里间太暗，缝纫机上的活根本没法干。于是我妈又对窗户进行了改造。她把后窗拆下来，将那个窗洞下面挖深，上面打高，两边拓宽，换了个大窗框装上。这样房子里就好像亮了一点，但也只是"亮了一点"而已。她只好又在东面山墙上挖个洞，把换下来的那个小窗户装上。但效果还是不大。就又把南面墙上挖个洞——但是这回没窗框了。她老人家干脆把外间房上的窗户拆下来挪进里间，再把外间窗洞堵死。

请想象一番这些工程有多巨大吧！要知道北疆房子的墙最薄也得五六十公分呢。要是让我面对一堵墙，一手拿锤子，一手拿凿子，去打洞安窗户的话……起码得发愁一个礼拜才下得了手。我能把一幢房子怎么样呢？它多么强大啊！它是由那么多实实在在的土坯、那么多泥巴垒成的。每一幢高高在上、踏踏实实的房子，其实是会令人敬畏又惊叹的。有时候站在一幢高大的房子面前抬头仰望——房子究竟是怎么盖起来的呢？当那些盖房子的人在大地上挖出土，和好泥，用模子翻打出一块又一块土坯。排列在烈日下，晒干、晒硬。再在烈日下把它们码好，高高垒在空地上。盖房子的人看着这小山似的一堆土坯块——他们为什么没有被吓跑呢？一幢房子和一砖一瓦、一梁一栋相比较，反差多巨大呀！盖房子的人不厌其烦地长时间重复一个动作，让旁观的人看半天也看不出什么进展。盖房子的人一点一点升高那堆土坯，他们会不会突然间停下来想一想：房子真的就是这样盖起来的吗？……

我这辈子永远与盖房子这项事业无关了，我永远也不能亲手完成属于自己的一间半套（不过我亲手砌过一个炉子……）。似乎所有的房子全都已经盖好了，只等我住进去……我像是一个再也没有机会的人似的，所有的大事都结束了我才来到世上……沮丧。

而我妈却是有力量的。她强大到简直快要随心所欲。她举重若轻——所有艰难的事情，都被她做得像是伸手从树上摘下一颗苹果。她蔑视艰难——无论那颗苹果摘得再艰难，也仅仅只是一件摘苹果这样的事而已。我想，大约所有的吃过苦、受过罪的身体和心灵，从此都不用再害怕什么了。

再回过头来说我家窗户的事。总之，我们家的窗户被折腾成这样了居然还没到头。最后我妈终于醒悟到什么了。

她说，房间光线的明暗与窗户的多少是没什么关系的。

她又说，北方的冬天白天短，太阳刚冒出来，在天边晃一晃就下山了。

她还说，我们这儿是山区，要是南面的大山再高一指长，恐怕一整天连太阳都见不着。

她的最后结论：根本原因在于我家的窗户统统都太低了……

此言一出，我暗道不好……果然，她老人家又"乒零砰隆"一通，把所有的窗户纷纷拆下来，下面垒高一尺，上面凿宽一尺，再不辞辛苦把窗户一一装上。

而邻居们都奇怪极了：真不知道新来的这一家人整天在房子里捣鼓什么名堂，没日没夜弄出惊天动地的声音。只知道从外面看，他们家今天这面墙上多出个窗户来，明天那面墙上少了个窗户，后天那个窗户突然变大了。再过几天，所有的窗户又变戏法似的统统升高……

窗户统统升高了，我想这下该结束了吧。可是，我妈的事业只是刚刚起了个头而已。

她还打算打开屋顶，拆去两间房子中间的隔墙，把房子南面墙增高一米，屋脊从"人字形"改成"一溜坡"的那种"半边房"。那时,再将所有的窗户在此基础上继续往上升高……

"要是都那样了还亮不起来的话,"我妈很有信心地说,"我就把整个房子拆得干干净净……"

可我觉得她所有这些做过的和想要做的可怕举动,如果全部用来盖新房子的话,恐怕早就盖出来两间不止了。

幸亏那阵子总是弄不到合适的檩条,这个计划才暂且作罢。

话说我们的房子原本有两间,担着两根大梁。但是如果像我妈说的那样拆掉中间隔墙的话,就得换很长的独梁,起码也得七八米长吧。架这么长的梁,谁都说不可靠,中间必须得立柱子。更重要的是,这么长的木头根本就找不到。林场蓄木厂里允许被"偷"的木头顶多也就四五米长。

我妈到处托人打听哪里有合适的木头。河边的田老头说他家有,可以送给我们。我妈大喜。但是那老头又说木头现在还在他家屋顶上担着呢。他又答应我妈,等"过一段时间"他搬家了就把大梁拆下来给我们。我妈连忙问他"一段时间"是多久。他说:"也就七年八年的样子……"真把人恨死了。

那段时间里,我妈没事就拉着我出去散步。一走就是老远。我就知道她又在进行物资侦察。还没对房子的事死心。

有时候在废墟里发现一堵完整的土坯墙都会令她高兴半天:"太好了,如果在咱家东面山墙那儿接半间小房的话,不知道这些土块够不够……娟你记住这个地方!以后盖小房就再不用往撒尔马汗(撒尔马汗是附近一个村子里的农民,他家专门打土坯块出售）那儿买土块了……"

谁知，第二天我们推着板车大老远跑去时，那堵墙早就被人拆得差不多了。原来不止我们一家在打它的主意啊。原来，除了我们，还有人想在桥头这个地方继续生活下去……

更多的时候，我们走着走着，她就不由自主拐往蓄木厂方向。到了地方，扒在人家墙头，死死地盯着里面一堆堆的木头看。嘴里喃喃自语："……那根还可以，长度刚好，不粗不细，真是太理想了……只可惜码得太高了够不着……呃，那根也不错，要是离大门再近一点就好了……"

有一次，我们在边防派出所门口发现了好几摞木头。笔直、结实，一根一根统统都是六米多长。她兴奋得两眼发光，一天跑过去看八次。还带了卷尺量了一遍，不停地和我们商量：

"……那个位置太适合让我们去偷了，离家那么近。而且就在路边上，一路又全是下坡路。我们挂上绳子，在雪地上轻轻地一拉就拉走了……"

可依我看，那个位置一点也不合适：谁敢到派出所门口偷东西？

她试着搬了一下，结果连小头那端都抬不起来。

"坏了，想不到会这么重，怎么办？"

"那就全家出动呗，把沙达力汗家的马也借来，把外婆也叫上。"

"那么声势浩大，会不会惊动人家？"

"原来你也会害怕呀……"

总之，木头一直没有着落，换房顶的事总算搁下了。谢天谢地。（然而一年之后，还是换了……）

其中最庆幸的要数我叔叔了，因为最辛苦的总是他。除了干活以外，还得挨骂。没办法，谁教他总是太笨。我们的房子折腾到最后终于没有同我妈想象中的一模一样，据说全是他的过错。

可是我们家人那么多，我、我妈、我叔、我妹、我外婆。五口人呢，两间房子怎么能够用呢？光堆货就用去了一间半。只好另外再想办法。

牧队终于离开，远远南去了。此时已经渡过了蔚蓝色的额尔齐斯河，去向遥远广阔的南戈壁。这一次我们没有跟上去。我们有了自己的房子后，就好像已经倦了、懒了似的。我们打算今年就在桥头休息一个冬天（更重要的是，桥头太好过活了，是一个根本花不出去钱的地方，税都没人来收……），明年春天就地坐等转场牧队回来，那时再跟着进山。

据说桥头最初是一个土匪窝子，依山傍水，重重屏障。后来勘探矿藏的苏联人驻扎到了这里，修了现在的这座木结构大桥（曾经是这条河上上下下最大最壮观的一座桥呢！）和一些房子。再后来进驻了兵团，在这里垦荒种地、修路挖矿。北屯的云母四矿也以此为据点进山开采。那些年很是辉煌过一时的。可是现在，全都被遗弃了，成为横平竖直的一片废墟。只有南面的两幢水泥楼房仍笔直地、精神地挺立着。远远望去，没有一点荒颓的意思。

但那只是远看。走近了就会发现，那两幢楼房空得连门窗都没剩下几扇了。但楼体仍然完完整整，没一个豁口。

这两幢楼之所以保存仍如此完好，可能是因为水泥房子没有土坯房子那么好拆。

但那里倒还亮爽。一套套的两居室单元房，虽然没有门窗，但是墙壁平平的，刷得白白的。地面也光溜溜的，整整齐齐。比我们住过的任何房子都要漂亮呢！这么好的房子，怎么会没人住呢？为什么这里的老住家户都只愿意守着自己又暗又低矮的老平房呢？真奇怪，真浪费。只有附近的牛啊马啊，在傍晚时分会顺着楼梯噔噔噔爬到二楼三楼，舒舒服服地卧在一间一间的空客厅里过夜。

不管怎么说，我们决定住进去了。我们收拾出东面那幢楼房中间单元二楼的一套房间，把洞开的窗户用木板钉死。又用几块木板钉了一扇简陋的木门装到大门门框上。这样，外婆、妹妹和我妈就阔阔气气地住了进去。我还是住商店。我叔叔则可怜分分地睡一个露天的小棚——得守弹羊毛的机器。

如果我对别人说，我们嘛，在桥头混得还可以，有两间铺面房和一套两居室的楼房。他说不定会羡慕一下呢。但是如果他晓得桥头的具体情况的话，一定会笑死。但又如果他是一个比我们还贪心的人，他一定会立刻跑到桥头拥有三到四间"铺面房"和起码三十九套（还有一套已经被我们占了）"两居室"。

问题是，在桥头这种鬼都不愿过路的地方，要这么多的房子干什么呀？

而且又是这样的房子：我们的"铺面房"只两间房，却有四个门；我们的楼房，包括厨房洗手间在内大大小小五间房，共六个门洞，却一扇门也没有。

总的来说还是很不错的。楼房亮亮堂堂。我们在整齐光滑的水泥地面上打地铺，睡得舒服得要死。有时候我也会过去睡几个晚上。早晨总是那么安静，而夜里会有些微风，从堵着空窗洞的木板缝隙间丝丝缕缕地吹。在隔壁房间里，唯一的行军床由外婆睡着。我们养的两只小白鼠也在那间房子里生活。窗台明亮，它们在小笼子里爬上爬下。因为它们是有生命的活物，并且是美丽的，所以无论什么时候看起来总是那么令人喜悦。有时候我们把笼子打开，它们也不敢出来。在笼口探头探脑半天后，才大着胆子走出来。刚踱了没几步，我们一笑出声，它们就嗖地窜了回去，紧挨在一起躲在笼子最里面的角落，死活不往我们这边看一眼。

我们家的鸡养在客厅的笼子里，不时温柔地咕噜着什么。只有在下蛋了之后才兴奋地吵闹一阵。

那时候阳光总是那么明亮，房子里空空荡荡。一说话就四面回声，但安全又安逸。

可是冬天终于来了，我也终于明白为什么所有人都不住楼房了……没有暖气……在房子里砌火墙烧炉子也没用。这套房子悬在正中，上空下空，四面皆空，无论怎样烧也烧不暖和。冻得我外婆整天猫在阳台上晒太阳，清鼻涕横流。这样不行，必须得换房子才能过冬。

于是张罗了个把礼拜,终于又收拾出来门店附近的一个破院子。修了新门,把里面倒塌的火墙重新砌了,把烟囱掏了掏,又安上我们自己的铁皮炉子。烧了一个礼拜才把房子烧暖和。

这是以前的老房子,墙壁极厚的。可能年代久远了吧,墙上惊叹号般裂开了几道吓人的长缝。另外屋檐也全垮下去了,墙根蚀空了深深的一大块。房子后面还给砌了滑梯似的几堵斜墙,用以把后面的墙壁撑住,不让它往外倒。但这样一来,却总是让人担心……它会不会往里倒?

房子一共两间。院子里另外还有一间独立的小破房,但墙壁太薄,不能住人,用来养鸡倒是最合适不过了。我们家的鸡本来就住不惯楼房,于是一放到露天空地上,便欢天喜地地展着翅膀满院子跑。但院墙又矮又破,鸡老是越过墙飞到隔壁院子里去。我们索性把那堵院墙也拆了,与隔壁院子合并成一个大院子。紧接着干脆把隔壁房子也拾掇拾掇,算是又添了产业。

于是我从商店搬出来,一个人住了一大套房子。

我一个人住这么大的房子,半夜总会因为冷而醒来。裹着被子下床,往炉膛里添块煤。黑暗中我蹲在炉子面前,透过炉门看着炉火沿着黑煤块一丝一缕慢慢地越燎越高,热意越来越清晰。后来我的前额烤得发烫。我看到那火焰缠裹着一张面孔,她热烈而忠贞,使我爱慕。我裹着被子,想到自己是一个人在这间大房子里。房子在空旷安静的废墟里。废墟在雪野之中,四面荒茫……这是在阿尔泰深山中。阿尔泰在地球上。地球在太阳系里。而整个太阳系被银河系携裹着，在浩瀚宇宙中，向着未知的深渊疾驰而去……

那样的夜里，梦境都是漆黑一团的。睡醒的时候，动动手指头，才知道自己还有手指头。说出一句话来，才知道自己还有声音。有时候会流泪，流下泪来才知道自己还有眼睛。但除了流泪以外，这双眼睛什么也不能做，什么都看不到。只好紧紧闭上，重新进入睡眠。

那样的深夜里来的母亲，更像是梦境中来的母亲。她在屋外用力拍打房门，大声呼喊我的名字：

"娟啊，你要关好门啊，你一定要关好门哪……"

我起身答应了一声，外面安静了下来。我又听了一会儿，倒回床上继续睡，睡了一会儿突然睁开眼睛！

那样的深夜里……那样的夜找不到天亮了！那样的夜迷路了。那样的夜惊恐地想到一切将永远如此，一直要黑到永远……那样的夜，无论什么时候睡醒，睁开眼睛都是黑暗。闭上眼睛都是梦境中零碎的情形……那样的夜里，我一直想着母亲。她让我关好门……但是她最后去到了哪里？……那样的夜，我不停地做梦。梦里我的母亲让我关好门，然后就走了。我一个梦接一个梦地找她，似乎找了很多年，很多年……后来我终于在梦里推门出去，看到外面雪野茫茫，一行脚印伸向远方。我循着那脚印走了很远，最后走向一座坟墓……

那样的夜之后，天亮则更像是另一个梦。天亮了，我却总是疲惫不堪，终于沉沉睡去。清晨的明亮是金子才有的明亮。窗格子总是从下往上一格一格地亮起,而不是逐渐过渡地亮上去的。我醒来了也不想起床,盯着窗格子等它全部亮完。阳光扫射到的玻璃金黄明亮,却一点儿也无法透过它看到外面的情景。而还没有触及到阳光的那些玻璃格子却是清晰透彻的,可以看到外面深沉的蓝天和蓝天中转瞬即逝的飞鸟。我裹着被子窝在床上。被窝多舒服呀,软软的,暖暖的。就那样裹着被子,想半天也想不出还会有什么比这个更令人贪恋。然而在这清晨的安逸里,又突然想起昨晚那些无边无尽纠缠在一起的梦境……想起妈妈在梦里留下的那些痕迹。轻轻地明白了,从此有秘密了一般。

但是早饭时却突然听到我妈说:"昨天夜里外面有酒鬼在打架,闹得很厉害。你一个人睡在那边真让人不放心。于是我半夜忍不住起来去看你,看你门关好没有……"

……

整个桥头,最好的房子是我家对门小吴家的。不过在此之前,小吴家的是整个桥头最破的。整个房子都快陷进地面一半了。屋檐一溜儿全给雨水蚀空了,马上就要塌了似的。于是,在我们来到桥头第二年的夏天,他家把旧房子扒掉了,重新翻盖了两大间。还盖的是砖房呢,砖是从县城天遥地远拉来的。

而我们这里其他房子都是就地挖土、和泥巴,打土坯垒起来的。

新房子真漂亮,外面也刷得白白的。屋顶整整齐齐地用沥青浇了漆黑的油毛毡。大门两扇对开,蒙上了铁皮,还敲满了金色的钉子。

窗户也很大，里面亮堂堂的，还整齐地镶了枣红色的天花板。而最让人不可思议的是，地面上居然还铺了地板砖——亮锃锃的、一尘不染的地板砖！

站在这样明亮清洁、整齐周正的房子里，把头探到外面一看——盛夏的桥头：门口土路上沙尘飞扬，蓝天下尽是废墟残垣……小吴家的新房子像是在桥头开了个玩笑！居然盖这么好的房子！我是说，在桥头盖这么好的房子，真是扎眼而毫无用处……

相比之下，我家的那两间铺面房，与其说是立在人家小吴家对面，不如说是"趴"在小吴家对面。

我们家的门歪歪扭扭的。因为墙体塌陷严重，门框变形了，门扇得往上抬一抬才关得拢。到了后来，把门扇砍了又砍，才能勉强将门合进门框。房子里外的墙皮都没有抹墙泥，也没有刷石灰，毛刺着碎碎的麦秸秆。

又由于很久很久以前，有人在这个房子里开过饭店，所以至今外墙上还歪七八拱地写着"杏子汤""过油肉拌面""马奶"等扎眼的红字蓝字。而在我叔叔补鞋子的角落里，大大咧咧地写着他的小广告："祖传秘方，专治痔疮、阳痿"……真不雅观。而且这几句汉字用意如此之复杂，哈萨克农牧民朋友们能看懂吗？

细细说起来，房子真的很糟糕。房间里总是很暗，再加上我们东西又多，堆得到处都是，弄得房间里地形复杂至极。凡第一次进去的人很难不一头撞到什么。等看清楚了之后，后退一步，再绊倒一摞铁皮桶。

我在商店里都住了两三个月了,还老不习惯房子中间那根电线杆。那是过去年代的那种电线杆,下半截是水泥桩子,固定了一根刷过沥青的黑色圆木。我们在木头上敲了很多钉子,满满地挂上衣服呀、包呀、一卷一卷的绳子什么的,充分利用了。但是到了深夜,突然睡醒的时候,月光从狭窄的窗格子里漫进来,电线杆静静地立在月光里,总觉得那里站了个人……明明知道那是电线杆子嘛,但还是特别害怕。总是神经兮兮地想到也许有一个死去的人的灵魂静静地站在电线杆里面,静静地替我们拿着衣服,拿着包和一卷一卷的绳子……

我们刚下山时,只有货架没有柜台,一点也没个商店的样子。如果请木匠订做两节柜台的话一定很贵。况且这种鬼地方哪来的木匠?但是我妈因为自己会敲个钉子,就感到本领足够了,想要自己做柜台。真是可怕。

做柜台首先得要木板和木条,可我们能弄到的只有一根根粗大的、还带着树皮的圆木。我妈想了又想,决定找现成的。

她所说的"现成的"是指那些被废弃的楼房上的窗户。虽然大部分都给人拆光了,但总还剩下那么几扇结实的,楼层高的,不好弄走的。我妈不怕麻烦,她有个好劳力,就是我叔。于是在她的指挥下,那两幢楼房的最后几扇木窗终于在一个大雪飘飘、积雪过膝的冬日里,整整齐齐地请到我们家里来了。

这些窗户的尺寸都是一样的,干净完整。有的上面还镶有完好的玻璃呢。在我们这里，玻璃可是稀罕东西，只能从城里带来。路又那么颠簸，不管保护得多么周严，哪怕一路上八九个小时都抱在怀里，等颠到地方后，往往也剩不了几块完好的。因此我们窗框上的玻璃大都是用碎片拼镶起来的，能透点光线，能挡点风，就很满足了。

我们在货架前先用土坯砌起柜台的"架子"，中间担一层木板。再把那些窗户一扇一扇拆开，在"架子"上一溜儿平铺过去。再把完好的几面玻璃擦得亮铮铮的，木板上铺上报纸，土块上刷上石灰。真是太漂亮了！里面摆的东西也一下子显得干净整洁、琳琅满目。

最开始的时候，我们在商店里做饭。原先的土烟囱特别不好使，还塌了几块。我们想了很多办法，把它捅了又捅，还重砌了火墙。但仍然不好使。风大的时候才抽烟，平时总是满室浓烟，昏天暗地，门窗都得大打而开。而门窗打开了就等于白烧炉子了，屋里屋外一样冷。更生气的是，商品不到几天就给熏得灰头灰脑。

我叔叔不辞辛苦地天天上房顶捅烟囱，烟囱没捅好，房顶倒是给踩坏了一大片。下雪的时候，雪堆积在踩坏的地方，又在那里遇到房子里冒上去的热气，悄然融化，浸渍了一大片房泥。终于有一天，这一角屋顶塌了下来，砸进了饭锅里。把我们结结实实地吓了一大跳。

由于房间没有镶天花板，此后总是有风畅通无阻地从塌掉的那一处飕飕灌进来。虽然当时还没真正入冬,并不算太冷,但就那样被野风吹着真不舒服。

我妈又决定换烟囱。她要换成铁皮的。可是我们这里也没有铁匠呀。我妈又因为会敲钉子,于是决定再当一回铁匠。不过这回可没有现成的东西让她顺手抬来往炉子上插了。

她在屋前屋后转了转,狠狠心,拆了几张我们夏天在山上搭房子用的铁皮板。然后再找来一根匀称点的圆木头,再加上一个小榔头。这样,工具和材料都齐全了。

她炫耀似的对我们说:"想当初,我还是个姑娘时,没事干就喜欢站在铁匠铺外面看人打铁。学了好多本领,想不到真派上用场了……"

她先把方形的铁皮对应的两侧用小榔头敲半天,折出两溜大约一厘米宽的边。当然,不是对折的,方向相反,一边朝外翻,另一边朝内。然后再用这张铁皮绕着那根圆木头卷起来,一边卷,一边用小榔头轻轻敲打,终于使铁皮两侧合拢成一个筒。最后又将那两道折过的边呈"Z"字形扣在一起。用小榔头抵着圆木一点点地敲打接口处,把那个"Z"字砸扁了,使两道边严严实实地合插在一起。这样,算是成功地做出了第一节烟囱。紧接着开始做第二节,一帆风顺。烟囱很长的,得两三节套到一起才够。

我看了半天,觉得我妈实在很聪明,让人无话可说。就跑出去干自己的事去了。

没想到,再回来的时候,发现这两口子又在那儿不辞辛苦地拆。拆了以后,再以更大的耐心把铁皮一点点砸平,希望它能恢复原样。

我妈苦着脸对我说:"没看清楚就开始做了……你看,粗了一点……"

我一看另外一节还没有来得及拆的——何止粗了"一点"!根本就弄成了一个水桶嘛。而且比桶还要粗。这么粗的烟囱插在屋顶上的话,非给邻居笑死不可。都可以漏一个小孩子下去了。

好在他们做这种事情时的热情永远无穷无际,又有足够的耐心。就这样反复地实验,拆了砸平,砸平再试,不行再拆,拆了再砸平……第二天,终于将其成功地装上了屋顶。我看到火炉里的火呼啦啦地往火墙里猛窜,饥渴似的抽吮着柴火的有机物质。又抬头看到我们家的新烟囱虽说皱皱巴巴、凹凸不平,但毕竟是新的,银晃晃地耀眼。烟囱周围原来露出蓝天的地方,也用泥巴糊严实了。一切看上去很牢固,再用很多年都没问题。

桥头是没有砖的。盖间房子,垒截院墙什么的都得用土块。土块就是用和好的泥巴扣在木头模子里翻出来再晒干后的土坯块。一块土块有三四块红砖那么大,厚重结实。因为我们家工程建设量大,时常垒这砌那的,急需大量的土块,而自己拾回家的(拆附近的破墙……)总是远远不够用,便向附近村庄的小孩子们收购。开始是两分钱一块。后来送来的实在是太多了,没地方放,就降到一分钱一块。

那些小孩子们非常能干,年龄从五岁、十岁到十三四岁的都有。一人拖一个小爬犁在冰雪上来来回回地跑。在废墟里蹚过几乎和他们个头一样深的积雪，努力地劳动。一次能弄个十来块土块，一人一天就能赚走我们家好几毛钱呢。

我的工作则是把收购来的土块收拾利索。砍掉上面粘连的、刷了石灰的墙皮，再把它们整整齐齐地摞在墙角晒太阳。为了防雪，还扯了一堆干草盖在上面。

后来，我们收购的这些土块，还真盖出了一间小小的房子呢！就接在商店的东头。在那边的山墙上掏了个门洞进出。虽然这间房子盖得很没名堂，又矮又长，还拐了个弯。但由于太小，一生起炉子，就会立刻暖和起来。而且里面的地面不是泥地的，是水泥的！我妈和我叔很努力地拆掉了那幢空楼房上的一个阳台……他俩把阳台下的两块预制板抬回了家，铺在小房间里正合适。脚踩上去干燥又结实。我们谁都愿意住在里面。后来，我妈还将店里十年前就滞销的花布扯了十几米蒙在墙上；在椽木下牵了铁丝网，糊了白纸做天花板。总之，将四处弄得干干净净，软软的，热乎乎的，真是温馨无比呀。一推开门，就想一头扑进去，陷在里面再也不出来了。

但是出门一看，桥头仍然整个儿一片废墟。这儿一截烂墙，那儿半间破房的。处处都在强调这真的是一个再也没有希望的地方。

只有当年栽种的柳树仍整齐地排在道路两边，夹出几排笔直的林荫道。依旧整齐的水渠仍在林荫道两侧清清爽爽地淌着水，有鱼在里面贼头贼脑地游。

可是站在高处看桥头这个地方，会发现，被抛弃的桥头，仍然富蕴着秩序和力量。我们站在高处，看到这片废墟排列得井井有条，道路四通八达，横平竖直，将院落与院落清晰而和谐地区分开来。看得出，最初的时候，当人们跋山涉水来到这里，决定要定居在这里时，一定经过了浩大的、苦心的规划。他们那时一定想到了永远的事情，想到了子子孙孙……但是后来，才几十年的工夫他们就全部离开了，抛弃了一切。

我在废墟间的土堆里刨出一本多年前的中学毕业留言册。封皮皱皱巴巴，但内页仍然整齐干净。里面有当年的二十多个孩子对留言册小主人的祝福话语。还一一认真填写了册子里注明的个人信息栏，如"最喜欢的颜色"和"最喜欢的明星"等。非常有趣。其中在"最大的愿望"这一栏里，许多孩子填的内容竟都是"希望早日离开桥头这个地方"。我数了数，有十二个人……我知道，这十二个孩子心愿成真了。

不久后，我们也抛弃了那里。

哎，想想都觉得可惜！为什么我们不能永远在那个地方生活下去呢？那里有房子，有可以播种的土地，有河。而且那里如此美丽。河边，秋天的桦树林里，白的枝子，红的叶子，金黄的大地，明亮的池塘。天空总是那样蓝……过去的人们为什么舍得放弃呢？还有我们的房子，还有其他更多的房子，它们曾经是多么温暖的所在！当年那些盖房子、打理房子的人们，怀着巨大的美梦和善意经营着这块土地，在终于形成功能完备、生活便利的小镇后，怎能忍心离去？怎能忍心什么都不管了，任我们这些后来的人，就那样地拆啊拆啊，砸啊砸啊……

当我们离开的时候，将房门仔细锁上了。窗户也砌了土块堵得结结实实，并在窗户外面交叉着钉了好多木板。还给仅有的几个邻居留话，说我们明年夏天真的还会回来的。请他们夜里帮忙听着点动静，有什么意外了给捎个信。另外还特意在屋里留了一床被褥和一些简单的生活用品——用这些东西来等待自己回来……虽然真的已经没有必要了。桥头真的再也不会有人来了。

退耕还林、休牧定居的政策正在一步步推进。据说，往后附近这些村庄将会一一迁走，逐水草经过此地的牧人也会越来越少。加之山林保护的需要，私人开矿、淘金、挖草药等行为都查得很严，打工仔们也渐渐散去了大半。我们也必须得早作打算了。

这么看来，好像是白说了那么多。桥头本来是一个与我们毫无关系的地方，有了我们的房子之后，便在那里发生了那么多与我们有关的事情，细细展开的话足够铺陈在一辈子的时间里了。但我们却匆匆忙忙将那些事情全部结束在两年之中，然后就永远地离开。一辈子还早着呢！于是，桥头又重新成为一个与我们毫无关系的地方……做了一场梦似的。

只是以后的很多日子里，总会突然想到，桥头的那个房子不知怎样了……想到这个冬天雪那么大，屋顶会不会压塌？又奇怪地思忖：怎么就离开了呢？记得我们刚到的时候，似乎要下定决心非把那块地皮住穿不可。结果还是走了。真不知道我们到底想要什么……再想一想小吴家的豪华房子，觉得他们不仅有摆阔的勇气，更有一种敢于"坚持到最后"的勇气呢。只是不知他们现在又怎么样了。

　　二〇〇九年补：二〇〇七年又一次进山，路过桥头时，看到我们的房子已经被拆得干干净净。看到我过去穿破的一双旧鞋子仍扔弃在房后空地上，像是昨天才扔弃的一样。
　　而对门小吴家的房子还好好的。不知他们是否因为舍不得这所费尽心血的气派房子，才坚持生活在那里。

坐爬犁去可可托海

那两天过寒流,刮了几天大风,大雪封路了。可我们面粉吃完了,蔬菜也早就断了好几天,非得下山大采购一趟不可。我妈对两个来店里买东西的顾客说了这事。不到半天,整个桥头及附近几个村子都传遍了这个消息。傍晚的时候,有一个男人四处打听着找到我们家。他推门进来的时候,我们正在吃晚饭。

他个子瘦高单薄,面容黯淡,眼睛却又大又亮。可是这双漂亮的眼睛却一点儿不知道该往哪里看似的。我们和他说话,他上句话盯着天花板回答,下句话就盯着墙壁回答。还不停地吸溜着鼻子,很紧张的样子。

后来才问明白,原来他家有马拉的爬犁,可以送我们下山。我们很高兴,很快商量好了价钱,说好明天早上新疆时间七点左右出发。那样的话中午就可以赶到下游的可可托海镇了。

当时我们一家人正围着一张一尺多高的小矮桌吃晚饭,桌上只简单地摆着一道咸菜。灯光昏暗。所有的事宜都商量妥当了,可那人还在旁边待着,好像还在等着什么似的。我们也不好意思在他的注视下继续吃饭,一个个端着碗,筷子拿在手上——实在很不舒服,就等着他走人。

食物简陋,我们又是汉餐,不好叫他坐到一起吃。

后来我妈起身从柜子上拿了个皱皱巴巴的苹果给他。他连忙推辞了一下再接过来。往衣襟上擦一擦,却不吃,而是揣进了怀里。我们想他可能想带回家给孩子们吃。在桥头,冬天能吃到苹果是很不容易的事。于是我妈把剩下一个更皱的苹果也给了他,可是他又塞进怀里了。

我妈就让我去商店里多取一点出来。我穿上外套走进黑咕隆咚的夜色,摸到马路那边的商店打开门,用一只纸盒装了五六个苹果。回家后我把盒子递给他。他打开看了一眼,吓一跳的样子,立刻还给我们。说什么也不要。然后一边解释着什么,一边急急忙忙打开门走了。

第二天,那人准时来了。他还在爬犁上铺上了一条看起来很新的花毡。我和我妈穿得厚厚的、圆鼓鼓的出了门。但仍然不放心,就又带了一床棉被。我们两个人坐在爬犁上,并排裹在被子里,紧紧地靠在一起,刀枪不入。那个赶马的人看了,只是笑了笑,说:"这样很好。"然后出发了。爬犁在雪地上稳稳地滑动,最开始的一瞬间有些眩晕。

早上没有什么风,天空晴朗新鲜。裹在棉被里真是暖和,真是舒服死了。但是,很快发现……一路上迎面来往了五六架爬犁，坐爬犁的人老老少少男男女女都有，但没见着一个裹着棉被上路的……况且，我们的被子又那么扎眼，还是大红方格的。这一路上真是要多丢人就有多丢人。

我只好把头也缩回被子，装作这个被窝里只有我妈一个人的样子。

爬犁只有三十公分高，我们简直是紧贴着大地滑行，异常敏锐地感觉着雪路最最轻微的起伏。久了便有些头晕恶心。我一向晕汽车，晕船，晕秋千。想不到还会晕爬犁，真是命苦。

雪野无边无际，西面的群山在初升朝阳的照耀下闪闪发光。天空是深邃优美的蓝色，大地是浑然的白。没有一棵树木，除了河谷边突然蹿起的一群乱纷纷的乌鸦和匆匆迎面而过的几个骑马人、几架马爬犁，整个世里就再也没有其他的颜色了。打量着这样的世界，久了，肯定会患上雪盲症的。而打量过这样的世界后，再低头看自己的衣服，衣服的颜色像捂了一层雾气似的，黯淡陈旧；又像放大镜下的事物，纤毫毕现。恍惚而清晰——这两种原本对立的感觉到了此刻却一点也不显矛盾。

昨夜风一定很大，路面多处地方都被刮来的雪埋住了。虽然路上本来就有雪，但那是压瓷了的，有爬犁辙印的。可风刚刮来的碎雪太厚了，不能过太重的爬犁，会陷进雪里拖不出来。遇到这样的路面，我们只好离开被窝徒步走过去。那风吹来的积雪与新落的虚雪不同，很硬很紧。但却承不起人。一脚踩下去就是一个没膝深的大窟窿，拔都拔不出来。马也不愿意走这样的路似的，赶马人不停地吆喝着，用长鞭用力抽打，才勉强前行。

从桥头到孜尔别克塔努儿村，不过十几公里路程，却花了四个多小时。但是一过孜尔别克塔努儿，路面上的积雪刚刚被村里的推土机挖开了，这才能加快速度前进。

被刮上路基的雪堆，有的地方高达一两米。推土机可没法把雪全部推净，只是在雪堆里掏了个通道，不到两米宽，只能通过一架爬犁。我们的爬犁驶入这条雪的通道，两面的雪壁高过人头，蓝天成了光滑明净的扁长一溜儿。

速度一快，迎面吹来的风便大了一些。但是我们浑身暖洋洋的，蜷在爬犁上，兴致勃勃地经过一个又一个村庄。马蹄溅起的雪屑在头顶飞扬。赶马人早就脱去了外套，只着一件红色的毛衣，高扬着长鞭。

快到可可托海时，爬犁驶进一条长长的林荫道。两边全是高大的白杨，挂着厚厚的白雪。透过林带，田野平整，乡间小路白得闪光。远处的房屋也是白的，一团一团地分布着。唯有门窗黑洞洞地嵌在上面。

这条美丽的林荫道似乎永远也到不了尽头。我躲在爬犁上，忍受着一阵一阵袭来的眩晕，开始歪在毡子上打瞌睡了。但这时爬犁向左拐了一个弯，连忙又爬起来往前看。过了一座很长的水泥桥后，路两边开始出现零零散散的房屋。不一会儿，就可以看到前方矮矮的秃石山脚下的楼房——可可托海到了！

一路上遇到的人越来越多，路边店面也多了起来。爬犁放慢了速度，很多人好奇地朝我们看过来。我如坐针毡，羞惭欲死。在可可托海仅有的，也是最最热闹的十字路口，爬犁还没停稳当，我就忙不迭跳下来。远远地逃离那床大红的被子，装作不认识它的样子。

此时已经到了中午一点。我们还有许多事情要办，还要采办蔬菜食品。估计今天是赶不回去了，便决定在可可托海住一晚上。但是赶车的那人却执意要回去，说是明天早上再来接我们。何必呢，真能折腾。但是我妈说他是舍不得花钱住宿。在这里，住一晚得十块钱。

其实那时可可托海并没有几家真正的旅馆。不管是谁家，只要家里多出一张床，也会在门口挂个"招待所"的牌子。要是家里已经住进了客人，没有床位了，就把牌子翻个面，没字的朝外挂。

我们很快就找到了住的地方。屋主人是一个六十出头的老太太，是老可可托海人。现在子女全在外地打工，老伴也不在了，就她一个人守着空房子。

在我们这一带，可可托海算得上是真正的城市。有楼房，有电，有电话，有银行，有医院，还有去乌鲁木齐的夜班车。虽然人口一年比一年少，建筑和街道一年比一年破旧。

在天黑之前（四点钟天色就很暗了），我们买齐了大部分东西，打好包寄放在买东西的店里。第二天一大早，我们就出去逛街，还吃了凉皮。大冷的天，能在热乎乎的房间里吃凉皮，真是幸福。

可可托海的蔬菜倒还算丰富，就是贵得要死。青椒一斤二十块，番茄也是二十块，连芹菜都要十块钱。真是不让人活了。

但再怎么也比桥头强,桥头根本没有卖新鲜蔬菜的。只在晴朗的日子里,也许遇到几个附近的农民赶着马车来卖一些自家窖藏的冬菜。来来去去不外乎土豆白菜胡萝卜什么的。哪怕就这些,也并不是有运气能常常碰上。

在那个室内的菜市场转了一圈,居然还发现了豆腐和蘑菇。蘑菇大约没什么问题,豆腐到了家估计就给冻成千疮百孔的冻豆腐了。但还是买了一块。再转一圈,又看到了石榴,也高高兴兴买了一只。

可可托海的室内菜市场很奇怪,居然和新华书店、服装店、理发店、铁匠铺挤在一起。算是一个商贸中心吧!这个中心又那么小,顶多三百平米左右,真是热闹。

然后我们又打听了粮油店的位置。穿过一条林荫道向那边走去。

可可托海的马路两边全是六七层楼那么高的大树。而房子普遍都很矮,最高的楼房也只有三四层。于是这个小镇像是坐落在树林中的小镇。因为从来没人扫雪,马路中间铺着厚厚的一层被往来汽车压得又厚又瓷实的"雪壳"。路两边积着一米多高的雪墙。

上午街上没什么人,我们"嘎吱嘎吱"地走过空荡荡的雪白街道。尽头拐弯的地方有几幢俄式建筑。虽然是平房,但高大敞阔。外面都有带屋檐和扶手的门廊。

可可托海原先住的全是开矿的苏联专家。中苏关系恶化时,他们撤走了,留下了这些建筑和街道。想想看,就在几十年前,那时每一个美好的周末黄昏里,这些黄发碧眼、远离故乡的人们携家眷就在这附近的树林间散步,在街道尽头的大树下拉小提琴,在河边铺开餐布野餐……精致从容地生活着。可可托海真是一个浪漫的地方。

我们要去的粮油店正是那些俄式建筑中的一幢。房间里铺着高高架空的红松厚木地板。由于年代久远,木板之间已不再紧密嵌合,出现了很大的缝隙。缝隙下黑黝黝的,大约是地窖。踩在上面有轻微的塌陷感,但又明白其实是极结实的。

店老板是一个年轻的女人,守着铁炉织毛衣。没开灯,房间阴森森的。只有一块正正方方的明亮从窗户投进来,刚好罩在她身上。问明来意后,她并不急着去扛面粉打清油,而是继续织手里的活。一直织到当前行的最后一针,才抽出竹签插在织物上,不慌不忙放下活计,起身推开身边的门走进另一个房间。等出来时,已经换上了一身粉迹斑斑的蓝大褂。然后才干起活来。

我们付了账,同样也把面粉寄放在她那里。然后回旅店收拾东西,准备到街上去等我们的爬犁。快十一点钟的时候,还没出门,就响起了敲门声。开门一看,居然就是给我们驾爬犁的人。连忙问他怎么知道我们在这儿。答曰:打听到的。可可托海真是小地方啊。头一天来了个生人,第二天就传遍全镇了……

这样就回去了,仿佛不甘心似的。趁我妈和那人赶着马爬犁去取寄存东西的时候,我一个人在街上转了转,边走边剥石榴吃。当然了,仍然一无所获。

在我很小很小的时候,想象中的可可托海是个宝石的世界。连铺路的石头都是宝石,随处都可捡到水晶和石榴石。但现在……权当大雪封住了一切吧!

我小时候,班里有几个寄宿生就是可可托海的。他们每次从家里返校,都会揣一书包的树形水晶、柱形海蓝宝石什么的。还有很多鲜艳的半透明石头(大约是玛瑙吧),一一分给我们。

虽然富蕴县本来就盛产黄金宝石。县城珠宝公司家属院里的小路也是用漂亮的橙红色玛瑙石铺的,我们小时候玩抓石子游戏时用的小石头就是方粒的小玛瑙(磨制玛瑙珠子的胚料)和天然圆球形的红色石榴石。那时候,许多家庭的客厅里都会放一盏天然的水晶树作为装饰。许多五六岁的小女孩都戴有金耳环。但那时,总觉得这些宝石啊黄金啊,全是可可托海那边过来的。所以总认为可可托海是金山银山,遍地华萃。

我把吃了一半的石榴揣进外套口袋,站在路边等他们。不一会儿爬犁就过来了。但我妈又想起还有一件东西没买,便匆匆去了。留下我和赶马的人站在爬犁旁边等待。我们并排着站了一会儿,想半天也找不出一句话可说。于是掏出剩下半个石榴递给他。他又礼貌性地拒绝。然后接过来,笔直地站在冰雪里,一粒一粒地捏出殷红的籽慢慢地吃。没吃几颗,又重新揣回口袋。看来还是想带回去和家人分享。

在桥头的冬天,能吃到水果真是太不容易了,比吃到蔬菜还不容易。而且那里大多数人所能知道的水果好像只有苹果西瓜之类。有一次我妈从县城天遥地远带回了两箱子桃。谁也没见过,头几天大家只打听,不敢买。我妈便免费给试尝了一两个。新奇舒适的口味令大家赞叹不已。于是消息立刻传开了,河对岸的两个村子陆续来人参观我们的桃子。不到半天时间,卖得一只不剩。

回去的路上,我妈用面粉袋子给我堆了个舒服的靠背。靠在上面,缩进被子,出发后不一会儿瞌睡劲就上来了。

爬犁轻快地下了小路,一边是树林,一边是无际的茫茫雪野。舒舒服服地躺着,天空万里无云,世界耀眼。我又拉回目光看自己的手指。觉得这手指好丑,上面有细碎的皱纹,冻坏过的地方又肿又粗糙,手指甲色泽黯淡。而这个世界光滑精美,无可挑剔。虽然看似极单调,满世界只有蓝天和雪地。我出现在这里,是多么突兀、不协调啊……

睡眠的液体渐渐漫了上来,但身体也跟着上浮,无法沉进睡眠最深处。半睡半醒的状态难受极了,分明能清晰地感觉到身体的某部分在发冷,被角有一处在透风,却怎么也醒不过来。连掖一下被子的动作都使不出来。只好就那样毫无办法地边睡边感觉着冷。感觉那冷像蛇一样一寸寸地在身体中爬行……后来忍不住呻吟了一下,我妈连忙帮我掖了一下被子。立刻有密不透风的暖意围裹上来,总算踏实地睡着了。

但很久之后(其实没一会儿时间)又再次被寒冷攻破了,冻得难受不已。又瞌睡又冷,这种滋味实在煎熬人。

寒气是从身子下面升上来的。身下是硬毡子,毡子下面是木板,木板下就是雪地。那股冷气不是像风一样"飕飕飕"地从什么缝隙处蹿进,也不像液体的缓慢渗透。而是像固体一般,像柔软事物的逐渐凝固、僵硬,让身体一寸一寸地退守……不能再睡了!——突然间明白了为什么暴露在寒冷天气里入睡的人会很容易死去。因为入睡状态的人是最柔弱的,抵抗力最差的。所谓"睡眠",就是身体一部分功能停止了。

我翻身起来,猛地一睁开眼睛,眼泪一下子流了出来。连忙又闭上眼睛。世界的光扎得人睁不开眼睛。雪地灿烂,天空耀眼。

在这样的天光下闭上眼睛,感觉眼前鲜红一片。渐渐地,红有些透明了,开始发黄,并成为艳黄。我揉揉眼睛,重新又是一片鲜红。大约是眼皮里茂密的毛细血管中流淌的血液带来的感受。简直能看到这血液的流动,像是自己被自己掩埋进了深深的内部。

一点一点地适应着如此强烈的自然光,眼泪流了又流,仍只能虚眯着眼睛打量眼前的事物。棉被和对面的妈妈身上闪着奇异的光,整个世界都在泪光朦胧中闪耀着。

爬犁开始进入一片丘陵地形。雪路凹凸起伏不定,但并不特别颠簸。在爬犁上,我们的身子也跟着一起一伏的,不一会儿就开始恶心,晕得厉害。于是赶紧再次闭上了眼睛。

有时会眩晕地睁开眼几秒钟,看到雪野尽头的一棵树。

有时看到的是铺满冰雪的枯竭河床。

有时伸出手垂下爬犁,从路面上抓一把雪。再把它紧紧地揉成团,化成水从手心滴落。

爬犁行进的速度越来越慢，我又一次开始困倦。困倦的同时开始头疼。这可好，一边头疼欲裂，一边瞌睡欲死。意识渐渐混沌，肉体的感知反而更加敏锐。爬犁每一丝最轻微的震动和起伏，拐弯时道路弯度的大小和爬犁速度的变化……历历在心，无边无际。仍然冷。手指生硬，想攥成拳头都攥不紧，想完全伸直了也得使把劲。膝盖和腰肢有些僵了，动也不想动。觉得每动弹一下都会多耗去一些热量。

恍惚间，有双腿在脸庞边走动。眼睛睁开一线，是赶马的人。他下了爬犁，跟在爬犁旁慢慢地走着。马也慢慢地走，爬犁缓缓移动。这是哪里？快到了还是仍然遥遥无边？马累了吗？……感觉中那人步行了好长好长的时间。我睡了又醒，醒了又睡，不知醒来几次。每次都看到他永远那样慢吞吞地走在脸庞边。我边睡边难受地想：这么慢的话什么时候才能到家啊？又迷迷糊糊地问我妈："停下来多久了？马跑不成吗？"……我妈回答的声音传进耳朵之后，又过了很久很久，那声音所代表的意义才进入意识。她说的是："才停十几分钟啊，现在是上坡路……"我说："我以为停了两三个小时了……"扭一下头继续睡，但终于开始渐渐清醒了。恶心得厉害。想吐，直冒酸水。脖子下枕的面粉袋子实在太硬了，脊背疼得像要折断一般。于是努力坐起身，用腰抵住那只袋子，拥紧了被子。这才好受一些。

我妈有一句没一句地和赶马的人说话。我有气无力地听着，一声不吭。哪怕听到了特别想插嘴的地方，也没有力气说出一个字来。

我妈问:"这天气有三十度(零下)吗?"

那人回答:"已经三十多度了。到了晚上,肯定会降到四十度。"

可可托海靠近一个大海子。最冷的时候,曾降到过零下五十一点五度。那仅仅是十多年前的事。

我仅有的力量似乎只够用来眨眼睛,便不停地眨着。上方那蔚蓝宽广的明亮天空,看久了,却又分明是阴暗昏沉的夜空。至少也应该是乌云密布的阴霾天空。但再定睛一看,天空明明是晴朗无云的。如此多看一会儿,感受到的仍是阴阴沉沉、风雨欲来……大概因为时间过得实在是太缓慢了,慢得让人模糊了明亮和深暗的区别。连此刻肉体的痛苦,也突然搞不清到底是不是痛苦。到底是从来都一直如此痛苦着,还是只不过一时的异样感知?分辨不出这感知与常态有什么不同……幸好还有太阳。太阳清清楚楚挂在天空一角,提醒我:这应该与以往经验认识中的任何一场白天一样。

太阳兀自发出锃亮的但抵达不到大地的光芒。没有一朵云彩。我半靠着面粉袋子,又一次入睡。这一次有了一个梦,梦里有什么事物反复出现,却捕捉不清它的形象。

突然被我妈推醒。开始爬一路上最陡的一道斜坡了。由于多驮了几十公斤的蔬菜和近一百公斤的粮油,在坡度这么大的地方,我们得下来步行,要不然马拉不上去。

下了爬犁,脚一踩在稳稳当当的大地上,感觉立刻好了一些。原来自己并非刚才感觉中的那样糟糕。起码还有力量站稳,并且还能走好长一截上坡路。

我们拉着手慢慢地走在深而光滑的爬犁辙印里。下午开始起风了。我们头上都捂着厚厚的头巾，只露出眼睛，视野狭窄。马慢慢地走在前面。它浑身是汗，湿湿的，浑身热气腾腾，水雾缭绕。

我妈走着走着停了下来，抬头看了一下。突然大声喊道："看！彩虹！"

我们抬头一看，天啦！果然是彩虹！

赤橙黄绿青蓝紫七种色彩出现在空中，那么清晰，绝不是梦。

太奇怪了！冬天怎么会有彩虹呢？而且又是这样一个刮着风的大晴天。我们以为只有下过雷阵雨的夏日才会有彩虹的。

而且，夏天看到的彩虹是桥状的，也就是半弧形。而这个彩虹却是环形，一整个圆圈，圆满地浮在西面的天空上。

我们边走边仰面看，啧啧称奇。我们问赶马人："以前这里的冬天也出现过这个吗？"

他也不时抬头看，说："从来没有呢，真是奇怪得很啊……"

大约半小时后，在那个环形彩虹的东侧，又整齐地出现了一段彩虹弯弧。后来这段弯弧沿其弯度逐渐延伸，以原先的那个圆彩虹为圆心，又套加了一个完美的环形彩虹。优雅缓慢，不可思议。这段过程大约用了十几分钟。

想想看，在纯然平静的蓝色天空中，出现彩虹这般美好的事物，简直就是奇迹啊！它居然能呈现那么多不同的颜色，而且还不是人工的。

那时我们早坐回了爬犁上。我躺在被窝里一动不动地注视彩虹。天光已经没那么刺眼了，渐渐地彩虹也开始慢慢褪色。外环的大彩虹出现了一个小豁口，豁口越来越大。接着内环的小彩虹也在同样的角度出现豁口。我们意识到两环彩虹正在慢慢收敛、消失。回过神来，已到傍晚。风越来越大，额头被吹得生痛。太阳悬在西面的群山上。当马跑上高处，我们就可看到不远处环绕桥头的一大片树林。快到了，终于快到了。这时，彩虹彻底消失。

另一架爬犁迎面而来，在近处停下。两个赶马人互相问好。对方询问我们走过的路况如何。

"哦，好得很！"第一次看到我们的驾马人露出笑容，"昨天还被雪堵了好几截，今天都打通了。"却没有说彩虹的事。

怀揣羊羔的老人

太阳完全沉下群山,天色却仍然明亮、清晰。我们出去散步,沿着河岸走了两公里后,四周景物才渐渐暗了下来。我们便开始往回走。

河谷对岸森林密布。河水清澈,宽阔,冰凉刺骨的水汽一阵阵扑面而来。在天边悬了整整一天的白色月亮,已转为金黄色,向群山深处沉去。

这时,有小羊羔撕心裂肺的咩叫声远远传了过来。凄惨又似乎极不情愿。我们站住听了一会儿,我妈说:"可能这附近哪儿丢了小羊娃子了。走,去找找看。"

我们循声音爬上河岸边高高的岩石,走进一片深深的草甸。这里有一片沼泽,我们小心地绕着走。

前面远远走来一个老人。近了,这才弄清声音的出处原来在她怀里。怪不得小羊的叫声这么别扭,原来它被抱得极其难受。那个老太太像抱小孩子一样抱人家。把它竖起来,一手搂着它的小肚皮，另一只手托着它的小屁股。小羊惨叫连连，不舒服极了，一个劲儿地挣扎。于是这个老太太就换了姿势，把羊扛到背后，像背包袱一样斜着反背着人家。一只手绕在肩头攥着两只小前蹄，一只手反到背后攥着另外一对后蹄。这下她自己倒轻松了好多，可怜那羊羔更痛苦了，于是叫得也越发不满。

我们都笑了，这个又高又壮的老太太我们都认识。她常去我们家小店买东西。是这附近唯一的维族。

"怎么了？这是——"

她乐呵呵地："这个嘛，它的妈妈嘛，找不到了嘛，看——它哭呢！"

我们心想：明明是你把人家弄哭的。

又说了几句，道别了。

走出这片沼泽后，羊咩声犹在不远处凄厉厉地回荡。回过头来，天色已很暗了。依稀可见老人家的粉红色碎花长裙在深深草丛中晃动。而她绿色的头巾已完全成为黑色。

一到冬天，我们店里卖得最快的东西居然是奶瓶上的橡胶奶嘴。几乎每天都在出售。可大桥附近就那么两三个小村子，百十户人家。真奇怪。为此我妈还自作聪明地得出了两个结论：一、这个地方的计划生育没抓落实；二、这里的婴孩普遍牙齿长得早。

结果完全不是那么回事。那些人买奶嘴是为了回家喂小羊羔吃奶。

冬羔不像春羔那么易成活。冬天很冷，不能跟着母羊在室外活动，非常弱。因此很大程度上得靠人工喂养。一到了冬天，家家户户都得预备一些纸箱子给将要出生的羊羔垫窝。常有人打发孩子到我家商店要纸箱子。谁家冬羔产得多，推开他家的门，一眼就看到炕边墙根一排纸箱。每只箱子各探出一颗小脑袋。

小羊羔真是可爱的小东西。它有人一样美丽的眼睛，长长的睫毛。若是小山羊的话，额头上还会有一抹刘海儿。它的嘴巴粉红而柔软，身子软软的，暖暖的，谁都愿意搂它在怀里，好好地亲一亲。我们这里有的年轻姑娘在冬天里串门子，就会搂上自家的一只小羊羔（就像城里的女孩上街搂宠物狗似的），一身温柔干净的处子气息，用孩子一样喜悦新奇的小嗓门轻轻交谈。小羊羔们就软软地、乖巧地各自趴在主人香喷喷的臂弯里，互相张望。看了那情景，记忆里的整个冬天都只剩下了微笑。

有的夜里，正围着桌子吃饭呢，这时门口厚厚的棉布门帘一拱一拱的，像是有人要进来。问："是谁？"却又不回答。走过去掀开门帘一看，没人。脚下却有动静——一只银灰色小羊羔从我妈脚边顺着墙根快快地、一扭一扭跑了进来。一路跑到火炉边，晃晃身子，抖落身上的雪屑。再熟门熟路进了我家厨房，把案板架下的白菜扒拉出来，细嚼慢咽。

你无法恨它，尽管白菜只剩最后一棵了。

于是只好帮它撕几片叶子由着它吃，一直等到主人找上门来为止。

有时候出门，在雪窝里捡到一只，颤颤巍巍地蜷着。于是抱回家养一养，到时候自有人找上门来要回去。

漫长冬天里只要是有关小羊羔的细节，真是又温暖又清晰。

我们家也养过一只羊。只可惜当时我不在家，等回来时，它已经长得老大了，也就不那么好玩了。但我想它小时候一定特别可爱，否则我妈也不会把它惯成这样——它居然不吃草！只吃麦粒和玉米。你听说过有不吃草的羊吗？

我妈说：“幸好不是个人，否则更难对付。”

那羊被圈在我家小店后面的窗台下。平时静悄悄的，一听到店里有动静了，就撕心裂肺地惨叫。还把两条前腿搭在窗台上，嘴巴贴在玻璃上做出哀怨的神情。弄得来我家买东西的顾客都以为我们怎么虐待它了呢，纷纷指责：“你们就给它一点吃的嘛！”

顾客一走，它又立刻安静了。从窗台上跳下去。乖乖地卧在自己的小棚里。我妈打开窗户，指着它的鼻子说：“你！你！……”然后在其无辜的注视下，无奈地往它堆满了青草的小食盆里再添两把苞谷豆儿。又说："等着瞧，总有一天我非吃了你不可！”

在夏牧场，我们漫山遍野地走，经常与转场的驼队共行一程。这些浩浩荡荡的队伍，载着大大小小的家当，前前后后跟随着羊群。一路上尘土荡天。

那些人，他们这样流动的生活似乎比居于百年老宅更为安定。他们平静坦然地行进在路途中，怀揣初生的羊羔。于是母羊便紧随鞍前马后，冲着自己的孩子着急地咩叫不停。它是整支队伍里最不安、最生气的成员。尽管如此，这样的场景仍是一幅完整的家的画面。

初生的小羊羔和初生的婴儿常常被一同放进彩漆摇篮里，挂在骆驼一侧。当骆驼走过身边，随手掀起摇篮上搭着的小毛毯，就有两颗小脑袋一起探出来。

还有一个怀抱羊羔的老人，她看起来快要死了。但怀中的羊羔却又小又弱，犹是初生。

她衣衫破损，神情安静。脚下一摊血淋淋的痕迹。

她站在河边。河水轰鸣，冰雪初融。春天就要到了。

我一直在想，游牧地区的一只小羊羔一定会比其他地方的羊羔更幸运吧？会有着更为丰富、喜悦的生命内容。至少我所知道的羊，于牧人而言，不仅作为食物而存在，更是为了"不孤独"而存在似的。还有那些善良的，那些有希望的，那些温和的，那些正忍耐着的……我所能感觉到的这一切与羊有关的美德，以我无法说出的方式汇聚成海，浸渍山野，无处不在。我不相信这样的生活也能被改变，我不敢想象这样的生活方式有一天会消失。

在桥头见过的几种很特别的事物

鸽子

我见过白色的鸽子，也见过黑色的鸽子，也见过颜色介于黑白之间的灰色鸽子，但却从来没有见过黑白花的鸽子……后来在桥头总算是见过了。它们得意扬扬地成群栖在我家屋顶上。我站在空荡荡的马路中间，仰着头用心观察了半天。没错，的确是鸽子，虽然它们长得更像是奶牛。

大多数时候，鸽子是一种很感人的、音乐一般的鸟儿。尤其在天空很蓝很蓝的清晨里，它们在天空反复地盘旋。反复地飞呀，飞呀。仿佛正在无边无际地找寻着什么，仿佛要在天空那一处打开什么……飞呀，飞呀，越飞天越蓝。仿佛世间的另一处都有人开始恳求它们停止了——鸽子在蓝天中盘旋，那样的情景真让人受不了……心都快碎了似的。不知道鸽子逐渐接近的事物是什么……

可是我们这里的黑白花鸽子真的很烦，真想把它们统统打下来吃掉！它们整天咋咋呼呼地乱飞乱窜。而且门口总是一片白花花的鸟粪，还得随时防备可能会从天而降一大团。它们到底是不是鸽子？

不知鸽子们到了冬天该怎么办。冬天多冷呀，雪那么厚，它们吃什么呢？于是就只好被人吃了。桥头的人打起鸽子来都特别厉害，每天一串一串地拎回家，吃得红光满面。野味的东西也许是大补的。那些完全生活在自然法则中的动物，为了更适应自然，而生得更为强壮。鸽肉瓷实，鸽子又细又白的骨骼异常坚硬，铁铸的似的，咬不碎，折不断。正是这样一副骨骼，曾支起鸽子美好的形体，没有边际地飞翔在自然浩瀚的汪洋之中……我不吃鸽子。也厌恶吃任何野生的生命。如果我不够强壮，那是我本身的问题，是我自己做错了事情，跟有没有吃过什么无关。

泥鳅

我费尽千辛万苦，在田老头家门前的小水沟里捉到一条泥鳅。我把它装在盆里。但后来又觉得盆里的水似乎少了点，担心它会憋闷。于是又用这盆去水沟里舀水……它就一下子跑掉了。

我跑回家对我妈说："我捉到一条泥鳅！"

她说："在哪里？"

我说："跑掉了。"

她就再也不理我了。

我又说："我真的捉到一条泥鳅！"

她说："滚，别烦我。"

我就知道她肯定不会相信的。而在此之前，我自己也不会相信。桥头居然会有泥鳅！

桥头怎么会有泥鳅呢？流经桥头的喀依特库尔河是额尔齐斯河上游的一条支流。这里从来都只生长着冷水鱼的。泥鳅，据我的认识，应该是一种在温暖潮湿的河泥里钻来钻去的东西。可是我们这里的河边只有河沙没有泥巴呀！难道真的是我看错了？不可能，那的确是泥鳅。

从此后，每天提水或洗衣服经过田老头家的时候，总是会蹲在那条小水沟边观察半天。希望能够再碰上它。

田老头家原先是云母矿上的。后来云母矿撤走了，他是愿意继续留下来的寥寥可数的几家人之一。他在河边种着几亩麦子，院子里侍弄着一块菜地，养着一群鸡和几只羊。一年到头，赚不到几个钱也花不了几个钱。为了浇菜地，他从屋后的大水渠里引了一条小水沟，绕过院子通向菜地。我说的那条泥鳅就是在这条小沟里发现的。

这个小沟也就一两尺宽吧，不到三十公分深，水很清。当时我在河里洗了衣服，抱着满满一盆子衣服经过那里时，一眼就看到它静静地伏在清澈的水底，半截身子陷在泥沙里。我连忙把满盆子刚洗干净的湿衣服全倒在一旁的草地上，然后用空盆子从上游往下游慢慢兜抄过去。想一下子扣住它——当然，那是不可能的。掀开盆一看,什么也没有。我把水底那一片泥巴仔细扒开,还是什么也没有。眼角余光一瞟,看到它影子一样正埋伏在上游,几丛垂在水里的草巧妙地掩蔽着它。于是又蹑手蹑脚过去……总之折腾了好半天,弄得裤脚全湿透了。为了安静,还把这片草地上所有的鸡都赶跑了。还把渠边垂在水里的草都拔光了。但还是拿它没办法。

甚至到最后,都已经捉到了,又让它给跑了。

真是把我气坏了。干脆跑到上游,把水沟进水口堵了,看它还能往哪里跑!堵了进水口后,流水一下子停了下来,又慢慢浅了下去。我沿着沟上上下下地走,搜寻了个遍。但是,见了鬼似的,什么也没有了。本来还想在泥沙里再掏一掏的,这时听到田老头在自家院子里骂开了:

"这咋就没水了?谁爪子犯贱给堵了?!……"

然后有脚步声气急败坏地往这边传来。我敏捷地把草地上的衣服往盆里一塞,抱起来一趟子跑掉了。

桥头怎么会有泥鳅呢?

鱼

桥头的河里还有另外一种非常奇怪的鱼。以前虽然经常见着,却从来不觉得有什么特别。后来还是一个远地方来的朋友向我惊奇地指出:这鱼居然长着翅膀!

它真的长着翅膀呢!当然,也可以认为那两扇翅膀只是生长在它体侧的两对稍微长一点、稍微宽一点的,看起来很像是翅膀的鱼鳍……但是,也未免太像了吧?我们俩趴在水边观察了半天。一致认定,那不像是鱼鳍。

那天我们坐在河里凸出水面的大石头上瞎玩着呢。脚下的水流缓慢,碎小的鱼苗子在石头缝里不停穿梭。天气很热,我们把鞋脱了,光脚浸泡在水里。

我脚下的静水中有一条快要死去的鱼,歪歪斜斜地晃在水里。我把它扶正了。手一松,它又歪了过来,翻出白肚皮。

我只顾着捣腾这条鱼,没注意到脚趾头边的沙堆上还静静地伏着一条。

她先看到了,叫起来:"看,长翅膀的鱼!"

我顺她的指向一看,立刻大笑三声。正准备好好给她解释一下那个为什么不是翅膀,但细下一看,也奇怪了——的确是翅膀。

水很静,流动得极缓慢。那鱼紧伏在沙子上,像是肚皮上有个吸盘。又像是它是一种"爬行"的鱼,而不是会游动的鱼。它的身子是扁的,但还不至于扁到比目鱼那德性。两扇美丽的翅膀清晰整齐地展开,贴在洁白细腻的沙子上。水缓缓流动的波纹在它身上闪烁,它动也不动。我们还以为它是死的。但这时,它晃了晃尾巴,平滑稳定地移开了一两公分。

我下了水,蹲在齐小腿深的水流里,又看了好一阵。后来忍不住试着用手指头去戳它,它仍旧动也不动。我把它捏起来握在手里,它身子冰凉,柔顺地卧在我的手心。我手一松,它又轻飘飘地滑落,沉到水底。

真是从来也没有见过这样的鱼,是不是它快要死了?但是,我们惯常所知的,快要死了的鱼都是漂浮起来,翻了白肚皮。比如刚才那条。

这么看来,这条鱼像是一条盲鱼似的。好像它天生是生活在黑暗与混沌之中,没有任何动与静、冷与热的知觉。好像它不小心从自己的秘密生活场址流落至此。

在这个朋友的建议下,我把它暂时养在我的鞋子里,想带回家去。直到这时,我这才发现我的鞋子有多棒,它居然一点儿也不漏水。

但是后来想了又想,还是把这条因过于温驯而让人不安的鱼又放回了河里。我养鱼干什么?况且我多么不了解这样的一条鱼呀(有翅膀的鱼……似乎是飞翔失败了的鱼……),它会死在我这里的。

还有一个原因是:呃,我的鞋子太臭了……自己都觉得很不好意思。

马鹿

我家房子后面是一大片开阔的废墟。再过去就是一片接一片的金黄麦地。再过去是连绵的群山。因为这山冲我们的一面是阳面,所以看不到森林,光秃秃的。群山上方是天空,深蓝的天空。我总是觉得在天空的蓝和群山的棕红之间,还应该再有点什么,那样看起来才不至于如此兀然、猛烈。

我总是站在家门口往那边久久地望着,很想过去看看。

但却只能在近处的废墟间走一走。

有时候会在废墟间那条被废弃很久的马路上看到一小块嵌在地面上的鲜艳的红色塑料。便蹲在那里耐心地把它刨出来，原来是一把过去年代的梳子。

附近几个村庄里的村民若是要盖房子，都会到这里来拆土坯。于是这片废墟里的大部分墙壁都给拆平了。少数的还剩半人高，仍刷着雪白的石灰，厚实稳当地立在地基上。有些墙上还整整齐齐贴着十多年前的挂历纸。在一个角落里，还看到一张字迹清晰的学习计划和课程表（估计原来是贴在床头位置的）。我很仔细地研究了一番当年这个孩子的学习内容和时间安排。又想到这个孩子已经长大了，他早已走出桥头，在外面的世界继续生活。他把他的童年抛弃在这里了。

当年，当云母矿的职工家属全部撤离这个地方时，他们抛弃的不仅仅是一些房子和一种生活，更是一段浩大而繁琐的时间内容。

在这片废墟之中，偏偏却有一幢高大整齐的土坯房鹤立鸡群地停在其间。有三面墙都是完好的，另一面墙则以钉得整整齐齐的两排木板代替。可以看出这套大房子原先有着俄式的巨大拱顶。虽然屋顶荡然无存，但气派犹在。据说那是当年的职工俱乐部，同时也是一座电影院。

现在成了林场职工们圈养马鹿的地方。

马鹿是一种比一般的马还要高大的鹿。要不是头上顶着鹿才有的枝枝丫丫的角，我会把它们看成是没有驼峰的骆驼呢！而且颜色也和骆驼差不多。

里面大概关有二十多只吧，一个个很安静地瞪着美丽的大眼睛在墙壁阴影处发呆。饲料槽子那边也寥寥站着几只，正慢而耐心地嚼着草料。

我爬到堆在木头墙外侧的一摞圆木上，再沿着木墙上可攀爬的缝隙，一直爬到最高处。骑在墙上往下看。马鹿们一点也不理会我这边的动静，只有一两只抬头看了一眼。

这些马鹿是冬天里捉到这里来圈养的。到了冬天，山里雪太厚，找不到吃的了，它们就会逐渐往山下走。寻找雪薄的地方刨开雪被，啃食下面的枯草。于是走着走着就来到了这里，就被逮住了。

当然在这里也很好，人不会吃它的。因为这里也算是一个公家的野生动物保护场所吧，由林场职工负责为它们准备饲草。而且这间大房子应该很暖和的，它的墙很厚，足够抵挡住冬天里的寒风。里面还另外搭了睡觉的小棚。

但它们还是不快乐。它们原先是属于森林，属于奔跑的呀！不知它们更愿意死于命运，还是死于不自由……我骑在墙上，扭头看向北方。看那边棕红色的群山和群山上方蓝得颤抖不已的天空，又俯瞰下面这片动荡着的、盛大的废墟。

老鼠

这里要讲的老鼠其实并没有什么特别之处，和众所周知的老鼠一样擅于偷窃和搞破坏，并且永远不可能承认自己的过错。

首先却要讲羊。我们只养了一只羊，夏天寄放在夏牧场上由一家牧民代养。秋天牧业下山的时候，他们经过桥头就给送了过来。但我们怎么看也不像原来的那只了。它一下子变得很丑，而且脾气很坏，和我们家的谁都合不来。

我们把它养在屋后窗户下面。在那里给它铺了个舒舒服服的窝，每天从窗户里给它扔过去很多吃的东西。它就一个人在那里懒洋洋地过日子，心烦了便撕扯着嗓子尖叫一阵。

我们还在那里给它放了一盆水。虽然已经到了深秋天气，但并不是很冷。夜里水面上结的薄冰，清晨就化了。每天我们从窗户跳出去给羊续水时，总是会看到水面上漂着几只死老鼠。天天都是如此。它们怎么就这么不小心呢？

但后来很快发现，那些老鼠其实是故意跳进去的。它们想喝水。但是盆沿很高，跳进去就出不来了，于是就淹死了。

秋天，天气冷了。山上的雪停止了融化，河流浅了下去。村落里的所有水渠也都干涸了。但大雪迟迟未下。老鼠们便再也找不到水喝，渴得没办法。这时，它们感觉到了水。它们发现水就在我家喂羊的大铁盆里。但那不是它的水，不能随便喝的。于是它们整整一个白天暗暗地伏着，静静地忍耐。当深夜降临，在一个再不会有人阻挠的时刻，幸福地靠近那处，跃进去，或爬到高处跳进去……

老鼠真可怜。我对我妈说："你看，老鼠死在水里面了。"

她说："那又有什么办法呢。"

我说："我倒有一个办法可以让它们淹不进去……"

"?"

"我们把盆斜着放,那样水位就高了,盆沿低了。老鼠喝水的时候,只需趴在盆沿边把脑袋往里一伸,就可以喝着了。喝完后抹抹嘴就可以走了……"

我妈说:"神经病。"

可是我真的就那么做了,并且夜夜想到老鼠们此刻正在水盆边排队喝水的情景,便睡得很香。但是梦里又突然想到村里还有更多的老鼠不知道这里有水,就会突然醒过来,仔细地听窗户外面的动静。

我们从小就知道:老鼠是坏的。为什么坏呢?因为它们要偷吃粮食。为什么偷吃粮食就说它们坏呢?因为粮食是我们辛辛苦苦种出来的,该我们自己吃,不能让老鼠不劳而获。

但是对老鼠来说,大地上生长出来的东西,是与任何人都无关的呀!我们不是靠自己凭空"变"出了粮食,而是通过大地得到了粮食——我们是服从自然的规则而得到了它们,服从这规则而生存。老鼠也同样如此。我们运用自己有限的能力,寻求食物。老鼠同样也在运用它们那点有限的能力生存着。虽然在我们看来,那是可耻的"偷"……但是,要不然的话它还能干些什么呢?我们出于本能生活,老鼠难道不也在出于本能生活吗?

对老鼠来说,人的世界多么不可思议!就好像我们自己从来没有做过什么错事,却总是遇到那么多的旱灾呀、洪灾呀、森林火灾呀等自然灾害。自然多么令人畏惧,但却从没有人责怨过自然。我们说:这是命运。而我们之于老鼠,可能也是它们的一种

"自然"了，是它们的命运吧。就这么简单。

只是，为什么受到比我们强大的事物的伤害，就是命运。而吃了老鼠这样弱的事物的亏，就仇恨它，认为全都是它的不对呢？

后来我又想，其实，这也是一种自然吧？世界上所有的不平等其实是在维护一场更为宏大的平衡。这么说来，我们讨厌老鼠，竭尽可能地消灭老鼠，其实是不可避免的。其实也正是服从自然的需要。这应该是"正确"的事情吧？

幸好老鼠们从不曾知晓过人的情感（从来不知自己原来竟是"坏家伙"……），而一无所知地幸福着，单纯美满地苟活着。并由此而永不会产生对"生"的厌恶，而愿意继续生机勃勃地繁衍下去。

只有我们家那只羊，对什么都不满意，看谁都不顺眼。整天这也不吃那也不吃，嫌东嫌西的，动不动就撕心裂肺地叫唤个没完没了。真不知它到底想要怎样。

猪

在桥头看到猪之前，我已经有很多年没有见过猪了。这没什么奇怪的，穆斯林地区嘛。所以，当我看到猪时，真是奇怪死了。

不过话又说回来，虽然桥头附近的几个村子全是定居后的哈萨克农民，但桥头这块地方住着的却大多是汉人。水渠边垂着柳树，水池里游着鸭子。屋后围着几分菜地，长着芫荽，攀着豇豆。和内地任何一个汉家小村没什么不同。

当初我们坐着汽车天遥地远来到这里，一路上颠得晕晕乎乎的。车沿着山脚扭来扭去爬了一整天。突然猛地一拐弯，迎面有一头猪扑了上来。司机一个急刹车，我们全部向前扑倒，全部清醒过来。

司机见怪不怪，方向盘一拧，和猪顺理成章地擦肩而过。只有我们几个，还做梦一样，扭头呆呆地看着猪渐渐远去。

桥头居然有猪！桥头有猪这个事实真是远比桥头有泥鳅还要令人吃惊。这、这、这……太不利于民族团结了吧……

待的时间久了，才对此稍有理解。大家都为了生活嘛。要生活下去就得好好赚钱。要好好赚钱就得身体好，就得吃肉呀。但是羊肉又那么贵，比大肉（猪肉）贵一倍呢。只好吃大肉了。但这是民族地区，哪有大肉卖？就只好自己养。好在不同的民族聚居在一起，生活时间久了，往来多了，大都不会为相互间的差异而见怪的。穷人一般都是好人嘛。

猪生活在桥头真幸福。不用整天待在臭臭的猪圈里，也没人管，想干什么就干什么。一会儿逮着鸭子猛追一趟，一会儿再"扑通"一声跳到水渠里游两圈。一天到晚，尽在村子里到处乱窜。不时凑在别人家门缝上或趴在院墙上往里窥视。到了半下午，估摸着是时候了，就哼哼唧唧往家赶——家里还有一顿好吃的等着呢。都说猪笨，我看一点也不笨，桥头那么多破房子，它却永远也不会有走错家门的时候。

我妹妹不想干裁缝，更不想继承她老爸的事业补破鞋子。那干什么好呢？我妈就出主意说，养猪好了，养猪一年到头下来说不定比干裁缝还赚得多呢。我妹就特别高兴，开始计划：早上吃过饭就把猪赶出去，放羊一样地放猪，多清闲呀。一边放猪，一边还可以在草地上扯点苦苦菜、苜蓿草什么的。这样，晚饭桌子上就多了一道菜了。而且放猪不比放羊放鸭子，后者永远是居心叵测的。猪则一点也不用操心。躺在草地上睡三觉，它也晃荡不了多远。如果以后训练好了，还是个很好的交通工具呢！早上出门骑上就走，下午下班时，还可以让它把拔到的苦苦菜和苜蓿草驮回家……太美了，实在是太美了……

听她这么一说，我也不想当裁缝了。这样的好事我都想抢过来干了……

最后还想说的是，村口老陈家就养着猪。他家地方窄，猪就只好和鸡呀狗呀的挤到一起，统统在卧室外的小屋里过夜。那天晚上我去他家，看到猪把狗挤到最角落里去了。狗难受得要死，又没有办法，只好把半个身子贴在墙上，侧着身子拥抱着猪。最舒服的则是鸡，鸡全卧在猪宽大的脊背上，脑袋深埋在翅膀里。看到有人来了，鸡们一只一只站起来，往角落里挨了挨，又卧倒继续睡。猪则眼睛都没有睁开一下。

在 红 土 地

在 戈 壁 滩 上

在戈壁滩上有一排房子。我们很奇怪地住在那里。我是说,我们推门出去,前前后后都是空空荡荡的戈壁滩,我们为什么要住在那里?

除我们之外,这排房子左左右右共四个邻居,都开着和我家一样的小店。房子盖得整整齐齐,高高敞敞。屋顶上铺着油毛毡,浇着沥青。很结实,化雪时一点儿也不会漏。

但是,虽然这房子里里外外都抹了水泥,刷了石灰,墙心里砌的却是土坯而不是砖。

不管怎么说,我们这排房子实在称得上方圆百里最漂亮最整齐的店面了(而且是我们曾住过的所有房子中最最好的)。不像乌伦古河下游五公里处那个路边小村的小粮油店,又矮又拧,墙上歪歪斜斜装着门,门两边一高一低一大一小地各掏一个黑乎乎的窗洞。

还有村西头哈米提家的小杂货铺。院子破破烂烂的,房子都陷到地基底下好深了。低下头才能进门,一进门就得下"台阶"。墙根也快蚀空了。屋檐下的墙壁也给雨水掏空了一长溜,从东凹到西。

要在戈壁上盖房子的话,实在没什么风水可讲究。四面坦荡空旷,走到哪儿都一样嘛!所以乌伦古河这一带大部分村落的房子都东一座西一座胡乱盖着,一路上远远近近参差不齐。估计村干部们为此很头疼。新农村建设太难搞了,无论怎么规划,怎么拉围墙都没法连成横平竖直的格局。

荒野上的红土地,一座土房子和另一座土房子之间,由土夯墙、铁丝网、铃铛刺圈起来的阔大的院落及冰雪覆盖的草料地遥遥相连接。更多的是泛着白碱的荒滩戈壁。有时候是起伏的沙丘和成片的小灌木。乌伦古河就在乡间公路南面一公里处。与这公路平行着向西流,最后汇入布伦托海。在那里,湖畔无边无际的芦苇丛浩荡起伏。天鹅在湖边低低地飞翔。湖心小岛栖满海鸥。成群的野鸭在芦苇丛中"啊——啊!"地长哽短鸣。

但是站在这平坦开阔的大地上,却一点也看不到河的,也感觉不到水的气息。四面全是荒滩,河陷在河谷最低处。走到了河岸近前,也是零乱一片。只闻水声,什么也看不到——河心跟河岸都长满了碎碎的树林子。

河流越来越细薄了。这一带有三个农业村和七八个牧业村,远远近近地分布在河两岸。农田和草料地引走了大量的水。农民们主要种植小麦、芸豆和葵花。牧民们则把这里作为秋牧场向冬牧场迁移时的一个落脚处,并在这里种植大畜过冬的草料。深秋,牧业上的老人和学生经过时会留下来休养和上学(据说过去牧业学校一年只有冬季一学期的课程,后来改为寄宿学校后才和普通学校一样分寒暑假开学)。男人和一部分妇女则继续赶着羊群南下,抵达戈壁腹心。春天雪化了再启程北返。

我们搬到红土地之前很长一段时间里,就非常向往这里了。因为老是听人说什么要"退牧还林"了,今后会有更多的牧人往红土地靠拢、定居。但是听说归听说,毕竟真实情况一点也不了解的,压根没底儿。于是特意向一个在这里生活过很多年,好不容易才有能力搬走的老头儿打听:红土地的哪一块地方做生意比较合适?于是那老头儿立刻向我们力荐他的房子。说他那个地方才是最最好的,他在那儿才待了几年就赚了多少多少钱云云。我们当然不信。这老头儿看起来实在不像是有钱人。当时他在我家店里买了只一次性打火机。比来比去,选了液体位置充得最高的一只。并且为了能多用一段时间,把火焰调得只有黄豆大小。

但两个月后,我们还是找到他,把他的房子买下了。他开的价格实在令人动心。而且我们的钱也刚好够。再加上我们的确不熟悉情况。

就这样,我们来到了红土地。

那段时间,我没在家,去了乌鲁木齐找活干。天天盼着有人到我打工的那个小作坊里去看我。但从来没有。于是又天天盼着有时间出去转一转,看看大城市。但还是没有。最后只好回家了。

中间还回过一次家。因为老板只给了两天假,一路上跟打仗似的紧迫逼人。大清早从乌鲁木齐客运站出发,按我妈在纸条上的嘱咐倒了几趟车,颠到深夜才到家。在家里黑乎乎地睡了三四个小时。第二天凌晨,才新疆时间四点半,司机就摁着喇叭在外面死命催人。然后黑乎乎地上车,中间又糊里糊涂倒了几趟车,天黑透了就糊里糊涂重新出现在乌鲁木齐客运站了。

以至于那以后的很多时间里,当我坐在庞大的机器前出于惯性忙碌着流水线上的活计时,往往会五个小时十个小时地陷入对那天的黑乎乎的想象之中:我们家到底在哪儿?我家到底是什么样的?

后来,我决定回家。我花掉了赚来的所有钱,从城里买了一大堆东西,并把这些东西成功地塞进一只比最大号的编织袋还要大两号的袋子里——大得使这一路上的所有司机都对我又怒又恨。都说让我再补两张票都不过分。真把我吓坏了,不过幸亏后来还是没让我补……我在城市人行道的积冰上慢慢拖动这只超大的袋子往前走。连打照面的陌生行人也不放过我,非得跟在后面多说一句不可:

"喂,丫头!你的包太小了嘛!……你的包完全可以再大一点嘛……你干脆把自己也装进去得了……"

在国道线二百七十公里处的里程碑旁下了长途班车。那里有一条孤零零的土路从国道线旁岔出去,纤细微弱地延伸进雪的荒原里。我守着我"完全还可以再大一点的"袋子,蹲在路口等车。等了很长时间。四下望一望,黑白斑驳的是国道线,白的是天空和大地。没有人，汽车很少很少。只要是经过我的车辆，都会惊奇地放慢速度，看清楚后再踩一脚油门一趟子过去。我猜想那些司机们一定是先看到我的包，再看到旁边蹲着的我……在我眼里，世界空空荡荡，什么也没有。而在他们眼里，世界空空荡荡，只有一个包。

家还有多远呢？天色还早，我真想把这一大包东西从雪地上拖回去。于是我把它拖下路基，在雪野中的乡间土公路上朝西拖了半个小时，出了一身汗。这时后面来了一辆破旧的吉普车，在我身边停了下来。三个男人帮我把包弄到车顶并绑结实了，还有两个则站在旁边骂我。我自知理亏，也不敢吭声。等上了车，所有的劲儿立刻全散了。这回真的快到家了。我在后车厢里摇晃了两个小时，忍不住流泪。

我妈在红土地的房子里干了许多得意的事情。其中之一就是把房子里的一扇门改成了一个橱柜。

本来我们买下的房子是并列着的两间。两间房子互不相通，各有各的门进出。我妈把这两间房子中间的隔墙挖了个门，再把东面那间的门从里面钉死。这样，两间独立的房子就成了一个套间了。由于我们这里的墙壁都半米多厚，为了保温，门也一般都会里外装两扇。这样，两扇之间就有了好大一块空间。我妈就把那面钉死了的门洞里横着担上三块木板——壁橱就做成了。而且还是一格一格的，门一打开，就可以直接往里面放东西。

我们的左邻右舍们来串门子。一看，这个办法怪好的，就全都回去效法。于是我们这一排房子的壁橱全都统一成了这样。

我们一般会在壁橱里整整齐齐叠放些衣物什么的。但那里和室外只隔着一层木头门板,很冷很冷。放在那里的衣物温度也在零下,一件一件冰冷冷硬邦邦的。尤其是化纤面料的,掏出来抖一抖,还会咔嚓作响。要穿衣服的时候,得提前取出来,放在火炉边烤一会儿,才敢往身上披。

红土地实在太冷了。隆冬的夜里,通常会降到零下三十多度。出去上个厕所,还得小跑着去,小跑着回(另外,红土地是没有厕所的)。去的路上,身上的面包服还是软的,回来时(短短几分钟)就冻硬了。袖子摩擦着衣摆,一路"嚓、嚓、嚓"地响。抬胳膊动腿,更是"咔啦咔啦"响个不停。

在红土地的冬天,最痛苦的事情大概就是挑水吧?不过,自从有了我叔叔,好几年里我和我妈就再也没有挑过水了。

水在河边挑,河离我们还有两公里远。叔叔每隔两天就会全副武装一番,顶着河边砍人的北风和寒气去挑一担回家,用作饮水。至于用水,洗衣服洗脸洗碗的水,则在邻居院子里的碱水井里挑。或者化开雪水使用。因为用水不易,一盆水往往会使用好几轮。洗过碗的水用来拌鸡食,洗过脸的水用来洗脚洗衣服,然后再洗地。

话说在我们这一带,挑水挑得最稳当的要数我叔叔了。走那么远的路回来,还是满悠悠、清汪汪的两大桶。若是其他姑娘媳妇的话,哪怕在水面浮两大块冰挡着,回到家还是会溢得只剩大半桶。更让人感慨的是,在我们这里,好像也只有他一个男人挑水。其他男人死也不碰这些"家务活儿"。

但是,到了三九四九的天,河边就再也没人了。那里风大,实在太冷了,没几个人能受得了那种冷。只有我们一家还在雷打不动地去河边挑水。于是到了那时,我叔叔每次去挑水,除了带扁担和桶以外,还得带上斧头。因为除了他,就再也没人破冰了。每次去,上次破开的地方都会合拢,冻得又厚又结实。最冷的天里,我叔叔夯足了劲抢下去一斧头,也只能在冰面上留一小道白印。

其他人家冬天都喝井里的碱水。那水又咸又苦,碱重得可怕。我们用这水洗过衣服晾干后,衣服下摆滴水的地方,总会留下一圈厚厚的白色盐渍印。

当地人冲的黑茶和奶茶本来就是得放盐的,用碱水煮茶也喝不出太大的异味。我们就不行了,我们天天喝稀饭。虽然碱水煮饭米粒烂得特别快,但,实在喝不惯咸稀饭……

不过,正是因为碱大,我们用那水洗脸洗手洗衣服,倒是省了不少肥皂。

我叔叔实在是很能干的。他不仅是我们这里唯一出门挑水的男人,还是我们这里唯一会踩缝纫机的男人。来店里买东西的媳妇们无不啧啧称赞,都说我妈有福气,找的男人又会裁缝又会补鞋(我叔叔在店里主要的工作就是当补鞋匠)。后来她们还发现我叔叔有时会坐到毛衣编织机前"哗啦哗啦"地拉一通——还会织毛衣！就更觉得了不起了。再到后来，我们家房子靠里边那间屋子想打一面隔墙。别人家打隔墙都会请木匠来修。我家舍不得花那个钱，就由我妈来设计，我叔叔施工。两人把我们往年上山搭帐篷用的铁皮墙拆了两张，蒙在木框上，把房子从中间隔开。前面做生意，后面做饭、睡觉。这样一来，那些来瞧热闹的老婆子小媳妇们简直眼珠子都红了……又是裁缝，又是补鞋匠，又会织毛衣，还会木工活——简直万能啊，实在觉得我妈运气太好了。

我妹妹也不错，想着法子为家庭建设添砖加瓦。一闲下来就跑到河边捡铃铛刺，如今已经在屋后堆了高高一垛。这样，到了明年天气暖和时就可以在房子后面围个小院子。可以养几只鸡，种点菜什么的。铃铛刺的刺又长又坚硬，一般人家都把它堆在院墙豁口处防牛羊。

我妈也天天干活。守柜台、裁衣服、织毛衣，从早忙到晚。

总之，就我懒，什么都不想做。我刚从外面回来嘛，正在休息嘛。

当地人都把这个地方叫"阿克哈拉"（字面意思像是"白与黑"）。我们更愿意随汉人称呼它的另一个名字：红土地。红土地！这名字多深情呀……我等着雪化，看看这片大地是不是真的殷红到天边。

而冬天的红土地，白茫茫一片，只有河边的树林黑白斑驳。

远山是白的，天空是白的。远远近近的房屋院落，更是一块块凝固的白，只有一个个窗洞是黑乎乎的。

原野是白的，原野中的路也是白的。但原野是虚茫的白；路被来回踩过，又瓷又亮的，是闪亮的白。

我总是穿得臃肿而结实，在雪的原野上慢慢地走。野鸽子忽啦啦在林间蹿起，雪屑腾飞。河面上刚凿开的那个孤独的窟窿又给冻死了。林子里雪很深，我叔叔的脚印一个一个深深地陷在雪地上。看来除了叔叔，真的再也没人来过了。

我又往回走，走上河岸，回到高高的原野上。还在想：在雪的覆盖下，这大地真的是灿烂温暖的红色吗？

妹 妹 的 恋 爱

在阿克哈拉，追求我妹妹的小伙子太多了！一轮又一轮的，真是让人眼红。为什么我十八岁的时候就没这么热门呢？

我妹妹刚满十八，已经发育得鼓鼓囊囊。头发由原先的柔软稀薄一下子变得又黑又亮，攥在手中满满一大把。但是由于从没出过远门，也没上过什么学，显得有些傻乎乎的。整天就知道抿着嘴笑，就知道热火朝天地劳动。心思单纯得根本就是十岁左右的小孩，看到彩虹都会跑去追一追。

就这样的孩子，时间一到，也要开始恋爱啦。卢家的小伙子天天骑着摩托车来接她去掰苞谷、收葵花。晚上又给送回来。哎，这样劳动，干出来的活还不够换那点汽油钱的。

卢家的小伙子比我妹妹大两岁，刚满二十。黑黑瘦瘦的，个子不高，蛮精神。说起话来头头是道。我妈看在眼里，乐在心里。据说这孩子是所有追逐者中条件最好的。家里有二百只羊、十几头牛、十几匹马、一个大院子。在上游一个村子里还有磨面粉的铺面。还有两台小四轮拖拉机。另外播种机啊、收割机啊，这机那机样样俱全。再另外还有天大的一块草料地，今年地里丰收了天大的几车草料，在院子垛得满满当当。啧啧！冬天里可有得赚了！而且小伙子还有些电焊的技术。冬天也不闲着，还去县上的选矿厂打点零工什么的，又勤快又踏实……听得我很有些眼馋，简直想顶掉妹妹自己嫁过去。

不过以上那些都是卢家老爷子自己说的。他说完就撂下一条羊后腿，很谦虚地走了。我妈悄悄跟上去侦察了一番，回来直撇嘴："什么两百只羊啊，我数了半天，顶多也就一百二三……"

尽管如此，这家孩子的条件仍是没得说的。当卢家撂下第二条羊腿以后，这事就定了十之八九啦。

我妹妹十岁过后就没再上学了。个子不高，胖乎乎的。和卢家小伙子确定关系之前一直在村里一处建筑工地上打工。整天筛沙子、和水泥、码砖、打地基什么的。天刚亮就得上工，直到天色暗得什么都看不见了才回家。一天能赚三十块钱。整天蓬头垢面的，每只球鞋上各顶出三个洞来。头发都成了花白的了，一拍就窜出一蓬土。一直拍到第十下，土的规模才会渐渐小下去。

后来她就不在那种地方干了，直接到卢家打工，帮着剥苞谷壳子收葵花什么的。一面培养感情，一面抵我们去年欠下卢家的买麸皮和苞谷子的债。

当然了，她自己这个当事人根本还蒙在鼓里呢，什么都不知道。我们哪敢告诉她啊！去年的这个时候，也有人跑来提亲。我们想着她一天一天地大了，该知道些事了，不管成不成也得和她商量一下。结果，可把她吓得不轻，一整个冬天不敢出门。一出门就裹上大头巾，一溜小跑。

所以今年一切都得暗地里进行了。先把上门提过亲的人筛选一遍，品行啊年龄啊家庭条件啊，细细琢磨了。留下几个万无一失的孩子。然后安排种种巧合，让他们自个儿去糅合吧。看最后能和谁糅到一起去就是谁了。

所有小伙子中，就卢家小伙子追得最紧，出现频率最高，脸皮最厚。而且摩托车擦得最亮。于是到了最后我们全家人的重心就都往他那儿倾斜啦。我们天天轮流当着我妹的面唉声叹气：要是还不清卢家的麸皮债，这个冬天可怎么过啊……于是我妹深明大义。为了家庭着想，天天起早摸黑往卢家跑，干起活来一个顶俩。可把卢家老小乐坏了——虽然都知道我妹妹是方圆百里出了名的老实勤快人，但没想到竟然老实勤快成这样。真是捡了天大的宝贝……

在我们这里，乌河一带只有一两个汉族村子，其他全是哈萨克村庄和牧业半定居村。小伙子找媳妇可难了，就是有钱也很难找到。因为当地的女孩子都不大愿意一辈子待在这么偏远穷困的地方，一门心思想着往外嫁。而外面的姑娘谁又愿意嫁进来呢？盐碱水、风沙、黑压压的蚊虫、荒凉寂寞。酷暑严寒交相凌迫，夏天动辄零上三四十度，冬天动辄零下三四十度。出门放眼看去全是戈壁滩和成片的沙漠。哪个女孩子愿意一辈子就这样了呢？

我妹恰恰相反，死也不肯出去，挪一步都跟要老命似的。今年春天，我们托人帮她在恰库图小镇找了个事情做。恰库图在几十公里外的国道线边上，算是乌河这一带最繁华的地方了。谁知人家干了没两天，就悄悄溜了回来。嫌那儿人多，吵得很。

而且我妹又那么能干。鸡多的那一年，喂鸡的草全是她一个人拔回来的。她总是在下午最晒的时候顶着烈日出门，傍晚凉快的时候才回来。那一百多只鸡，比猪还能吃。但光靠吃草，硬是给拉扯大了。另外，家里两米深的厕所和三四米深的地窖全是她一个人挖出来的。平时家里三顿饭也都是她做。一闲下来，就拎条口袋沿着公路上上下下地走，把司机从车窗随手扔弃的矿泉水瓶子和易拉罐统统捡回家。在我们这里，一公斤塑料瓶可以卖八毛钱，一只易拉罐两毛钱。

春播秋收的农忙时节，附近谁家地里人手不够，第一个想到的就是我妹妹。那时候我妹妹每天都能帮家里赚一大块风干羊肉回来。不过，今年秋天就不行了，上门来借帮工的人，一个个失望得下巴都快拉掉了。

十七岁、十八岁，虽然只相差一年，但差别太大了。去年还是一个倔强敏感的少女，今年一下就开窍了似的。虽然这件事上我们都瞒得很紧，但她自己肯定感觉出了什么。并且还有所回应呢！第二天，赶在卢家小伙子过来接她之前，我们看到她把各破了三个洞的球鞋脱了，换成压箱底的新皮鞋。还欲盖弥彰地解释："呃，昨天汗出多了……那双打湿了……呃，湿透了……"

到了第三天，又把灰蒙蒙的运动衣换成了天蓝色的新外套——干活穿什么新衣服啊！但我闭了嘴什么也没说。她自己都舍得我还多什么嘴。

一拍一蓬土的头发也细细洗净了。从此做饭和倒煤灰时，头上会小心地包着头巾。下地干活也不忘包着。

她的头发长得非常快。夏天怕热，就自己随便剪一剪，咔嚓咔嚓，毫不心疼，弄得跟狗啃过似的。现在呢，专门跑来要我给她修理一下。

唉，怎么说呢？只能说明卢家小伙子……太厉害了！

据说卢家老爷子原来是河上游汉族村子的村长。后来为了赚钱，没时间当村长了。应该算得上方圆百里最有头脑的人物吧。对此，有各种各样的传闻能加以证明。如此狡猾的角色，本不该放心妹妹嫁过去的。但又转念一想，像我们这样的小地方，任你再油滑，还能油出什么严重后果不成？大家毕竟都是实实在在过日子的人。不像大地方，人一聪明，心就深了，就会伤人。

而我妹妹老实巴交，平时也没什么朋友。卢家小伙子如此殷勤待她，这种体验简直开天辟地第一回，哪能招架得住啊！

想想看，这么容易就能给人哄去，我妹也实在太可怜了。要是我的话，起码也得设下九九八十一关……再想一想，也难怪我至今……

我家盖了房子后一直还没牵电。晚上早早地吃完饭，就吹了蜡烛顶门睡觉。可是自从小卢展开行动之后，我们全家奉陪，每天很晚才把他送走。这使我外婆非常生气，埋怨个不休，嫌太耗蜡烛了。

关于妹妹的事，外婆也什么都不知道。因为就数老人家嘴快，大家瞒妹妹的时候顺便把她也给瞒了。

可外婆何等聪明啊，虽然九十多岁了，人清醒着呢。所以眼看着小卢一连三个晚上按时拜访后，便冷静下来按兵不动了。当小卢告辞时，也开始装模作样地挽留一番。等人走后，边洗脚，边拿眼睛斜瞅我妹。说："哪么白天家不来？白天家来呷了，老子也好看个清楚……"

到目前为止，我家唯一坚决反对这事的就只剩下琼瑶了。琼瑶是我们养的大狗，也是阿克哈拉唯一一条咬人的狗。凶悍异常，害得小卢天天都得走后门。可是走后门也瞒不过琼瑶。只要小卢一进门，它就趴在窗台上，狗脸紧贴着玻璃，愤怒地龇着白牙，喷得满玻璃都是唾沫。还不停地用狗爪子猛烈拍击窗户，用狗头去撞，铁链子都快挣断了。外面窗台边刚粉好的石灰墙壁也给狗爪子划出了一大片深深的平行四边形格子。

小狗赛虎则欺软怕硬，整天就知道凶小朋友。眼看着小卢进门，远远地狂吠几声便夹着尾巴飞快地闪进隔壁屋里躲着。

偏偏小卢不肯放过人家（可能他也觉得，这样啥理由也没地整天呆呆坐在我家，面对一屋子人，守着蜡烛等它燃完，实在是……太蠢了点……），一到我家就满屋追着找赛虎玩，强迫人家待在自己脚边。吓得赛虎大气都不敢出，低耸着脖子，埋着脸，夹着尾巴。身子战战兢兢，四条腿却笔直地撑着。小卢向上揪它的耳朵，它的耳朵就向上高高支起；向左揪，耳朵就跟着齐齐地往左倒；向后揪的话，手松开好久了，耳朵仍不敢耷拉回前面来。真是累死了。就算小卢不理它了，走开了好久，它仍不敢轻易离开小卢坐过的凳子。耳朵仍旧向后歪着，四条腿站得又直又坚固。

我们一家人围着烛火，笑眯眯地看着赛虎木雕似的任人宰割。彼此间也没什么有趣的话题，但就是觉得高兴。

当大家都忙别的去了，房间里只剩他们两个人的时候，我妹就随意多了。还主动和小卢搭话呢。两个人各拾一根小板凳，面对面坐在房间正中央。话越说越多，声音越来越小……非常可疑。真是从没见我妹有过这么好的兴致，太好奇了。我忍不住装作收拾那个房间里的泡菜坛子，跑到跟前偷听了几句……结果，他们窃窃私语的内容竟是：

"今年一亩地收多少麦子？……收割机一小时费多少升汽油？……老陈家的老母猪生了吗？有几窝？……马吃得多还是驴吃得多？养马划得来还是养驴划得来？……"

等小卢不在的时候，我们全家人边啃卢家的羊骨头，边继续哀叹今年的生意。还无耻地教我妹如何拒绝别的小伙子的追求，以及为什么要拒绝这些追求：

"现在的男娃娃太坏了！比如老陈家那个，那天听说……对了，你说河下游吴顺儿家的老二咋么么胖啊？才十八就胖成那样。啧啧！谁家的丫头找着那样的，真是丢人……"

我妹妹笑眯眯地扒拉着饭，有一口没一口地吃。装得跟真的似的，一句话也不搭腔。不过，等下一次陈家或吴家的人别有用心地请我妹妹去帮忙刨土豆时，她就学会玩周旋了，把小卢家搬出来一口挡回去。一点机会也不留给可怜的陈家小伙子和吴家老二。

在阿克哈拉恋爱多好啊！尤其在秋天，一年的事情差不多已经忙完，漫长而悠闲的冬天无比诱惑地缓缓前来了……于是追求的追求，期待的期待……劳动的四肢如此年轻健康。这样的身子与身子靠在一起，靠在蓝天下，蓝天高处的风和云迅速奔走。身外大地辽阔寂静。大地上的树一棵远离一棵，遥遥相望。夕阳横扫过来，每一棵树都迎身而立，说出一切。说完后树上的乌鸦全部乍起，满天都是……在遥远的阿克哈拉，乌伦古河只经过半个小时就走了，人活过几十年就死了。一切似乎那么无望，再没有其他任何可能性了。世界寂静地喘息，深深封闭着眼睛和心灵……但是，只要种子还在大地里就必定会发芽。只要人进入青春之中就必定会孤独，必定会有欲望。什么原因也没有，什么目的也没有，我妹妹就那样恋爱了。趁又年轻又空空如也的时候，赶紧找个人和他（她）在一起——唉，真是幸福！

呵呵，再说说我吧。虽然我都这把年纪的老姑娘了，还常常会有修路的工程队职工借补衣服的名义跑来搭讪呢！走在公路上，开过的汽车都会停下来问我要不要一起去下游沼泽地里抓鱼。这就是阿克哈拉。

拔 草

我们家自行车的全部构件只剩下两个轮子、一只坐垫、一副龙头以及这三样东西之间的连接物。连踏板都没有。如果非要把那个用来踩的东西称之为"踏板"的话,实在太勉强了。若不是出现在自行车上,保证谁也认不出它是个什么东西。

至于刹车器,就更是奢侈物了。需要刹车的时候,只须把脚伸直,伸到前面用鞋底子在飞速运转的车轮上"嗞——"地蹭一下,车自然就会减速。

如果情况特别紧急,则两只脚一起上。

我说的这辆自行车是我家情况比较好的那一辆。至于另一辆,则每骑五百米就要停下来把链条重新装一次,并且随时都得提防它散架。

有一次我妹妹骑那辆车的时候,骑着骑着车链条又掉了。并且掉得极不是时候——当时我们正在被两条大狗狂追。

我从来也没有见过那么穷凶极恶的狗!在阿克哈拉,最最凶的狗一直都是我们家的琼瑶。可是和这两条狗相比，我们家琼瑶简直温柔极了。

养这两条狗的人家远离村子，独自住在公路边。也不知是干什么的。想必不是什么正经户，否则养的狗怎会这么……不正常……

好像它突然认出我们就是它三十年前的仇人似的！好像我们烧成灰它都能记得似的……愤怒到全身毛都奓起来了。牙齿比我们刚刚见着的那一瞬间白亮了两倍不止。

我终于明白了，为什么老是有人戴狗牙做护身符。原来一条狗所能表现出来的最最强烈的激情和仇恨，几乎全都是通过那两颗下颚的尖牙迸射出来的。若没有那两颗锐利的朝天突出的大白牙，狗咆哮的表情说不定会给人以微笑的感觉。

再加上暴风骤雨般的吠叫声——天啦！这又该怎么形容呢？但当时却不是发挥想象力的时候。我妹的车链子不巧就那时候掉了！她"啊——"地叫起来，我也跟着"啊——"地尖叫。这时一旦倒下去，那两条狗一旦扑上来……我骇得魂飞魄散。回头去看我妹，下意识地立刻掉转车龙头想向她靠近。没想到其中一条狗突然横着蹿上来，前爪搭上了我的车。

车子猛地歪了一下，狗爪子扑了个空。自行车扭了几扭，也差点摔倒。再次回头看向我妹——奇迹！刚才明明听到她的破链条"咔哒咔哒"从齿轮上滑落的声音，怎么自个儿又套回去了？只见我妹骑在车上，两条腿蹬得飞快，面无表情，大汗淋淋。

亏她车上还载了小山似的一堆干草，居然也没给狗扒掉。要是掉了的话谁敢回去捡啊?

家里养鸡,一养就是一百多只。还有五只野鸭子。小的时候还好打发,长大了简直跟一群强盗似的。我妹每天都要拔压得瓷瓷的两大编织袋蒲公英回来才够它们吃。鸡小的时候,剁细点喂;长大了,就剁粗点;再大一些就不用剁了,直接一把一把扔给它们。

再加上家里打算再养只小毛驴。那样,冬天就再也不用挑水了,可以套辆车去远远的河边拉水。于是草就得拔得更勤了。每天拔回来的草都得晒干一部分,留作冬天给毛驴的草料。

到了一年一度的打草季节,牧民们纷纷从深山返回乌伦古河流域,为定居点的大畜准备冬天的草料。一辆辆打草的马车晃晃悠悠,满载而归。

我家没有草场,只好去草场里捡别人割剩下的。另外,拉草的马车经过的地方,沿途路两边的树枝多多少少总会把垛得高高的草从车上挂下来一些。于是我妹妹就天天沿着打草的车辙走啊走啊,前面掉,后面捡。

就是被狗追的那一次,我也跟去捡草了。去的路上果然捡了很多,我们细细拢一拢,居然有好几抱。便藏在路边灌木丛里,准备回去的时候捎上。

过了河,进入一条短短的林荫道。林荫道一面是海洋一般的苞谷地,另一面就是铁丝网拦住的草场。

向右手折进苞谷地旁边的土路,把自行车停在树荫下,我们开始沿着小路捡落草了。

打草的马车总是把草垛得很高很高,而且远远宽出车栏两边。像载着一座小山似的,连赶车的人都深陷在其中快要找不到了。这么多的草,路上掉一小把,挂去几根,当然不在乎了。

风很大很大,在高处呼啦啦地响。苞谷地如丛林一般,茂密地高过头顶,又如大海一般起伏。土路孤独地在这片海洋中延伸。走在这路上,像是走在消失之中。满世界全是巨大的风声,我的裙子和背心被吹得鼓鼓胀胀。绑头发的皮筋不知什么时候断了,乱发横飞,扑得满脸都是。露在外面的双臂和脖子被苞谷叶划满了细小的伤口,双手血迹斑斑。

我们每捡够一大抱的时候,就集中到一处放着,然后空手向前继续捡。这样,走过的路上每隔不远就垛着一堆,一路延伸得很远很远。

阳光灿烂,却下起雨来。我们抬头看了半天,一朵云也没有。真奇怪,雨从哪里来的呢?大地开阔,蓝色的天空宽广而庄严。雨点儿却那样突兀,那样急。摔在地上有五分钱镍币大小,砸在脸上更是梦一样的痛觉。可是雨从哪里来的呢?雨势稀稀拉拉的,忽急忽慢,忽紧忽松。到底这雨从哪里来的呢?我们站在原地抬头看了好久,也不能明白。

风呼啸着从天边奔来,苞谷地动荡不停。后来我想,那大约是风从远方带来的雨吧?

大约半公里后,土路抵达了苞谷地的尽头,视野开阔起来。眼前是一片收割后的草场地,更远处是乌伦古河北岸的红色高原。河陷落在看不到的河谷低处。透过稀松的树林,看到那边有芦苇成片生长着,白茫茫中泛着点点金色。那里可能有小海子或沼泽。雨点仍有一阵没一阵地洒着,后来越下越大。天气炎热,风势不减。

又过了大约十来分钟,这场奇怪的雨才止住。土路上雨的痕迹瞬间就蒸发了,只留下一个又一个环形小坑。密密麻麻地、寂静地排列着,如月球表面一般寂静。自从打完草后,这条路很长时间都没人走过了,覆盖着厚厚一层绵土。

我们钻过土路尽头的铁丝网,走进收割后的草场。里面光秃秃的,浩荡着一大片草茬子。不时有田鼠在其间迅速奔走,又突然定定地停止在某处,深深地看着前方的什么东西。这里的碎草更多,带刺的灌木丛中,铁丝网上,道路拐弯处,遗落得到处都是。我们不停地左右开弓,不一会儿就码了齐腰高的一垛。

这么多怎么拿得回去呢?我站在旁边想了又想,对我妹说:"分成四次,我们一人抱一堆走,两个来回就拿完了……"

我妹也站在旁边想了想,一弯腰,把那堆草整个儿抱起来就走……

我就只好跟在后面,一路上捡她身后掉下来的碎草。

到了我们前面放草的地方,她这才放下来。我沿路把前面拾的草一一集中过来。然后掏出绳子,把这堆草从中间拦腰系住,打个活结。我们两人一人持绳子一端,拼命拉,把那堆草紧紧地勒成一垛,有半人多高,一米多宽。两个人抬着一起往前走。走了好一会儿才走到自行车跟前。

我骑的是女式的小车,妹妹骑的是过去那种"二八"型号的男式大黑车,所以就把草垛架在她的车后座上。随身带的绳子不够。我又四处转了转,居然在水渠边捡到长长的一截铁丝。虽然生了锈,但还算结实。捆好后,摇了摇草垛,比较稳当。这段路也比较平,应该不会有太大的问题(结果那么凶的狗都没给扒下来)。

今天的任务还早着呢。我们还得一人拎一条编织袋,走进林荫道对面的田野里去拔新鲜草。刚才的草料是用来储存到冬天的,而家里的鸡还在等着今天的晚饭。

蒲公英可以喂鸡,苜蓿草可以喂鸡。另外还有一种叶片肥厚粗大、多汁的植物,鸡也能吃。但看得出它们并不太喜欢吃,除非别的草一点儿也没有了,它们才怨气冲天地接受这个。我不想拔这种草还因为它们太难看了。刺又多,那么扎手,而且一拔就沾得满手都是汁水,一会儿就会变得黑黑的。洗也洗不掉,异味也很大。

但是到了这个季节,蒲公英都老了,又粗又硬,还很难找到。我是说我很难找到。不知为什么,我妹一会儿工夫就能拔大半袋。而我才揪着几根。没办法,只好拔那种难看的草。那种草遍地都是,一会儿工夫就把袋子撑起来了。

我最喜欢的就是蒲公英。长着长长的有锯齿边的叶子,平平展展地呈放射状贴在大地上,结籽的茎干笔直青翠。拔的时候,把叶片从地面拨开,满把攥住,轻轻一抖,就连根拔出了。而且,都已经被拔在手上了,它们似乎仍在喜悦地生长。手心沉甸甸一大把,有些还绽放美丽的黄花。

风依然很大。这样的天气最好了,没有蚊虫。在这样的大风里它们那扇小翅膀飞不起来。

在我们这里,蚊子之类的小虫子太多了,出门都得在耳朵眼里塞团棉花。不知为什么,虫子总是喜欢钻耳朵眼。钻进去后就在里面拼命扑腾翅膀,因为出不来而吓得要死。

苍蝇也多得惊人。我们在房间里到处都挂着粘苍蝇的粘纸条,大约五公分宽,八十公分长,两面都是强力胶。一张纸条往往不到两天就粘满了,黑乎乎地垂在房间正中,怪瘆人的。

荒野里就更可怕了。草丛中的蚊子跟云雾似的,一片一片地荡漾,还极均匀地发出嗡嗡不绝的重低音。

而只要出了门,无论人走在哪里,头顶总会笼罩着一大团密密麻麻的"小咬",追着你不放。小咬据说也是一种蚊子,由于特别小,更是防不胜防。

所以才说刮大风的天气是幸福的啊。大地和天空之间被大风反复涤荡,干干净净。空气似乎都刻满了清晰的划痕,这划痕闪闪发光。风兜着我的裙子,带着我顺风往前走。眼前的世界也在往前走,色调陈旧而舒适,那画面同刚刚记起的某幕场景一模一样。远处空荡荡的原野里有一棵树正在回头张望。

一行大雁从北向南整齐地横过天空,是这大风中唯一无动于衷的事物。看着它们如此寂静地飞翔,像是通过天空的屏幕看到了另外一个世界的情景。看得人动弹不得,仰着脖子想要流泪。

不提防前面就是引水渠了。水渠两边湿润的土地里生满茂密旺盛的小灌木，突兀地、碧绿地横亘过秋天的金色田野。我妹腿长，一迈就跨了过去。我呢，老老实实顺着水渠往上游足足走了三百米才找到突破口，安全地过去了。等过到那边，妹妹的袋子早就装满了。然后她又帮我拔，不一会儿把我的也装满了。真丢人。其实呢，我平时干活也蛮厉害的，但不知为什么就是拔草不行。真的。

我们一人扛一只袋子往回走，迎风穿过这片美丽平坦的田野。远处的林荫道像是等了一百年一样。里面停着我们的自行车。自行车的每一个零件都过于熟悉地契合在一起。而在时间中，却已经看到了它们七零八落，随处置放。

回到家，我妈说："啧！今天捡了这么多！两个人一起干到底不一样啊。"

我老老实实地承认："哪里哪里，我是去当啦啦队的。"

再说说鸡吃草的情景：

这群死鸡跟债主似的，一个个上蹿下跳，脸红脖子粗。把五只可怜的野鸭子在脚下踩来踩去，根本靠不到食槽旁边。有的鸭子不知怎么的居然也在槽子边挤到一个位置。还没下嘴，突然看到左右前后全是鸡，立刻大惊小怪地尖叫着跑掉。四处乱跳，寻找同伴。不知鸭子为什么这么怕鸡，它们明明长得比鸡大。

这些鸡可狠了，从小就会啄人。小尖嘴只要叮着你腿上的肉,不使出几分力气来,还真不容易甩掉它。而且它每次只叨那么一点点肉,疼得要死。

由于嘴尖的原因,一个个特能挑食。我们在剁碎的草末里细细地和了麸皮,它们就有那个本领把草末捡得干干净净,剩一槽子的麸皮面子。

遇到不好吃的东西,就叨一口,甩一下头,再叨一口,再甩一下头。统统甩得远远的,眼不见心不烦。

鸭子就笨得不可思议了。每次都要等鸡们吃得神清气闲了,才敢蹭到槽子边上。而且还努力地装作不经意的样子。一有风吹草动,就忙不迭排成一条队逃跑。

还好,鸭子们还是有自己的优势的。首先脖子比较长,可以在槽子里够着那些鸡们够不着的地方(为方便填食,槽子是一半露在鸡棚里,一半露在棚外的)。另外,嘴也宽,"滋溜儿"一下子就能吸进肚里好多,顶鸡们"噔、噔、噔"连叨好几下。

其实鸭子有时也很令人烦恼的。我们在鸡棚里放了一只小铁盆给大家饮水。每次注满水后,它们总要跳进这方狭小的水域游上几圈过干瘾。游就游呗,可它们还要扎猛子。

有时候这小小一盆子水里居然能挤进去三四只鸭子,把盆子挤得满满当当。明明一动都不能动了,却仍扭着身子假装游泳。害得鸡们围着盆子干着急,一口水也喝不到。

鸭子最有意思了,我妈叫:"鸭!"
它们就"啊!"地回答一声。

我妈要是叫:"鸭鸭!"
它们就:"啊!啊!"

我妈:"鸭鸭鸭!"
它们:"啊!啊!啊!"

点 豆 子

五月初开始点花豆子了。花豆子就是花芸豆，非常美丽光滑的一种豆子，有着繁复的、斑斓精致的花纹，质地坚硬细腻。我帮陈家点花豆子的时候，偷了一大把，全是最漂亮最饱满的。回家后犹豫了好几天：是种在花盆里好呢，还是穿成手链子好？结果却被我外婆看到了。她非常高兴，趁我不注意，炖肉时全煮进了锅里。

我们这里地多人少。赶上春秋农忙时节，经常有人上门请我们一家去帮几天忙。那个累啊！每次干不到一半，我妈就找借口开溜了。剩下我们几个老实巴交的，勤勤恳恳干到最后，晒得跟土豆一样结实。中午在地头树荫下吃饭的时候，一个个吃得昏昏欲睡。吃过饭只休息了半个小时就继续进入强烈的阳光下干活。困意顿消，随之而来的是无边无尽的疲惫。五月风大，万里无云。

要干的活其实很简单。两个人一组，面对面站着。一个持锹倒退着铲土,另一人捧只装豆子的搪瓷碗,对方每铲起一锹土,就赶紧往铲出的小坑里扔两三粒种子。持锹的人随即用铲起的土顺势填回。就这样一个坑又一个坑、一行又一行地点下去。

这块地大约十来亩,狭长的一溜儿。陈家老爷子负责打田埂,大约每隔十多米打一条。打田埂出于浇地的需要。

我比较喜欢撒豆子,而且撒得特准。三两粒种子给捏在手指头上随手一抛,就乖乖滚落坑底,簇作一堆。太佩服自己了。可后来才发现,大家都是这样撒的,而且撒得都很准。干这活儿实在不需要什么技术。

挖坑也简单,但终究得使几分力气。所以还没挖完两亩地,我的手心就给打出了整整齐齐的两排泡,而且还是对称的。这种事怎么好意思让人知道,只好死撑着,寻找撒豆子的机会。

陈家另外还请了个帮手,刚从内地来,不习惯用锹,就给他找了把锄头。我们是挖坑,他老人家刨坑。撒进豆子后,再用锄扒拉一下,就把坑填了。

为这事,陈家老爷子几乎和他从地头吵到地尾,不可开交:

"哪里见过这么点豆子的⋯⋯"

"老子今年五十六,老子一辈子都这么点的!"

"新疆这么点就要不得!"

"新疆的地不是土做的?"

"新疆天干。土地皮面上干,就底脚那点个儿湿气。你刨开呷了,把高头的干土耙下去挨到起豆子,湿哩敞在外头,可不可惜?"

那位五十六岁的老把式抬头一看,自己点过的那几行果然是深色的,湿土朝上翻着。

"哎呀我的妈啊,那点个儿湿气值个卵啊?总共有莫得一颗米的水?"

"新疆地头,一颗米的水也金贵得很哪!"

"哎呀有好金贵嘛,欺老子不晓得……种子将将下地哪们泡得?哪个不晓得出呷芽芽才敢放水……"

"这么点个湿气哪们是放水哩?哪们是'泡'哩?这跟老家比得?我肯信你的话?焦干八干它也出芽芽了?……"

"嗯嗯,我不晓得,只有你晓得。"

"嗯嗯,你啥子都晓得,你娃儿啥子都晓得还在这里弄卵。"

"耶——喊老子做活路,一分钱莫得,还×话多得很!"

"……"

陈家老爷继续默默地干了一分钟,终于扔锹爆发:

"老子没喊你吃饭?你那点活路值个卵哪?讲老子×话多,哎,好生讲:到底哪个×话多?你娃子不干但述,又莫得哪个拿索索捆倒起你!"

接下来我以为老把式也会扔了锄头对干。结果,老把式真不愧是见多识广啊,只愣了愣,立刻哈哈大笑起来。然后我们也跟着很紧张地一起笑。陈家老二更是哭一样地笑,边笑边抹脸上的滚滚汗流:

"活路恼火得很,舅舅你莫走。走呷我们哪么办哩?还有那么多……"

这时候要是少一个人，就等于往我们剩下的人每人身上压一麻袋土块嘛。

我妈跟蔫白菜似的。谁教她话那么多，从一开始就不停地说，说到最后就累成了那样。干活都没干那么累。

尽管如此，一张嘴还是没见消停。还在不停地嘀咕："哼，能长出来吗？就这样也能长出来？这样扔进去、盖一下——就长出来了？老子才不信呢……要是能长出来那才笑死人了，老子管打赌……"陈家老小听到非气死不可。

不过我也有些怀疑呢：干燥的大地，坚硬的种子，简单的操作，食物就是这样产生的？劳动的力量真是巨大啊。还有大地的力量，种子的力量。种子像是这个世上所能有的一切奇迹中最最不可思议的。想想看：它居然能在最最粗砾的大地上萌生出最娇嫩的芽，居然能由一粒变成很多很多。

由于去年压过膜，土壤里到处缠裹着千丝万缕的塑料薄膜碎片。一眼看过去，平坦的、刚刚耙过还未播种的大地上，这样的碎屑白花花地一望无边。微风吹过时，它们贴在大地上如同有生命一般地抖动。大风吹过，则满天飞舞。

这是多年来持续压膜累积下来的。地太大了，人工清理残片的话是不可能的。虽然明知对土地危害很大，但也只能随它。来年春天，还是得雪上加霜地继续压新膜。要不然的话作物长不起来，就是长起来产量也低。

也许这里的气候和土地并不适合农业。如此广袤的大地，所供给的却如此有限。碧绿茂密的农作物，源源不断地汲取大地的养分，向天空挥发，向人们的物质受用传递。我们是在向这大地勒索。一铁锹挖下去，塑膜牵牵连连。再挖深一些，底下还是有塑膜纠缠着。

旁边的一块地正在耙。一个十五六岁的男孩，光着脊背坐在小四轮拖拉机上，浑身随着"突！突！突！"的机器声而大幅抖动。看上去他使出的劲比拖拉机使出的劲还要大。帽子也不戴，脸和脊背给太阳晒得油光发亮。

拖拉机后面挂着的铁耙子上面站着一个女人，用自己的体重压耙。长长的铁钉深深地穿行在大地里，泥土像波浪一般缓缓翻涌。那女人可能是他的母亲，包着花花绿绿的头巾，笔直地扶在拖拉机后面站着。来回好几趟都没见她换个姿势。

我妈说，她们年轻那会儿，耙地用的是铃铛刺。卷一大捆挂在拖拉机后面，上面压几块石头就可以了。铃铛刺上的木刺倒是长而坚硬，但用来耙地的话，肯定耙不深。

以十字镐开垦坚硬的荒地，一点点耙平、耙细土块，滤去草根、石块，然后点播种子，引水灌溉——在妈妈的年代里，这些简直就是热情和浪漫的事情！劳动便是一切，能生存下去便是一切。所有的"最最开始"都是那么美好纯洁，令人心潮激荡……虽然在现在的我们看来，祖先们所做的其实并不比我们现在所做的更聪明一些，更丰富一些。但是，我想，我们之所以还是要永远记住他们并感激他们,永远承认他们的"伟大",大约是因为,他们给我们留下的最最宝贵的遗产,不是现成的生存之道,而是生存的激情吧?

大地平坦开阔,蓝天倾斜。遥远的地方有三棵树并排着站在一起。东面芦苇茂密的地方有沼泽,不时传来野鸭清脆的鸣叫。我顶风撒种子,腿都站黏糊了,肩膀和腰又酸又疼。右手机械性地动弹着,种子也越发扔不准了。只好怪下午的风大,怪我妈把坑儿挖歪了。

知道戈壁滩上太阳暴晒,我还特意穿了一件长袖衬衣。但袖子再长也不可能长过指尖,只能搭在手背那里。结果才一天工夫,手背上晒过和没晒过的地方,颜色一深一浅截然断开,成了阴阳手。

我往前走,我妈倒退着走。她铲开一个小坑,我连忙撂下种子。她随即把锹里铲起的土撂出去埋住种子,我便顺势踩上去一脚,令种子和土壤亲密接触。这样,每点完一行,回头一看,我的脚印呈"人"字形,每二十多公分一个"人"字,紧密整齐地排列了整片土地。太有趣了。

其他人都陆续点到下一块地上了,只有我们俩还在这块地上的最后两三行埂子上努力。四周空空荡荡,风呼啦啦地吹。一片很大的白色薄膜被吹到了蓝天上,越飞越高,左右飘摇。每次我抬头看它时,它总是在那里上升,不停地上升,不停地上升。然后又下降,不停地下降,不停地下降。突然风停了,它也停止在半空中。像是正仔细地凝视着什么,很久都没动一下。天空那么蓝。

我们两人仍在那里面对面寂静地干着,动作娴熟和谐。四下空旷。点豆子,这应该是夫妻俩做的事情才对呀。最能培养感情了……

如果只有两个人,站在荒野里点豆子,那幅情景远远望去,会不会使看的人落下泪来呢?

会不会使人流着泪反复猜测:他们俩到底种下了什么?使这片大地,长满了荒凉。

我妈年轻的时候,学校里学的专业就是农业。后来又是连队农场里的技术员,什么时候播种啊,什么时候给棉花苗打尖啊……整个连队都听她一个人的。非常神气。但土地在她那里,却是虽然熟悉却又不可再进一步理解的事物。如今她离开兵团也有二十多年了,专业怕是也撂得差不多了。目前最在行的只有用花盆侍弄点花草。另外还会解释一些听起来蛮专业的名词,如"生长期"啊、"打破休眠期"之类。

关于土地,她常常提起的一件事是:在她很小的时候,她的老师就告诉他们,土地使用化肥,是一种有罪的、危害极大的行为。虽然短时间内能提高产量,但对土壤破坏极强。如果持续依赖化肥,不到二十年,这片大地就会被毁去……

可是三十年过去了,这片大地仍然在化肥的刺激下,年复一年地透支着。似乎一切都还遥远着呢,似乎大地远比我们所得知的更加强大。化肥一袋一袋高高地、理所应当地堆积在田间地头。谁都知道，如果不施加这玩意儿的话，今年一分钱也别想赚到。

妈妈一边干着活，一边又开始说起这件事了。像是一个一生都没弄明白一件事的倒霉蛋。

再想想看：大地能生长出粮食，这是一件多么感人又忧伤的事情！

七个人两天点了十多亩，我觉得我们还是蛮厉害的。

金 鱼

　　除了金鱼,我们家还养过兔子、泥鳅、野鸭子、大雁、乌龟、田螺、鸽子、羊、石鸡、呱啦鸡、跳鼠、松鼠、没尾巴的白老鼠、斑鸠、各种颜色的猫和狗、没完没了的鸡鸭鹅……甚至门口的那群鸟也全都是我家养的。虽然它们吃完我们撒在那里的食物后,一只一只都飞走了,但第二天还会回来。

　　这样,我们每次搬家的时候,就跟动物园搬家一样,热闹非凡。

　　其实,我们老搬家,并不适合养金鱼。金鱼这样的动物应该生活在安稳宁静的环境里,仪态稳重,雍容沉着。最名贵的金鱼应该是伴随着天井里的石池青苔,进入三代甚至更多代人的记忆中,一百年不变的。而我们家的金鱼,说来惭愧,它们在我妈的调教下,整天上蹿下跳,咋咋呼呼。动不动就大惊小怪,没一分钟安静。

　　我妈最喜欢做的事,就是把鱼从水里捞出来慢慢地玩,玩够了再放回去。然后笑眯眯地看它斜着身子在水里，缓半天才缓过气来。然后像突然记起了什么似的，"嗖"地一下溜开，绕着鱼缸壁一圈一圈飞快地游。以为这样就会逃得远远的。

我妈还老是坐在鱼缸边织毛衣，织着织着，就会抽出针来，伸进水里胡搅一通。咬住金鱼追着不放，直到可怜的金鱼给累得快在水里漂起来为止。

另外，我妈还像养猪一样地养鱼，我们家死去的鱼都是给撑死的……而且，不管什么，她什么都敢拿给鱼吃。后来剩下的鱼不得不学聪明了。什么东西该吃，什么不该吃，什么时候吃，什么时候不用再吃了，都自己清楚。一个比一个坚强。

我们家还养过热带鱼。把这些小东西从乌鲁木齐几经周折带到红土地，实在是太不容易了……也不知道鱼会不会晕车。本来，她带回来好几种热带鱼的，但到家后，就只剩两个品种了。后来把这两个品种投进鱼缸的时候，又齐刷刷地漂起来了一种。所以，后来就只剩下一种名叫"孔雀"的，最便宜也最不娇气的品种。

热带鱼当然生活在热带喽。可我们这是寒带，外面冰天雪地的。一年之中，冬季长达半年呢。我妈就想方设法给它们创造温暖的环境，还买了温度计插在水里。每到晚上睡觉前，都会在鱼缸上搭上衣服，捂上毯子，压上枕头。只差没把它搂在怀里睡了。

后来还是死了。

怎么死的？

……热死的……

那次搬家，一到地方，就立刻给冰凉的房间生起炉子。然后把鱼从怀里掏出来（呃，怕冻着，兜在盛了水、扎紧口的小塑料袋里了），放进换了新水的鱼缸。再把鱼缸高高放在最暖和的地方：铁皮火墙上。后来大家给忘了这事，铁炉子烧得通红，火墙也滚烫，鱼缸水直冒烟……鱼就给煮熟了……

我们搬家的时候，近了还好说，顶多到地方了，鱼缸水面上结一层薄冰而已。要是往远地方搬的话，就得委屈它们窝在一只紧紧地扎了口的小塑料袋里挨十几个钟头。好在大部分鱼都能过得了这一关。我们家养了很多鱼，最后剩下来的那些，就再也养不死了。简直给养成一只只皮球了嘛，随你怎么拍怎么打怎么扔怎么砸，都会弹回来，并且恢复原形。

而且，快要死的也有办法给弄活过来。

有一天特别冷，早上起来揭开鱼缸上的毯子一看，水面上凝了一层薄冰，所有的鱼都斜着身子在水底晃动，快不行了。我们连忙给换水，把鱼一条一条捞出来，放进一只只小碗里隔离开来单独养。到了晚上，差不多所有的鱼都缓了过来，只有一条翻了肚皮。一看就知道不行了。我们都很难过，舍不得它死。虽然平时这条鱼最霸道最不讲理了。

但后来又发现它的嘴还在微微地翕动着。我妈就用两个指头捏住它，另一只手轻轻地用指甲盖掀着它的鳃——她认为给鱼做人工呼吸就应该这样。这样子弄了一会儿，再把它放进一只注了一小口清水的塑料袋里，把袋口扎紧。然后小心地放到怀里，塞进双乳间,用胸罩兜着。然后半躺在床上,一动也不动。就那样躺了大半夜。后来,那条鱼,还真给焐活过来了。

对了,以前有一次,也是用这种方法,她还孵过一只鸡蛋呢。

我妈是个急性子。比如种菜吧,埋下种子后,隔三差五就跑去重新刨开,看看发芽了没有,芽发了多长,扎根了没有,根扎了多深。连我们家的老母鸡孵蛋她也跟着瞎操心。一会儿挪开母鸡屁股看一看,一会儿再挪开看一看,把母鸡烦都烦死了。后来小鸡娃子一只一只全出壳了,新新鲜鲜地跑了满地,但是有一只就是不出来。过了一整天,还是不出来。又过了一夜,那只蛋还是安静如初。我妈急了,想把蛋磕开,看看里面到底怎么样了——虽然我们都极力阻止她这种行为,但失败了。我们眼睁睁看她轻轻磕开蛋壳一角……她果然做了大错事。这是一只发育迟缓的小鸡,虽然已经成形,但还是很弱。透过鸡蛋内膜,可以看到它的小嘴无力地啄动着,眼睛半闭,稀疏的羽毛湿漉漉的。还看得清它半透明的身体里的器官在微微地跳动。真是太可怜了!本来再过两天就会健康出世的!我妈做了错事,自知理亏,悄悄捏着蛋走了。后来再看到她时,她就像焐金鱼那样开始孵起蛋来……

究竟那只小鸡后来到底有没有给孵出来,这事我居然忘了。只记得当时的情形真是十分温馨——蛋静静地卧在她胸罩中间的空隙里。灯光调得很暗,她半躺在被窝里,倚着枕头,用棉被轻轻捂在胸口上,低头看着怀中的宝贝……我想,我就是这样被孕育出来的吧?

话扯远了，说的是金鱼。我们家就我妈爱死金鱼了。其次嘛，我外婆对鱼也不错。我外婆最勤快了，隔几天就给鱼换一次水，每天早上准时喂食，前前后后忙个不停。一空下来就搬个板凳坐到鱼缸对面，笑眯眯地看。

一会儿大喊一声："又屙屎了！狗日的，屙这么长的一条屎！你好不好意思啊呀？"（金鱼委屈地说：干吗这么大声……）

一会儿又喊："老子打死你这只馋猪，人家才吃了一个，你就吃了五个了！都给你讲了多少遍了？只许一人吃三个，一人吃三个！硬是狠得很……"

又说："要是再不听话的话，老子就把你逮出来扔到河里喂乌龟！"——但是那只鱼理都不理她。

于是下一次她就改口了，说："你要是再不听话，就把你逮出来放到空碗里饿三天三夜！"这才把那条鱼给镇住。

最令她不满意的就是这些金鱼总是长不大。她常常嘀咕着："……养了两三年了还这么一指长……真是白吃老子这么多年的饭……"她老人家的意思可能是这鱼最起码也该长到一两尺长了，过年就该宰宰吃了……

至于我呢，我当然也喜欢这鱼喽，因为它是我们家的东西嘛。再想想看，我只是因为"它是我的"而去喜欢它，和外婆呀，和我妈呀相比……惭愧惭愧。但我真的觉得，家里有没有这些东西都是一样的嘛。好看是好看，就是太麻烦了。而且，较之金鱼，我想我们还有更多更重要的事情得做，不应该花那么多工夫在这种事情上面……

但是那些更多更重要的事情，那些更多的工夫，到了最后还是没法扯清……是呀，要不然的话，还能把这样的生活怎么样呢？尤其是我妈和我外婆，在她们的那个年龄上，她们所渴望的幸福、她们对美好生活的理解，肯定和我是不一样的了。在红土地，我想的是：总有一天会离开的。而她们则想：就在这里一直待下去的话也不错呢……

金鱼在水里游，像是这世上没有的一种花朵。细致的鳞片在水波回旋处闪烁，世上永远没有一种宝石能够发出这样的光芒。它的鳍与尾袅袅款款，像是缭绕着音乐。金鱼就是浸在水中的舞蹈！它轻盈地上升，袅袅蓬开绚丽的尾，像张开双臂一般张开透明的双鳍……又缓缓下沉，向我游来……鱼能在水里游，就像鸟能在天空飞一样神奇。充满了美梦。

常常那样久久地看着，渴望能够像渐渐进入睡眠一样，渐渐地进入金鱼的世界……渴望也有无边无际的液体吮含我，四处折射我透明的但有着色彩的形象。于是，我便会像世界上最神奇的人一样，抬起手臂在这安静中轻轻一划，光线便四面八方聚拢过来。璀璨一阵后，凝结在一点消失……这时金鱼迎面而来，穿我而去。而我不知是沉落还是飘浮，不知是欲要入睡还是刚刚醒来……

但是，即使到了那时，我也不能忘记！与金鱼有关的那么多记忆其实都是狼狈不堪的啊。在很多年、很多年前，我们容忍过这金鱼和鱼缸的房屋就是丑陋、单薄的，并且无法改变的……很多年前，那些雨一直在下，那些屋顶一直在漏雨。那里满室泥浆，狼藉不堪。那里没有天花板，屋顶的檩子和椽木上黑乎乎的，积满多年的烟灰尘垢。那里墙壁总是那么潮湿、肮脏，生着霉斑。那里所有的家私全部集中在唯一的干燥处，横七竖八堆放着，一地的呻吟……那时，唯有这鱼缸，清洁美好地置放在房间唯一的亮处，明亮而晶莹。它更像是那阴暗房屋中的一个出口，天堂的平静通过它在另一面闪耀。

而在红土地，生活已经坚固了许多。但坏天气仍然时不时动摇着我们的心。春天里，风沙中的红土地，从天到地全是极不耐烦的咆哮。远处田野边的树木被剧烈地来回撼动。风一阵，雨一阵，冰雹一阵。天空昏暗，虽然是正午时分，但房间里暗得不得不点起了蜡烛。我们早早地做饭、吃饭，然后上床躺着。由我们的房屋替我们承受整个世界……那时候，要是没有金鱼的话，空鱼缸被蜡烛寂静地照着，里面零乱地堆积着杂物，落满了灰尘。要是没有金鱼的话，今天的这场风暴会不会失去它的中心——宁静的中心……那时的世界会不会将彻底一团混乱？

鱼缸里水面平静。这水面如同皮肤一样敏锐地感知着疼痛，并且不可触动。鱼在透明中静止，是透明中静止的一团色彩，似乎快要渗开了去，却一直没有。鱼又缓缓游动，透明中全是寂静的歌声。我们躺在暗处的床上，头往鱼缸那边扭去，看到一束光线从裂开的云隙中迸出，穿过狂风暴雨，穿过狭小的窗户，穿过室内空气中寂静的灰尘,倾斜地投向鱼缸。金鱼清洁纯粹的、灿烂鲜艳的身子,在那束光线中平稳地来去,如同这混沌世界中一颗静穆明澈的宝石。面对那样的宝石,即使是一颗已经开始老去的、粗糙的心,也能看出奇迹来……

假如没有金鱼的话,同样的日子里我们还是得忙这忙那的。比如说若没有金鱼了,我妈很可能会拼命地养花。

总是那样,生活稍一安定,她就总以为会永远安定下去了。她会突然弄来好多破盆烂罐,堆一窗台。又托拉木头的司机从山里的森林边带回最好的黑土,拌上碾碎了的羊粪,填满那些盆盆罐罐。但是没有花。于是她又以更多的时间与精力去找花。她从城里回来。大雪封路了,她坐了一整天的马拉爬犁,天黑时才回到我们桥头的家。她浑身冰雪,眼睫毛、眉毛和额前的碎发结着厚厚的白霜,挂着冰凌……但是,她从怀里小心地掏出一枝细弱的绿茎。

是啊,假如没有金鱼,生活还是不会有什么改变的。都差不多的。假如没有金鱼的话,就会有兔子、泥鳅、野鸭子、家鸭子、乌龟、田螺、鸽子、羊、石鸡、呱啦鸡、跳鼠、松鼠、没尾巴的白老鼠、斑鸠、各种颜色的猫和狗、没完没了的鸡……还有麻雀。我想,我最后还是会知道的:我们为什么要这样生活。

还在喀吾图小镇的时候,附近有好多小孩子都在打我们家金鱼的主意。一到放学的时候,我们家窗玻璃上就会贴着一大片脸蛋，叽叽喳喳，议论纷纷。仔细一听，居然还有人在商量什么时候来偷，偷到手后拿瓶子装还是拿盒子装……

四岁的小孩玛丽亚想得更周到。每次到我们家，都会拎两个汽水瓶子。问她干什么，她说："一个装黑鱼，一个装红鱼……"想得美，我们家总共才这么两条鱼。

蛋蛋家的小徐徐——蛋蛋是徐徐的爸爸——也非常地可爱。平时在小朋友中间是个小霸王，野蛮而专横。可一到了金鱼跟前，就乖了，安安静静的，神情又像是惊喜又像是难过。她趴在鱼缸上，呆呆地看半天。试着把手伸进水里，可又不敢，一触着水就立刻缩回来，人也跳开了。

"呀……"

我妈笑呵呵的，说："金鱼好不好？"我一听这又甜又假的话，就知道会发生什么事了。我们这一带小孩子做的坏事，一半以上都是她教唆的。

"好看……嗯，裁缝奶奶，到了晚上，金鱼怎么办？"

"哦，晚上呀，到了晚上，就把它从水里捞出来，放到床上，盖上被子睡觉……"

"呀，这样呀？！"徐徐惊奇坏了。

我妈进一步诱导："喜不喜欢金鱼？"

"嗯，可是我们家没有……"

"哦，本来裁缝奶奶家也没有的。后来裁缝奶奶从县上买回来了。"——骗人，县上哪有呀，明明是从乌鲁木齐买的。

"县上有卖的吗？"

"有呀,怎么没有?不过呢,裁缝奶奶那次买的时候,只有五条了。裁缝奶奶买了两条,就只剩三条了。徐徐呀,要买的话就快点买。去晚了,就一条也没了……"

"啊?……"小家伙嘴一撇,想哭,又拼命忍着。

"我妈妈不会给我买的,我爸爸也不会给我买的……"

"怎么会呢,爸爸妈妈就徐徐一个宝贝,一定会答应的!"

"不会的,不会的……"

"会的,肯定会的。徐徐呀,去晚了可就没了呀!本来有五条的,裁缝奶奶买走了两条,就只剩三条了。哎,都过去这么多天了,不知道现在还剩几条。"

"他们才不会给我买呢……"

"怎么不会!听裁缝奶奶的:要是不给我们徐徐买的话,徐徐就哭,就使劲哭。"

"哭也不会买的。"

"唉呀,要是哭也不买,你就躺到地上一个劲儿地打滚儿。然后不吃饭,也不睡觉……"

真不知道我小时候是怎么给打发过来的……

果然到了晚上,蛋蛋家那边一夜都不得安宁,又哭又闹又摔门的。还断断续续听到小孩尖锐气愤的抗议:"……我要!快点买去!只剩下三条了!!本来还有五条的,裁缝奶奶买走了两条,就只剩下三条了……要是去晚了……我、不、吃、饭、嘛!!!不吃!就是不吃……"

当地的哈萨克老乡，面孔粗砺，世世代代栖身风沙，很多都是一辈子也没离开过阿勒泰冬夏牧场的。像金鱼这种鲜艳奇异的精灵实在是游弋于他们想象之外的事物。虽然可能也曾在书本上、画片上看到过这样的形象，但有朝一日突然真实地面对时，一个个当然会大吃一惊——这种鱼显然和河里面那种乌漆麻黑、贼头贼脑的家伙们不一样。它居然有花朵一般的形体和色彩！

他们扭看一眼窗外无尽的戈壁滩，风尘中的牛羊，苍莽远山。这是地球上最偏远的角落，是世界上离海最遥远的地方……再回头看看这水中娇艳的精灵，更觉不可思议——

"胡大呀！"

"一定是塑料的！"

塑料？裁缝奶奶备感污辱，立刻从鱼缸里逮出来一只鱼，放到那人手心让他们看清楚了。谁知那鱼一点儿也不争气。平时在鱼缸里上蹿下跳，没一分钟安静，到了这会儿，怎么就呆呆傻傻的，躺在那人手心里一动也不动地装死。

三 个 瘸 子

我摔了一跤，两条腿都摔断了，得拄着拐走路。我妈愁眉苦脸地说："这下怎么办啊，我们家有三个瘸子了……"

还有一个瘸子是小狗"赛老虎"。

"赛老虎"是"赛虎"的别称。除了"赛老虎"外，我妈还管它叫"赛赛""虎虎""赛同志""赛猫""赛小白""赛老板"等等。很肉麻。

半个月前，赛虎和大狗花花在房前屋后追着玩呢，结果一下子冲到了马路上。我们这里地大人少，司机开车都疯了一样地没顾忌，于是就一下子给撞飞了。左边的眼睛和左边前爪都撞坏了。

花花闯了祸，吓坏了，一趟子跑掉了。怕挨骂不敢回家，在荒野雪地里整整躲了两天。后来我妈打着手电筒找了一晚上，才找回家。

赛虎十多天不吃东西，后来到底还是缓了过来。它每天不停地舔伤口，终于把左边前爪整个舔得脱落了下来。十分可怜。我妈给它做了厚厚的鞋子，里面塞了很多棉花。现在它可以用三条腿到处跑着找吃的东西了。但伤口处还是经常会烂，会发炎。

另外一个瘸子是黄兔子。我们家有两只野兔子，一只发黄，一只发灰。于是就分别叫作"黄兔子"和"灰兔子"。

黄兔子的腿是打兔子的人用狩猎的铁套子给夹折的。买回家后，看它们那么漂亮，我们舍不得宰了吃掉，就养在厨房里。

兔子一点声音也不发出，一动也不动，于是永远不能让人了解它的痛苦。受伤的黄兔子总是和灰兔子并排卧在大大的铁笼子一角，那么地安静，看上去安然无恙。伸手去摸它时，它就会浑身发抖，并且努力保持镇定。

黄兔子深深地掩藏着自己的伤口，深深地防备着。白天一点东西也不吃，一口水也不喝。但一到晚上，就开始闹腾了。两个家伙在笼子里兜着圈子很紧张地一趟一趟又跑又跳，一整个晚上扑扑通通不得安静。幸好兔子是不说话的，要不然动静更大。

它们还总是喜欢从铁笼子最宽的缝隙处钻出去满屋子跑。于是我妹妹常常半夜起来逮兔子。但哪能逮得住啊，它那么机灵，只能跟在后面满屋子追。

追到最后，兔子给追烦了，干脆又从缝隙处一头钻回笼子。

我妹气坏了，大声嘟囔："简直跟走大路一样！"

言下之意：兔子也太瞧不起人了。

后来它们俩渐渐熟悉环境了，白天也敢在笼子里四处走动，并当着我们的面吃点东西。

我们在笼里放了个小塑料盆盛食物。里面的东西要是吃完了，灰兔子就用三瓣嘴衔着空盆子满笼子跑。

兔子最喜欢嗑瓜子了。一起趴在盆子边，把整个脑袋埋在盆子里，窸窸窣窣、咔嗒咔嗒。嗑得非常认真。

我们的饭桌就在铁笼子旁边，一家人经常边吃饭边打量兔子，并对它们评头论足。不知道兔子听不听得懂。

我妹说："那天我看到兔子把盆弄翻了，然后用爪子耙来耙去，又把盆翻了回来。"

我妈说："这算什么，那天我还看到兔子把空盆子顶在头上玩。"

我说："这些都不算什么，那天我还看到一只兔子踩在另一只兔子肩膀上，站得笔直去够笼子顶上放着的一把芹菜……"

我妹大叫："真的？我怎么没看到？！"

我妈说："天啦，这样的话居然还有人相信。"

因为禽流感，村里不让养鸡了。于是我妈决定改养兔子。兔子一个月生一窝，一窝一大群。生下的兔子还能接着下兔子。一年算下来，两只兔子就能翻七八十番……比养羊划算多了。想想看，牧民们辛辛苦苦地放羊，四处迁徙，一只羊一年也只能产一胎，而且大都是单羔。

想归想，在戈壁滩上养兔子？而且是个性如此强烈的野兔子，而且是作为打洞能手的野兔子……也只能想一想而已。

禽流感的时候，村干部们跑到我家来点了鸡数，限期大屠杀，并且要求上缴相同数目的鸡脑袋。真严格啊。

尽管如此，我妈还是想法子隐瞒了四十多只没有上报。幸亏我家地形复杂，要藏住四十只鸡实在轻而易举。

不是我们不怕禽流感，实在是那些鸡太可怜了——那么小，跟鸽子似的。宰掉的话，鸡吃亏，我们也吃亏啊。

我们把剩下的鸡全藏在院墙后面水渠边孤零零的那间小土房里。白天不敢生炉子，怕冒出烟来给人察觉了。到了晚上才跟做贼似的溜进去升一把火。

冬天那个冷啊！我们自己都会半夜起来一两次，给卧房的炉子添煤。那么鸡们就更可怜了，黑暗中紧紧地簇成一堆，一声不吭。都说鸡是热性的，不怕冷。但总得有个"不怕"的限度吧？这么冷，零下二三十度、三四十度的。那间小房又孤零零的，四面薄薄的墙壁之外空空如也，一点也保不了温。

又都说狗也是热性的。要不然怎么会有那么多人在冬天吃狗肉呢？但是狗窝敞在冬天里，几块砖，几张木板，一席破褥子，一面薄薄的门帘。风雪交加，它真的就不冷吗？

我们把大狗琼瑶的窝挪到藏鸡的屋子旁边。要是有动静的话，它就会拼命地叫，提醒我们。

可是琼瑶这家伙，不管什么动静都会叫。哪怕原野上一公里以外有人毫不相干地路过，它也会负责地嚷嚷一番。

但我们还是有办法分辨出到底哪种吠叫有必要出去探视。因为我们有赛虎这个"翻译"啊。

如果琼瑶只是闲得无聊，冲远处的过路人随便叫叫，赛虎闻若未闻，有力无气地趴在床下的窝里瞪着眼睛发呆。若真出现了什么令狗不安的实际情况，赛虎会立刻用没受伤的爪子撑起身子，支着耳朵紧张地沉默几秒钟，然后回应一般跟着琼瑶一起狂吠。没有一次不准的。

看来，只有狗才能听得懂狗的语言啊。

我们把花花的窝盖在前院，希望它能守着煤房和院子里的杂物。可是这家伙只在肚子饿的时候才会想起来回家看看，平时根本瞅不着影儿。

花花是条小花狗，虽然身子快赶上琼瑶大了，但年龄才七个月呢。一点儿也不懂事。骂也骂不得，打也打不得，一闹点小别扭就跑出去，几天都不回家。还得让人出去到处找。

花花是修路的工程队养的狗，本来是被养来吃的。可是直到工程结束工作人员开始撤退时，它仍然还很小，吃不成，于是就被扔掉了。非常可怜。我妈常常给它扔半块干馍馍，于是它就牢牢记住了我妈，天天夜里睡在我家大门外不走。

那时我家的小狗晓晓刚死了。赛虎很寂寞，和琼瑶又玩不到一起去，于是就养了花花。才养一两个月，还没养熟呢。

但是花花和赛虎玩得可好了。两个整天约着跑到垃圾堆上兴致勃勃地翻找，一起出门，一起回家。花花平时很让着赛虎，好吃的都由着它先吃。赛虎耍脾气时，随它怎么咬自己都一点儿也不还口。出了事后，花花很寂寞。每天都会回家好几次，在房外啪啪啪地扒门，想进房子看赛虎。

天气好的时候,我们就把赛虎抱出去,放在雪地上给花花看。它就温柔地舔赛虎,还会把它轻轻地掀翻,像狗妈妈一样舔它的肚子。

十天后,赛虎的伤口恶化……不忍描述……我们整天轮流守着它。还把村里唯一的兽医请到家里。但那个兽医只懂牛羊的病,也想不出什么更好的办法来。赛虎情绪低落,什么也不吃,滴水未进,半个月没有大小便。倒不是便秘,而是由于前爪坏了,一点儿也使不出劲来。它整天深深地护着断爪,大大的眼睛轻轻地看着我们。有时会安慰我们似的摇摇尾巴,意思大约是:"放心吧,我没事。"

受伤后都快一个月了,它才终于第一次大便成功,还吃了一些东西。后来穿着我妈做的鞋子,试着在外面用三条腿走了一圈。

到了第二天,就能一口气穿过雪地,自个儿走到商店那边去找我妈。第三天还去了两次。我们都高兴极了。虽然炎症在继续恶化,但看它精神这么好,还是觉得很有希望。

兔子的伤则好得快多了。才过一个礼拜,就看到它能在笼子里到处蹦跳着找吃的了。当然,蹦跳得有些拖泥带水。

兔子精神一恢复,啃起白菜帮子来真是毫不含糊。咔嚓咔嚓,爽快极了。我妈还经常把它逮出来抱一抱。那时它也不怎么怕人了,还敢吃我们放在手心里的食物。

至于我，我躺了一个多月，现在能靠双拐走路了。虽然瘸了，好在没别的什么问题。

我坐车去县城。一路上，双拐可招眼了，上下车也很不方便。可以感觉到车上的乘客都在注视着我。司机还帮我安排了最好最暖和的位置，和老人们坐在一起。

路途遥远，大雪覆盖的戈壁滩茫茫无边。司机在中途停车，让所有人下去活动活动，顺便上厕所。我最后一个下车，最后一个上车。刚刚坐稳，后排座的一个老人拍我的胳膊。回头一看，他向我递过来两块钱。我还以为是刚才自己起身时从口袋里不小心掉出来的呢，连忙说"谢谢"，再接过来。

这时，老人旁边的一个年轻人对我解释道：

"他说你腿不好，就给你两块钱……"

一下子大窘。满车的人都在看我。捏着这钱，跟捏着烧红的炭一样。

我立刻还给他，不停地说："谢谢！不用，太谢谢了！真的不用。谢谢，不用……"

但他执意要给，旁边那些人也劝我收下。但杀了我也做不到这个。最后还是退还了。非常非常地感激不安。

回到家后给我妈说起这事，她责怪我当时做得不对："老人给的东西怎么能拒绝？哪怕是五毛钱也应该收下。"

我们猜想，这难道是哈萨克族的礼性之一吗？不是怜悯，而是祝福。

粉 红 色 大 车

自从有了粉红色大车,我们去县城就再也不坐小面包车了。小面包车一个人要收二十块钱,粉红色大车只要十块钱。带点稍微大点的行李小车还要另外收钱,大车随便装。最重要的是,大车发车总算有个准点了。不像小车,人满了才出发,老耽误事。

"粉红色大车"其实是一辆半旧的中巴车。司机胖乎乎、乐呵呵的。每当看到远处雪地上有人深一脚浅一脚地向公路跑来,就会快乐地踩一脚刹车:"哈呵!十块钱来了!"

车上的小孩子们则整齐地发出"嘟儿~~~"勒马的命令声。

我和六十块钱挤在引擎和前排座之间那块地方,已经满满当当的了。可是车到温都哈拉村,又塞进来五十块钱和两只羊。这回挤得连胳膊都抽不出来了。让人真想骑到那两只羊身上去……好在人一多,没有暖气的车厢便开始暖和起来。于是后排座的几个男人开始喝酒,快乐地碰杯啊,唱歌啊。一个小时后开始打架。司机便把他们统统轰了下去。这才轻松了不少。

虽然乌河这一带村庄稀寥，但每天搭粉红色大车去县城或者恰库图镇的人还真不少。每天早上不到五点钟车就出发了，孤独地穿过一个又一个漆黑的村庄。一路鸣着喇叭，催亮沿途一盏一盏的窗灯。当喇叭声还响在上面一个村子时，下面村子的人就准备得差不多了，穿得厚厚的站在大雪簇拥的公路旁，行李堆在脚边雪地上。

阿克哈拉是这一带最靠西边的村子，因此粉红色大车每天上路后总是第一个路过这里。我也总是第一个上车。车厢里空荡而冰冷，呵气浓重。司机在引擎的轰鸣声中大声打着招呼："你好吗，姑娘？身体可好？"一边从助手座上捞起一件沉重的羊皮坎肩扔给我，我连忙接住盖在膝盖上。

夜色深厚，风雪重重。戈壁滩坦阔浩荡，沿途没有一棵树。真不知司机是怎么辨别道路的，永远不会把汽车从积雪覆盖的路面上开到同样是积雪覆盖的地基下面去。

天色渐渐亮起来时，车厢里已经坐满了人。但还是那么冷。没有暖气。长时间待在零下二三十度的空气里，我已经冻得实在受不了了。突然看到第一排座位和座位前的引擎盖子上面对面地坐着两个胖胖的老人——那里一定很暖和！便不顾一切地挤过去，硬塞在他们两人中间的空隙里，坐在堆在他们脚边的行李包上。这下子果然舒服多了。但是，不久后却尴尬地发现：他们两个原来是夫妻……

一路上这两口子一直互相握着手。但那两只握在一起的手没地方放，就搁在我的膝盖上……我的手也没地方放，就放在老头儿的腿上。后来老头儿的另一只大手就攥着我的手,替我暖着。嘴里嘟噜了几句什么。于是老太太也连忙替我暖另一只手。一路上我把手缩回去好几次,但立刻又给攥着了。也不知为什么,我的手总是那么凉……

车上的人越来越多,不停地有人上车下车。但大都是搭便车的。他们正顶着风雪从一个村子步行到另一个村子去,恰好遇到粉红色大车经过,就招手拦下。其实,就算是不拦,车到了人跟前也会停住。车门边坐的人拉开门大声招呼:"要坐车吗?快一点!真冷……"

周日坐车的人最多,大多是下游一个汉族村里回县城返校上课的汉族孩子(这一带没有汉语学校)。一个个背着书包等在村口。车停下后,父亲先挤上车,左右突围,置好行李,拾掇出能坐下去的地方。然后回头大声招呼:"娃!这呐坐定!"又吼叫着叮嘱一句:"娃!带馍没?"

每每这时,总会替司机失望一回。还以为这回上来的是二十块钱呢……

那父亲安顿好了孩子,挤回车门口,冲司机大喊:"这是俺娃哩车票钱,俺娃给过钱哩!俺娃戴了帽子,师傅别忘哩!"

"好。"

"就是最后边戴帽子那哩!"

"知道了。"

"师傅,俺娃戴着帽子,可记着哩!"

"知道了知道了!"

321

还不放心，又回头冲车厢里一片乱纷纷的脑袋大吼："娃，你跳起来，让师傅看看你哩帽子！"

无奈此时大家都忙着上下车，手忙脚乱地整理行李。那孩子试着跳了几次，也没法让我们看到他的脑袋。

"好啦好啦，不用跳了……"

"师傅，俺娃是戴帽子哩，俺娃车钱给过哩……"

"要开车了，不走的赶快给我下去！"

"娃，叫你把帽子给师傅看看，你咋不听？！"

车在一个又一个村子之间蜿蜒着，几乎每一个路口都有人在等待。有的是坐车，有的则为了嘱咐司机一句："明天四队的哈布都拉要去县城，路过时别忘了拉上他。他家房子在河边东面第二家。"

或者拜托司机："给帕罕捎个口信，还有钱剩下的话就买些芹菜吧。另外让他早点回家。"

或者："我妈妈病了，帮忙在县城买点药吧？"

或者有几封信拜托司机寄走。

车厢里虽然拥挤但秩序井然。老人们被安排在前面几排座位上，年轻人坐在过道里的行李堆上。而小孩子们全都一个挨一个挤在引擎盖子上，那里铺着厚厚的毡毯。虽然孩子们彼此间互不相识，可是年龄大的往往有照顾大家的义务。哪怕那个年龄大的也不过只有六七岁而已。只见他一路上不停地把身边一个三岁小孩背后的行李努力往上推,好让那孩子坐得稳稳当当。每当哪个小孩把手套脱了扔掉,他都会不厌其烦地拾回来帮他重新戴上。

还有一个两岁的小孩一直坐在我对面。绯红的脸蛋,蔚蓝色的大眼睛,静静地瞅着我。一连坐了两三个小时都保持着同一个姿势,动都不动一下,更别说哭闹了。

我大声说:"谁的孩子?"

没人回答。车厢里一片鼾声。

我又问那孩子:"爸爸是谁呢?"

他的蓝眼睛一眨都不眨地望着我。

我想摸摸他的手凉不凉。谁知刚伸出手,他便连忙展开双臂向我倾身过来,要让我抱。真让人心疼……这孩子身子小小软软的。刚一抱在怀里,小脑袋一歪,就靠着我的臂弯睡着了。一路上我动都不敢动弹一下,怕惊扰了怀中小人安静而孤独的梦境。

附　　　录

二〇一三版自序

十年前我在机关上班,工作之余陆续写出了一些文字,并贴到网上。渐渐引起一些网友的注意,得到了一些前辈的认可,最终在二〇一〇年获得出版机会。这就是《阿勒泰的角落》。这本书出版三年,共计销售五万册,为我带来了无数的荣誉和关爱。感到喜悦,也感到不安。

到目前为止,我的写作只与我的个人生活有关。很多读者质疑这样的写作能维持多久,我也曾为之迷茫。但是,考虑这些事情的同时,生活还在继续,文字还在流淌,表达的意愿仍然强于一切。那么暂且先这样吧。

还有读者对我的生活近况好奇。五年前我从阿勒泰地委宣传部辞职后,生活一直非常动荡,直到去年才安定下来。去年春天,我把我的家从书中所说的"阿克哈拉牧业村"迁至阿勒泰市郊农村。如今家里有三亩地,种了喂牛的饲草和玉米、葵花。养着四头牛、一群鸡鸭,以及三条狗。去年一直在修房子,蛮辛苦的,如今新生活刚刚理顺。同时也在城里买了楼房。谢谢大家关心。

还有些读者总会问起我的"妹妹"。在这本书里,我曾写过她的恋爱。其实她并不是我亲妹妹，是继父带来的孩子，在我家生活了六七年。正是我写下那篇文字的那一年，她的命运改变了。那时她刚满十八岁，在老家农村，这个年龄可以嫁人了。于是她的生母把她叫回四川，草草嫁了。

那时我们的家庭刚从桥头迁至几百里外的南面戈壁（阿克哈拉）。那里偏僻闭塞，环境恶劣。搬家的头一年，为了照顾九十高龄的外婆，我托人帮忙，去到城市谋职，从此很少回家。妈妈和继父、妹妹三人过得非常艰难。妹妹离开时，我的继父，也就是书中那位自学成才的补鞋匠，也不堪困窘，卷铺盖走了，去内地打工。听说后来过得也不好，还进入了传销集团。唯一的几次联系是打电话来鼓动我去参与他们的大业。后来再无音信。

在这段生活完全消失之前，我以文字记录了许多难忘的细节。阅读时，连自己都为之动容。常常想，如果这些文字由现在的自己来书写，可能不会写得如此平和、如此温暖吧。

有很多读者善意地劝告："李娟，你一定要保持你的纯真与朴素，千万不要被城市和现实所污染……"对此只能苦笑。况且，刻意地保持纯真，这本身就不是一件纯真的事吧？而真正的朴素也用不着去"保持"的。至于城市与现实的"污染"，我不相信还有人能避开这个时代的印记。我们都是这个时代的产物，不是穿越而来。而我，要么是强大的，不受这印记的主宰；要么是懦弱的，回避了这印记。

我从小在城市长大，至今仍然依赖城市生活。大约因为经验上的反差，才会对乡村生活有特别的体会。同样，大约也因为从小生活动荡，才更贪恋宁静与一成不变；因为历经暴力，才更愿意描述平安与温柔；因为悲伤，才敏感于喜悦……当然，所有这些只是"大约"，只是非得有说法时才想到的借口。有时候想想，写作是多么神秘的事！为什么是我写而不是身边的人写，为什么写成了这样而不是那样……只能解释为"命运"了。

正是同样的命运，令我再也无法回到阿克哈拉或沙依横布拉克，也无法"保持"过去的那个自己，无法迎合读者的期待。但是，作为我文字的起点，这本书，这些已经结束的故事，已经消失的生活，这些昨日的情感，将永远是我写作最重要的基石，支撑我生命中最沉重的一部分。我感谢写下这些文字的那个过去的自己，感谢每一个能够谅解我的人。

还要郑重感谢制作此书的新经典文化有限公司，感谢编者们对此书的重视、对作者的体贴。尤其满意的是，这一回书的封底再没有贴名人荐语了……感到这才是一本真正属于自己的书。

二〇一三年春天

初版自序

这些文字大约在二〇〇四年左右写成，所描述的生活情景在一九九八年至二〇〇三年之间。内容无非是我的第一本散文集《九篇雪》的延续，且同样都是练笔之作。如果说有成书的必要，大约是因为它们所记录的这些与自己有关的游牧地区生活景观，还算是少有人记录的。

我的家庭很多年里一直在阿尔泰深山牧区中生活，开着一个半流动的杂货铺和裁缝店，跟着羊群南下北上。后来虽然定居了，也仍生活在哈萨克牧民的冬季定居点里，位于额尔齐斯河南面戈壁滩上的乌伦古河一带。其实，我之前在学校读书，之后又出去打工，在家里生活的时间并不长，却正好处在最富好奇心和美梦的年龄。那时眼睛所看到的，耳朵所听到的，都挥之不去，便慢慢写了出来。如果说其中也有几篇漂亮文字，那倒不是我写得有多好，而是出于我所描述的对象自身的美好。哪怕到了今天，我也仍然只是攀附着强大事物才得以存在。但是我希望自己有一天也能够强大起来。

写作是我很喜欢做的事情，慢慢地，就成了唯一能做好的事情。同许多写作者一样，我通过不断的写作来进行学习、寻求舒适。虽然这些收录成书的文字中,许多想法和说法已经为现在的自己所否定了,但我仍然珍惜它们。而每次重读,总能真切地看到独自站在荒野中,努力而耐心地体会着种种美感的过去的自己……漫长过程中,一点一滴贯穿其间的那种逐渐成长、逐渐宁静、逐渐睁开眼睛的平衡感,也许正是此时全部希望生活的根基与凭持吧。让我觉得很踏实,觉得自己的写作其实才刚刚开始。

二〇一〇年春天

摄 影

李 娟 大风中的阿克哈拉

刘新海 绿色就是大地上最广阔、最感人的自由呀
初雪淡笼的夏牧场
每一棵树都迎身而立,说出一切
浩浩荡荡,腾起满天满地的尘土
去往广阔温暖的秋牧场
整个山谷,碧绿的山谷,闪耀的却是金光
最最珍贵的事物莫过于一个晴朗的好天气
整个世界清晰而冷淡
雪野之中,四面荒茫

杨建波 碧绿深厚的草甸
阿勒泰骆驼峰
转场途中
转场途中的暂栖地
刚刚驻扎下来的人家
吃饱喝足的骆驼
遍地冰雪

图书在版编目（CIP）数据

阿勒泰的角落 / 李娟著 . — 2 版 . — 北京 : 新星出版社 , 2024.1（2025.3 重印）
ISBN 978-7-5133-4418-0

Ⅰ.①阿… Ⅱ.①李… Ⅲ.①散文集 – 中国 – 当代 Ⅳ.① I267

中国国家版本馆 CIP 数据核字 (2023) 第 204607 号

阿勒泰的角落

李娟 著

责任编辑	汪 欣	特约编辑	朱文曦 王心谨
营销编辑	郑博文 王蓓蓓	装帧设计	韩 笑
内文制作	张 典	责任印制	李珊珊 史广宜

出 版 人　马汝军
出　 版　新星出版社
　　　　　（北京市西城区车公庄大街丙 3 号楼 8001　100044）
发　 行　新经典发行有限公司
　　　　　电话（010）68423599　邮箱 editor@readinglife.com
网　 址　www.newstarpress.com
法律顾问　北京市岳成律师事务所
印　 刷　北京中科印刷有限公司
开　 本　880mm×1230mm　1/32
印　 张　11
字　 数　227 千字
版　 次　2024 年 1 月第 2 版　2025 年 3 月第 13 次印刷
书　 号　ISBN 978-7-5133-4418-0
定　 价　59.00 元

版权专有，侵权必究。如有印装质量问题，请发邮件至 zhiliang@readinglife.com